suhrkamp taschenbuch 5093

Als Online-Redakteur bei einer großen Tageszeitung muss Walter Noack die Pöbeleien und Hasstiraden in den Kommentaren löschen. Tausende Male am Tag ist er mit den widerwärtigsten Beschimpfungen konfrontiert. Sein Nervenkostüm wird noch dünner, als er und später eine Kollegin von Unbekannten anscheinend grundlos zusammengeschlagen werden und er auch noch einen privaten Verlust erleiden muss. Die Polizei zeigt sich bei alldem machtlos. Das tägliche Gift, der Dauerhass sickert schließlich auch in Noacks Seele. Er schliddert allmählich in die trübe Szene von waffenhortenden Preppern, Reichs- und Wehrbürgern, abgestoßen und fasziniert zugleich. Als es in Berlin während der brutalen Sommerhitze zu Großbränden, Unruhen und offener Anarchie kommt, merkt er, dass er sich mit den falschen Leuten eingelassen hat. Jetzt geht es nur noch um Leben oder Tod.

»Ein ausgezeichnet geschriebener, spannender Roman über den Wahnsinn, der sich aus dem Internet in die Gesellschaft ergießt.«
*Die Welt*

**Johannes Groschupf**, 1963 in Braunschweig geboren, war viele Jahre als freier Reisejournalist für *Die Zeit, FAZ, FR* u. a. unterwegs. 1994 Hubschrauberabsturz in der Sahara. 1998 entstand aus dieser Erfahrung das Radio-Feature *Der Absturz*, das im Jahr darauf den Robert Geisendörfer Preis erhielt. Danach literarische Arbeiten, v. a. im Jugendbuchbereich, und Artikel für *Tagesspiegel* und *Die Welt*. 2019 wurde er mit dem Deutschen Krimipreis und 2020 mit dem Politik-krimipreis der Heinrich Böll Stiftung Baden Würtemmberg ausgezeichnet.

Johannes Groschupf

# BERLIN PREPPER

Thriller

Herausgegeben von
Thomas Wörtche

Suhrkamp

2. Auflage 2025

Erste Auflage 2020
suhrkamp taschenbuch 5093

Umschlaggestaltung: zero-media.net, München
Umschlagfoto: Shannon Ramos/EyeEm/Getty Images, München
Druck und Bindung: CPI books GmbH, Leck
Printed in Germany
ISBN 978-3-518-47093-0

Suhrkamp Verlag GmbH
Torstraße 44, 10119 Berlin
info@suhrkamp.de
www.suhrkamp.de

# BERLIN PREPPER

*Das Leben ist hart,*
*aber wenn man blöd ist,*
*ist es noch härter.*

George V. Higgins,
*Die Freunde von Eddie Coyle*

# TEIL 1

**1** Vor dem Job im Newsroom ging ich nachts laufen. Lebe in der Lage. Kurz vor Mitternacht schnürte ich meine Turnschuhe und verließ die Wohnung. Im Treppenhaus begegnete ich niemandem, die meisten Mieter gingen einer geregelten Arbeit nach und deshalb früh zu Bett. Auf der Straße fiel ich in einen leichten Trab, die Hauswände entlang, manchmal auf der Straße, und erreichte den Görlitzer Park.

»Hallo, Meister«, sagte eine der Gestalten am Eingang.

»Hallo«, sagte ich und lief weiter.

»Alles klar?«, fragte der nächste Mann.

»Alles klar«, sagte ich.

Die acht oder zehn Dealer, die immer hier standen, kannten mich längst und wussten, dass ich bei ihnen nicht kaufte, dennoch grüßten sie mit einem Nicken oder durch das Heben der Hand. Ich lief an ihnen vorbei Richtung Osten, die Brücke über den Landwehrkanal hinweg, horchte auf meinen ruhigen Herzschlag und beschleunigte allmählich, jetzt schon auf der Bahnüberführung nach Treptow. Auch hier standen junge kräftige Männer aus Gambia, Guinea-Bissau und Sierra Leone in Gruppen beisammen, ihre Gesichter waren in der natürlichen Tarnung der Dunkelheit kaum zu sehen. Sie waren unbesorgt, rauchten und lachten, der Park und seine Ausläufer waren seit Jahren ihr Revier, vor allem nachts.

Mich ließen sie passieren, weil ich seit Monaten fast jede Nacht vorbeikam. Sie hörten eine harte Reggae-Variante, die mir gefiel, weil sie mich einige Schritte lang an die Jahre erinnerte, als ich Karli kennenlernte und als wir Nick bekamen, dann lagen die Dealer schon hinter mir, auch die schleppenden Dancehall-Rhythmen und meine Erinnerungen verhallten. Ich lief durch Seitenstraßen zum Treptower Park, nahm die Kieswege zum Spreeufer. Mein Körper glitt bei gutem Tempo geschmeidig durch die Nacht, meine Füße erkannten den Boden, blieben im federnden Schritt, auch wenn sie Baumwurzeln oder Wellen im asphaltierten Weg berührten. Berlin lag jetzt, da ich die Insel der Jugend passierte, in meinem Rücken, ich tauchte in den Plänterwald ein. Entweder nahm ich den Uferweg am verfallenen Spreepark entlang oder die schnurgerade Schneise mitten durch den Wald. Auf diesem langen Weg brachte ich meinen Körper auf hohe Belastung, indem ich Sprints einlegte oder eine Weile rückwärtslief, um mein Balancegefühl zu schulen und die Angst vor dem Fallen zu verlieren.

Jetzt war ich wirklich wach, meine Sinne scharfgestellt. Jede Regung im Wald spürte ich, jedes Knacken von Zweigen, jedes Aufflattern einer Eule oder Ringeltaube. Im letzten Waldstück vor der Dienststelle der Wasserschutzpolizei Ost hatte ich meine Schwimmsachen in einer unauffälligen Mulde zwischen vier Birken gebunkert, ich zog mich rasch um und ließ mich lautlos in die Spree gleiten. Die Kälte des Wassers spürte ich nicht, mein Körper war durch den Neoprenanzug geschützt und durch den Lauf zuvor genügend erhitzt. Die ersten Minuten genoss ich, das Leben ist einfach, wenn man mit dem Strom schwimmt. In ruhigen Zügen schwamm ich stadteinwärts, am Fähranleger Wilhelmstrand und dem Funkhaus Nalepastraße vorbei, an der kleinen Insel Bullenbruch, gegenüber lagen Zementwerk und Heizkraftwerk, die nachts menschenleer schienen. Das Wasser trug mich, über mir hatte ich den Himmel, der in manchen Nächten wolkenlos war, in anderen bedeckt oder verhangen, gelegentlich schwamm ich auch im Mondlicht. Ich ruhte von der Anstrengung des Laufes aus und wappnete mich vor der bevorstehenden Strapaze. Vor dem Eiland Kratzbruch bog ich zur Insel der Jugend ein, folgte der Strömung der Spree, ließ mich auf dem Rücken treiben, als ich unter der Elsenbrücke hindurchschwamm. Um diese Uhrzeit kamen keine Ausflugsdampfer mehr, nur sehr selten Partyflöße, auf denen betrunkene Leute krakeelten, ich sah dann schon die beiden Türme der Oberbaumbrücke vor mir. Egal zu welcher Jahreszeit strömte das Partyvolk von der Warschauer Brücke nach Kreuzberg hinein oder hinüber zum ›Berghain‹ hinter dem Ostbahnhof, in vielen Nächten hörte ich auf der Brücke Straßenmusiker spielen, Flaschen zersplittern, elektronische Bässe knallten unablässig aus den Fenstern des ›Watergate‹. Eine U-Bahn zog über die Brücke hinweg. Niemand bemerkte mich, wenn ich für einen kurzen Moment die geballte Faust aus dem Wasser hob.

Dann drehte ich um, und der eigentliche Kampf begann. Die Strömung der Spree war ruhig, aber kraftvoll, ich musste beständig dagegenhalten. Es hatte mich Jahre gekostet, bis ich die gesamte Strecke bis zur Wasserschutzpolizei Ost in einem Zug bewältigen konnte, anfangs musste ich mich oft ans Ufer oder auf das rostige Wrack hinter der Arena retten, schluckte unterwegs viel Spreewasser, die Muskeln meiner Arme und Beine waren hoffnungslos übersäuert und ich verfluchte mich selbst, weil ich mir dieses Training auferlegt hatte. Wozu? Wenn ich am Badeschiff vorbeikraulte, Zug um Zug, Meter um Meter, sah ich die Hipster dort sitzen, die Jünglinge mit ihren Vollbärten und dem Bauchansatz der Nerds, neben ihnen langhaarige Mädchen, die sich in

Selfie-Posen fotografierten, und ich gewann wieder Kraft und Mut. So wollte ich nicht enden, da war ich mir sicher. Wenn die Stunde kam, war ich gerüstet und fähig zu reagieren. Diese Leute aber gingen unter. Sie schwammen in ihrem künstlichen Becken mit gereinigtem, temperiertem Wasser und hatten keine Ahnung, dass wenige Meter neben ihnen ein Mann durch das kalte, dreckige Wasser der Spree kraulte.

Der Weg zurück wurde mir sauer. Ich konzentrierte mich stets auf die nächsten zehn Schläge, danach die nächsten zehn, nur nicht ausruhen, sonst trieb die Strömung mich wieder flussabwärts. Weiter, weiter. Ich arbeitete mich zur Elsenbrücke vor, schwamm an der Gastwirtschaft Zenner vorbei und an der Insel der Jugend, dann kam rechter Hand der verlassene Spreepark, über den Wipfeln sah ich in manchen Nächten die Gondeln des Riesenrads hängen. Ich zählte meine Schwimmzüge, in meinem Kopf peitschte mich die Stimme meines Vaters weiter, sodass ich aus reiner Erbitterung weitermachte, über jede Erschöpfung hinaus. Mittlerweile schaffte ich die Strecke in jeder Nacht.

Meine Turnschuhe warteten. Ich kleidete mich um, packte die Tüte mit dem Neoprenanzug wieder in die Mulde zwischen den Birken und lief den Weg an der Spree entlang zurück. Manchmal kam ich an älteren Männern vorbei, die mitten in der Nacht am Ufer saßen und angelten, oder an den Obdachlosen, die sich unter der Elsenbrücke ein Zeltlager eingerichtet hatten. Im Schlesischen Busch und im Görlitzer Park hatten die afrikanischen Dealer gut zu tun, vor allem in den Nächten am Wochenende, überall unter den Büschen und Sträuchern hatten sie ihre Ware gebunkert, so wie ich in Parks und brachliegenden Grundstücken in der ganzen

Stadt meine kleinen Vorratslager für den Notfall eingerichtet hatte. Aber ich verkaufte nichts, und niemand wusste davon.

Wenn die Stunde kam, war ich vorbereitet. Ein Prepper. Man lachte über Leute wie mich, aber ich wusste: Wer zuletzt lacht, lacht am besten. Nicht einmal ein Prozent der Bevölkerung ist adäquat auf einen Katastrophenfall eingerichtet. In Berlin vermutlich noch weniger. Man vertraut darauf, dass schon nichts passiert. Verlässt sich auf Vater Staat. Auf die Berliner Verwaltung. Aber in der Stunde der Not ist dann niemand mehr da, und dann ist das Geheule groß. Ich vertraute niemandem mehr. Ich hielt mich in Form, um im Notfall gerüstet zu sein. Ich wartete nicht auf die Krise, aber ich wusste, dass sie unausweichlich kommen würde. Meinetwegen. Ich war in guter körperlicher Verfassung, hatte Vorräte für mehrere Monate in der Stadt und außerdem das nötige Werkzeug, um mich noch einige weitere Wochen lang in der Wildnis durchschlagen zu können.

Als das Angebot für den Job im Newsroom kam, war ich vierundvierzig Jahre alt und hielt mich seit dem Scheitern meiner Ehe mit verschiedenen Jobs über Wasser. Davor hatte ich Jugendliche in Karate trainiert, einige Jahre lang einen kleinen Second-Hand-Laden für Heftromane in der Sonnenallee gehabt, auch eine Weile in einem Anzeigenblatt gearbeitet. Ich ging nur deshalb zum Vorstellungsgespräch in den Newsroom des Zeitungskonzerns, weil ein Trainingspartner beim Tischtennis davon erzählt hatte. Guido mit der schnellen Rückhand. So ein Angebot käme nie wieder, sagte er in der Umkleide. »Die suchen einen Content Moderator. Das ist leicht verdientes Geld. Die brauchen verlässliche Leute, die Studenten kommen zu spät oder gar nicht, die jungen Leute lesen nicht gern. Die suchen einen Silver Surfer wie dich. Geh mal hin.«

Ich wusste nicht, was ein Content Moderator macht, aber ich brauchte regelmäßige Einkünfte, um einen alten Jeep zu kaufen, nach und nach umzubauen und für Fahrten in die Wildnis tauglich zu machen. Wenn es hart auf hart kam, wollte ich nicht in der Stadt bleiben müssen, sondern weitere Optionen haben. Vor kurzem hatte ich einen NVA-Kübelwagen Sachsenring P3 in Suhl geortet, der für zwölftausend Euro angeboten wurde: lange nicht bewegt, doch nicht allzu heruntergekommen, es wäre ein Anfang.

Also ging ich zum Vorstellungsgespräch. »Der Job ist kein Zuckerschlecken«, sagte der Ressortleiter, der sich als Harry vorstellte. Er duzte mich sofort. »Hier sagt niemand Danke. Keiner wird dich grüßen.«

»Darauf kann ich verzichten«, sagte ich. »Ich will den Job nicht, um Freunde zu gewinnen.«

»Im Newsroom gibt's keine Freunde«, sagte Harry. »Als Content Moderator hast du nur eine Aufgabe: acht Stunden täglich Hasskommentare lesen und löschen. Volkes Stimme, Schaum vor dem Mund, rund um die Uhr. Beleidigungen, Lügen, Unterstellungen, Tiraden, Gewaltphantasien, Morddrohungen. All das muss weg.«

»Ich mach's dir weg«, sagte ich. »Ich bin der Klomann, wenn ich das recht verstehe. Kein Problem für mich.«

Harry meinte es ernst. »Wenn dieser Hass ungefiltert auf die Seite kommt, kriegen wir Ärger. Machst du mehr als drei Fehler im Monat, bist du raus. Du stehst mit beiden Beinen in der Kloake, und entsprechend riechst du für die anderen. Überlege es dir. Du kannst sofort anfangen. Dreizehn Euro die Stunde.«

Sein Lächeln war einladend, das machte mich misstrauisch. Aber der Job interessierte mich.

»Seit wann schreiben die Leute diese Kommentare?«

»Seit wann, gute Frage. Wir machen das seit neun Jahren, damals gab es noch keine Flüchtlingskrise, damals haben sie den Euro gehasst. Aber glaub mir, die Welt ging für die Leser auch damals schon unter.«

Harry seufzte. Er sah erschöpft aus, seine Wangen wirkten ausgezehrt, unter den Augen hatte er tiefe Schatten. Vielleicht kiffte er auch einfach zu viel. »Die Zeiten haben sich geändert, der Tonfall ist ruppiger geworden«, sagte er.

»Ist mir klar«, sagte ich.

»Das hoffe ich«, sagte Harry. »In deinem Interesse. Auch in unserem. Wir brauchen robuste Mitarbeiter. Belastbare Leute. Glaub mir, ich habe die Studenten so satt, die nach zwei Wochen wieder aufgeben, weil sie den Hass nicht ertragen.«

»Ich gebe nicht auf«, sagte ich. »Ich schwimme jede Nacht von der Oberbaumbrücke zur Wasserschutzpolizei Ost.«

Er schaute mich schweigend an. Sein Gesichtsausdruck veränderte sich nicht.

»Ich hasse die Strecke«, sagte ich. »Aber ich halte sie durch. Jede Nacht. Du musst mir nichts über Hass erzählen.«

Ich sagte nichts mehr vom Schwimmen. Auch nichts von meinem Kübelwagen, den ich umbauen und aufrüsten wollte. Nichts von meinen Vorsorgelagern, den Notfallplänen. Die meisten Leute konnten damit nichts anfangen, sie schauten einen nur schräg an.

Harry fragte nicht weiter, er lachte. »Du kannst den Job haben.«

Wir gaben uns die Hand.

»Willkommen im Reich des digitalen Volkszorns«, sagte Harry.

## 2

Ein dünner kalter Januarregen fiel über den noch dunklen Vorplatz, als ich zur Arbeit kam. Seit zwei Jahren fuhr ich jeden Morgen zum Verlagshaus, Monat um Monat, Woche für Woche. Die nächtlichen Läufe und das Schwimmtraining hatte ich aufgeben müssen und mich stattdessen an die neue Routine gewöhnt. Lebe in der Lage. Ich grüßte die Männer vom Wachschutz, hielt meinen Hausausweis an den elektronischen Scanner und betrat das wuchtige Gebäude. So früh am Morgen war es noch so gut wie leer. Ich ging an der Büste des Firmengründers vorbei durch den langen Flur und hielt meinen Ausweis an die nächste Kontrollbox. Der Newsroom war eigens gesichert. Nur wer hier arbeitete, hatte Zutritt.

Der Newsroom war die Kathedrale des Konzerns. Die Eingangstüren waren drei Meter hoch und aus schwerem Holz. Sie fielen mit einem satten Knall hinter mir ins Schloss. Dann öffnete sich der hohe Raum, in ein künstliches Halbdunkel getaucht, das sich im Laufe des Tages kaum aufhellte. Über den Arbeitstischen der verschiedenen Ressorts, die wie Sonnenstrahlen vom Mittelpunkt nach außen liefen, hingen Bildschirme, auf denen mehrere Nachrichtensender in raschen Schnittfolgen von Autobahnunfällen, Unwettern, Erdrutschen und Polizeieinsätzen aus aller Welt berichteten. Erdbebenopfer saßen weinend auf den Trümmern ihrer Häuser. Väter trugen ihre leblosen Kinder auf dem Arm. In Australien wüteten Waldbrände, die Leute sahen ihre Häuser in Flammen aufgehen, versuchten viel zu spät zu flüchten, standen dann mit Tausenden anderen Autofahrern im Stau. Die Bilder der Katastrophen glichen sich. Die Supermärkte waren leergekauft oder vernagelt, wenn der Hurrikan kam und die nächste Überschwemmung brachte. Schulbusse standen ausgebrannt am Straßenrand. Ein Erdrutsch riss Häuser in die Tiefe, die Menschen wussten nicht, wie ihnen geschah. Ich sah ihre panischen Gesichter, die ausgestreckten Arme, die um Hilfe bettelten, immer mit einem Kopfschütteln. Sie alle hatten sich viel zu lang in Sicherheit gewiegt. Der Ernstfall konnte ständig eintreten. Ich hatte meine Reserven, ich wusste, was zu tun war, wenn das Wetter umschlug. Das Fernsehen aber konnte von Opferbildern nicht genug bekommen. Bis auf die Katastrophenmeldungen auf den Monitoren war alles noch reglos. Der Newsroom schien mit ruhigen Atemzügen zu schlafen, die Nachrichtenbilder waren seine Albträume.

Auch der Nachtredakteur im Auge, wie wir den Mittelpunkt der Redaktion nannten, bewegte sich kaum. Ich ging die Tische entlang zu meinem Arbeitsbereich, fuhr den Computer hoch, holte meinen Apfel aus dem Rucksack und legte ihn auf den Tisch. Ohne den Apfel konnte ich meinen Dienst nicht anfangen. Aus der Teeküche in einem verdeckten Seitengang holte ich mir ein Obstmesser und ging auf dem Rückweg am Auge vorbei. Der Redakteur war jung, noch nicht lang dabei. Die Nachtdienste waren nicht beliebt.

»Wie sieht's aus?«, fragte ich.

»Alles ruhig«, sagte er und hielt sich beim Gähnen eine Hand vor den Mund. »Ein mittleres Erdbeben in Japan. Bergrutsch in Italien, keine Toten. Aber es gab zwanzig oder vierzig Tote im Mittelmeer, weiß nicht mehr genau. Flüchtlinge, wie immer.«

»Stimmt«, sagte ich. »Letzte Woche waren es fünfzig Tote. Die Kommentarschreiber haben sich gefreut: fünfzig hungrige Mäuler weniger, die wir stopfen müssen.«

»Um deinen Job beneide ich dich nicht«, sagte er. »Dieser Hass ist doch ekelhaft.«

»Das perlt an einem ab«, sagte ich. »Schönes neues Jahr, übrigens.«

»Auch so.« Sein Lächeln wirkte dünn. Um seinen Job beneidete ich ihn auch nicht. Er hatte die Nacht damit verbracht, vorgefertigte Texte auf die Homepage zu setzen. Dazwischen langweilte er sich und sah auch so aus. Sein Name fiel mir nicht ein. Dabei war er einer der wenigen Redakteure im Newsroom, die mich grüßten und mit mir redeten.

Content Moderatoren galten hier etwa so viel wie die Putzkolonne der pakistanischen Frauen, die manchmal, wenn sie sich verspätet hatten, noch um viertel vor sieben ihren dröhnenden Firmenstaubsauger durch die Gänge schoben. Es waren vier ausgezehrte Frauen, die mich immer mit einem breiten Lächeln begrüßten. Ich mochte sie, auch wenn mir der Lärm des Staubsaugers auf die Nerven ging. Sie hatten einen aufrechten Gang, vermutlich stammten sie aus einer Region des Karakorum-Gebirges und waren an harte Arbeit gewöhnt. Sie waren nicht unterzukriegen, davor hatte ich Respekt.

Zu Beginn der Schicht hatte ich noch meine Ruhe. Ich schälte den Apfel, viertelte ihn, entfernte das Gehäuse, steckte mir einen Schnitz in den Mund und begann, die Kommentare der Leser zu durchforsten. Nacht für Nacht kamen mehrere Tausend Postings zu den Artikeln unserer Homepage. Was auch aktuell vorgefallen war, die Beiträge der Leser dazu hatten stets den gleichen aufgebrachten Tonfall. *Es hilft nur noch eins: scharfe Waffe kaufen und diese immer geladen dabeihaben. Im Bedarfsfall rücksichtslos davon Gebrauch machen. – Ich bitte das Militär, doch seinen einzigen funktionierenden Panzer aufzutanken und damit nach Berlin zu fahren, um diesem Chaos ein Ende zu bereiten. Dieser Staat ist handlungsunfähig. – Merkel wird als Untergangskanzlerin Deutschlands in die Geschichte eingehen.*

Ich fragte mich oft, wer diese Kommentarschreiber waren, wie sie wohl aussahen, woher sie die Zeit nahmen, täglich stundenlang Beiträge zu schreiben und zu posten. Einer nannte sich »Rambo« und schrieb täglich sechzig, achtzig Postings zu den unterschiedlichsten Themen, die Kommentarforen waren das Unterholz, in dem er seinen langwierigen, unerbittlichen Kampf gegen das verlogene System führte, der Klapprechner seine Waffe. Er feuerte Posting auf Posting in unsere Leserforen. *Die Stunde der Abrechnung wird kommen. – Das Gesocks muss krepieren. – Die Volksverräter werden dort enden, wo Volksverräter immer enden.* Die meisten seiner Beiträge fing ich ab und verschob sie ins Archiv der gesperrten Kommentare. Kaum einer der User agierte unter seinem Klarnamen, die meisten benutzten Decknamen. »Karl Martell« arbeitete sich am Islam ab, er schrieb sich Nacht für Nacht die Finger wund, um darzulegen, welchen verheerenden Einfluss der Islam in der Menschheitsgeschichte hatte, er häufte Beweis auf Beweis, Textbaustein auf Textbaustein. *Hat es jemals einen muslimischen Nobelpreisträger gegeben? – Die Araber haben nicht einmal die Null erfunden! – Der Islam ist keine Religion, sondern Kinderschändung.* Weil seine Postings niemals einen Bezug zu den aktuellen Artikeln hatten, löschte ich sie mit einem Achselzucken. Daraufhin schickte er empörte Nachfragen, weshalb seine Kommentare nicht veröffentlicht wurden.

Andere User nannten sich »Besorgter Bürger«, »Volksschullehrer«, »Denkzettel«, »Axel Schweiß«, »Plantagenbimbo«, »Musashi«. Es waren Hunderte. Tausende. Zehntausende. Die Zeitung brauchte Leser, sie brauchte Käufer, Abonnenten. Die Kommentarschreiber lasen die Artikel nur selten, sondern begnügten sich mit den Überschriften, um sich zu empören, viele begaben sich sofort in den Kommentarbereich, wo sie unter sich waren. In diesen Foren, davon waren sie zutiefst überzeugt, wurde die eigentliche Wahrheit verbreitet. Nach zwei Jahren meinte ich sie allmählich zu kennen: übellaunige ältere Männer, weitgehend humorlos und von sich selbst überzeugt, hasserfüllt und wehleidig. Es gab auch Frauen unter ihnen, die sich »Lady Midnight«, »Beate Z.« oder »Racheengel« nannten und sich Sorgen machten um ihre Töchter, die sie nicht mehr vor die Tür lassen konnten, weil dort Horden von muslimischen Männern herumlungerten, um über die Mädchen herzufallen.

»Wüstenfuchs« war einer der vielen pensionierten Soldaten in unseren Foren, die sich mit der, wie sie fanden, teilweise bitteren, aber eigentlich doch ruhmreichen deutschen Geschichte befassten, alle Waffengattungen im Schlaf aufsagen konnten und Irrtümer in den Artikeln des Ressorts Geschichte unerbittlich nachwiesen. *Stauffenberg war nur Oberst, nicht General. Lügenpresse! Setzen, sechs!* Sie alle beklagten den aktuellen Zustand der Bundeswehr. Für »Udet« war es auch nach Jahren unfassbar, dass eine Frau Verteidigungsministerin war, er hatte mit Frauen offensichtlich keine guten Erfahrungen gemacht. *Frauen sind evolutionär für die Aufzucht von Babys und Kleinkindern op-*

*timiert, sie haben von der harschen Realität keine Ahnung*. In einem Heer konnten sie nur Unfug anrichten, die falschen Gewehre ordern und Wickelräume für die Soldatinnen einrichten. »Udet« wurde von einem verzweifelten Gelächter geschüttelt, wenn er sich vorstellte, dass die Russen angriffen. Deutschland würde keine zwei Tage standhalten. *Die Bundeswehr hat ja nur noch lackierte Besenstiele in ihren Waffenkammern*.

Sie alle hatten nicht viel Freude im Leben. Sie machten sich Sorgen. In den Foren fanden sie Verständnis und digitale Nähe einer gleichgesinnten Gemeinschaft. Hier konnten sie aussprechen, was sie bewegte und besorgte. Aber sie hörten einander kaum zu, allenfalls bestätigten sie sich gegenseitig ihre Meinungen. *Genau! Könnte ich nicht besser sagen! Volle Zustimmung!* Auch das löschte ich, und das brachte sie umso mehr in Rage, weil sie sich ohnehin ständig und seit je verraten und verkauft, belogen und betrogen fühlten. Die Kommentarschreiber hassten mich und die anderen Moderatoren aus tiefster Seele, wir waren *Zensurhuren, Mediennutten, Praktikanten, Propagandasäue*.

Mir war es recht, es perlte tatsächlich an mir ab. Nach zwei Jahren wirkte ihr ständiger Ärger über die Flüchtlinge eintönig, manchmal wunderte ich mich über neue Ausfälle und Attacken, und gelegentlich musste ich auch über sie lachen. Hin und wieder versetzten mir ihre Wut und ihr fieser Hass einen Schlag in die Magengrube. *Ihr gottverfluchten kranken Arschlöcher, ihr seid der übelste Dreck, den Deutschland ausgeschissen hat. Hitler kriegt Konkurrenz*. Aber auch das war Routine, es gehörte dazu. Man hatte mich gewarnt. In einer Sache gab ich ihnen recht: Das Land steuerte auf eine Krise, auf eine Katastrophe zu, auf den Untergang.

Gegen sieben holte ich mir eine druckfrische Printausgabe, die für alle Mitarbeiter in großen Stapeln neben dem Paternoster auslag, ich mochte den Geruch von Druckerschwärze und frischem Papier. Mit der Zeitung stieg ich in den Paternoster und ließ mich nach oben tragen. Die Leser sahen eine Zukunft voraus, in der das Land von islamischen Machthabern unterworfen und geknechtet war, die Deutschen als Sklaven der neuen Herren ausgebeutet wurden und in der Gosse lebten, die Frauen sich in dunkle Tücher kleiden und den Wünschen der muslimischen Männer beugen mussten. Ich sah eine andere Krise kommen: eine aufgegebene, entvölkerte Großstadt, ein Überleben in den Brandenburger Wäldern.

Das alte Hochhaus, Turm genannt, ragte neunzehn Stockwerke in die Höhe. Der Firmengründer hatte es in den Sechzigerjahren am Rand der Berliner Mauer bauen lassen, um die Schwestern und Brüder drüben in der Zone zu grüßen. Die Fassade sollte wohl einmal golden wirken, nun war der Anstrich zu einem schäbigen Gelb geworden. Mittlerweile gab es im Turm auch Fahrstühle, ich bevorzugte die offenen Kabinen des Paternosters, die nahezu lautlos im unermüdlichen Umlauf durch die Etagen glitten. Im neunzehnten Stock stieg ich aus und betrachtete die noch dunkle Stadt, die eben erst aufwachte. Noch immer fiel ein feiner Regen.

Regen erinnerte mich immer an Tschernobyl. Als ich zwölf Jahre alt war, zog wenige Tage nach der Explosion in Tschernobyl die Regenwolke über uns hinweg. Ich wusste, dass der Regen hochgiftig war, also begann ich, eine Höhle im Garten zu bauen, einen Unterstand, am liebsten hätte ich einen Bunker gebaut, einen Atomschutzbunker. Mein Vater schüttelte den Kopf. »Das bringt gar nichts«, sagte er. »Wie kann ich mich denn schützen?«, wollte ich von ihm wissen. Er hatte keine Ahnung, es kümmerte ihn einfach nicht. Mich aber interessierte es brennend, wie ich die kommenden Katastrophen überstehen konnte. Die Zeitungen in den Achtzigerjahren waren voller Illustrationen, die West-Berlin als heiße Kampfzone im nächsten Krieg zeigten, Mitteleuropa als riesiges Gebiet, das der Vernichtung durch Mittelstreckenraketen und Neutronenbomben anheimfallen sollte. Wie konnte man im Ernstfall in einem verseuchten Gebiet überleben? Wo konnten wir Nahrung finden, wenn wir nach den Raketeneinschlägen aus den Bunkern krochen? Die Städte, so las ich, sollten dann noch intakt sein, Gebäude und Straßen, Fahrzeuge und Infrastruktur unversehrt, nur die Menschen und Tiere ausgerottet, die Natur verwüstet. Ich arbeitete fieberhaft an Notfallplänen. Wenn meine Eltern sich nicht darum kümmerten, musste ich Lösungen finden. Die Augen offenhalten. Mich auf Krisen vorbereiten. Meine Eltern lachten, wenn ich Geldkassetten im Garten vergrub und Lebensmittel im Keller hortete. Ich wünschte mir eine Gasmaske zu Weihnachten, schnitt alte Regenmäntel zu Schutzkleidung um. Das leichtsinnige Verhalten meiner Eltern machte mich rasend. Sie schliefen, während ich ganze Nächte wach im Bett lag und mich fragte, ob ich an alle Schutzvorrichtungen gedacht hatte. Die Neutronenbombe wurde dann doch nicht stationiert. Aber der Reaktor in Tschernobyl explodierte und der radioaktive Niederschlag in den Wochen danach verseuchte halb Mitteleuropa. Damals gewöhnte ich mich auch an Konservennahrung. Meine Eltern blieben tagelang im Haus, von nun an hörten sie öfter auf mich.

Das war jetzt mehr als dreißig Jahre her, und immer noch

flößte mir Regen ein Unbehagen ein, egal ob im Januar oder im Mai. Ich fuhr wieder hinunter, sah Stockwerk um Stockwerk vorbeigleiten, hörte manchmal ein kurzes Staubsaugerdröhnen oder das Husten eines Frühaufstehers. In diesen Etagen befanden sich die Redaktionsräume der Boulevardzeitung, von deren Erträgen wir alle lebten, die Vorstandsetage und die Verwaltung des Konzerns, die alteingesessenen Redakteure und Korrekturleser, Informationstechniker und Vertriebler.

Unten füllte sich der Newsroom allmählich. Die Sportredakteure kamen um neun. Der älteste von ihnen war ein übergewichtiger Kettenraucher, der am liebsten Interviews mit Boxern machte. Der Fußball-Chef hatte stets ein verkniffenes Gesicht. Die Redakteure aus Wirtschaft und Politik kamen gegen halb zehn, viele von ihnen waren jung und trugen scharfe Scheitel. Das Stimmengewirr der Gespräche und Telefonate, das Klappern der Tastaturen, das Geräusch der Schritte und das verborgene Surren der Klimaanlage füllten den hohen Raum. Ich verhielt mich ruhig, löschte Spam aus dem Redaktionsordner, moderierte die einlaufenden Kommentare und wartete auf meine Kollegen. Der Ressortleiter Harry erledigte seine Arbeit zumeist im Homeoffice und tauchte nur in dringenden Fällen auf.

Seit Punkt halb neun saß Kottwitz im Auge. Er war der Chef des Newsrooms. Ich spürte es sofort, wenn er im Raum war, auch wenn ich es vermied, zum Auge zu blicken. Kottwitz hatte einen rasierten und geölten Schädel und trug dazu eine schwere Hornbrille. Er stammte aus altem preußischen Militärgeschlecht, hatte Jahrzehnte bei der Bundeswehr gedient, bei einem Einsatz in Afghanistan einen Unterschenkel verloren, was er durch eine Prothese gut kaschieren konnte. Natürlich wusste jeder im Haus darüber Bescheid, man sprach aber nicht darüber.

Kottwitz war oft gereizt, konnte aber tatsächlich auch witzig sein. Seine Mails zum Tagesgeschehen waren flott und scharfsinnig geschrieben, außerdem hegte er eine überraschende Zuneigung zu alten Heavy-Metal-Bands. Als Lemmy Kilmister gestorben war, hatte Kottwitz in der Tagesmail alle o-Vokale als Heavy-Metal-Umlaut geschrieben. Wenn bei Wetterwechseln sein Stumpf schmerzte, konnte er unangenehm werden. Einem unfähigen Kollegen hatte er vor Monaten in einem Streit über die Schreibweise eines afghanischen Ortsnamens seinen Schlüsselbund an den Kopf geworfen.

An diesem Vormittag winkte er mir knapp zu, und ich ging gleich zu ihm hin. Man ließ Kottwitz nicht warten.

»Wir haben hier eine Beschwerde an den Presserat wegen eines Kommentars«, sagte er und schob mir eine ausgedruckte Mail hin. »Ich frage mich, wozu ihr hier überhaupt angestellt seid. Wenn uns jetzt noch was fehlt, dann sicher eine Rüge vom Presserat, weil ihr euren Job unzweckmäßig macht.«

Ich las den ausgedruckten Kommentar. *Kanzlerin Merkel gehört an die Wand. Palaver unnötig.*

»Solche Sprüche bekommen wir täglich zu Hunderten, natürlich darf das nicht online stehen«, sagte ich. »Tut mir leid.«

»Ihr lernt es einfach nicht«, sagte Kottwitz. »Das wird sich früher oder später rächen. Das ist die dritte Drohung mit dem Presserat seit Weihnachten, das Jahr fängt richtig cremig an für uns.«

Widerworte waren nutzlos. Die anderen Redakteure

sahen zur Seite, während ich vor Kottwitz' Platz stand. Sie waren erleichtert, wenn er sich jemand anderen vorknöpfte. Ich schaute auf den Schlüsselbund, der neben seiner Tastatur lag. Zwölf, vierzehn Schlüssel an mehreren Ringen, einiges an Gewicht.

»Ich suche das Posting sofort raus und entferne es«, sagte ich. »Dauert keine fünf Minuten. Den User kann ich dauerhaft sperren. Dazu schreibe ich ihm eine Mail, dass man so nicht über die Kanzlerin spricht. Beim Leser, der auf diesen Kommentar hingewiesen hat, bedanke ich mich für die Meldung. Es kommt nicht wieder vor.« Natürlich war das gelogen, es kam wieder vor, in zwei oder drei Tagen, nächste oder übernächste Woche, zum Beispiel von Userin »Lady Midnight«: *Man sollte den sprechenden Hosenanzug an den Haaren über den Marktplatz zur Hinrichtung schleifen.* Aber das musste der Chef nicht mitbekommen, meist machten wir den Dreck alleine weg.

»Danke für den Aufwand«, sagte Kottwitz und wandte sich seinem Monitor zu. »Das war's erst mal.«

Ich kehrte an meinen Platz zurück, löschte den Beitrag, der von anderen Lesern bereits dreiundsiebzig Zustimmungsherzchen erhalten hatte, und schickte Kottwitz eine entsprechende Mail. Auch wenn es nicht mein Fehler gewesen war, er wurde mir zugerechnet, ich hatte für diesen Monat nur noch zwei Irrtümer frei. Diese Regel wurde rigoros durchgesetzt, ganz gleichgültig, wie schwach die Dienste besetzt waren.

Kurz vor zehn kam Guido, der mich bei der Moderation unterstützen sollte. Er warf seine Sporttasche neben seinen Stuhl. Neue Trainingsjacke, Goldkettchen, ein agiler Neuköllner. Tischtennis war sein Leben.

»Muss gleich weiter zur Morgenkonferenz«, sagte er,

während er seine Tasche auspackte. »Schönes neues Jahr, übrigens. Hat gut angefangen, ich habe den dritten Platz im Neujahrsturnier gemacht. Knie nieder, ich bin der Master of Vorhand.«

»Gratuliere«, sagte ich.

Er freute sich. »Ich hatte einen Lehrgang zwischen den Jahren, nur Vorhandtraining, sechs Stunden jeden Tag, Vorhandkonter, Oberkörperdrehung, extremer Topspin, stundenlang, aber ich sage dir, das bringt auch was. Das Turnier danach lief super. Ich habe sie hin und her gescheucht. Was hast du an den Feiertagen gemacht? Ich muss gleich los, hat Kottwitz was gesagt?«

»War schwimmen«, sagte ich. In der Nacht von Heiligabend hatte ich versucht, wieder die Strecke zwischen der Oberbaumbrücke und dem Plänterwald zu bewältigen. Aber ich war gescheitert, schon an der Elsenbrücke musste ich aus dem Wasser und den Rest laufen. Die beiden Jahre am Schreibtisch hatten mich träge gemacht. Ich joggte zwar regelmäßig, schwamm aber kaum noch. In der Silvesternacht hatte ich es noch einmal versucht, um wieder Tritt zu fassen, und war wieder gescheitert, kurz vor der Insel der Jugend. Seitdem war ich müde wie ein alter Hund.

Guido hörte ohnehin nicht zu. Er blinzelte mir mit einem angedeuteten Vorhandtopspin zu und ging zur Morgenkonferenz.

Inzwischen kümmerte ich mich um Zuschriften der Leser, deren Kommentare nicht veröffentlicht worden waren. Sie beklagten sich erbittert über unsere Zensur und pochten auf die im Grundgesetz verankerte Meinungsfreiheit. Manche erkundigten sich nach unseren Gründen, die Kommentare zu sperren, andere hofften auf Besserung, indem sie uns abstraften: *Kündigung ist raus!* Viele aber drohten auch ganz unverhohlen. *Wir werden euch Zensursäue finden und an den Eiern aufhängen. Die Laternen warten schon.*

Niemand der Redakteure oder der anderen Mitarbeiter nahm diese Drohungen sonderlich ernst. Ich schon. Meine Telefonnummer hatte ich aus dem Telefonbuch streichen lassen, meinen Namen auf der Klingel an der Haustür entfernt. Die meisten Leser waren harmlos, aber ich wollte kein Risiko eingehen. Wenn wir im Newsroom an die Leser schrieben, benutzten wir den Namen »Sebastian Dörfer«, aber man konnte nie wissen, ob nicht auch ein paar findige Leute unter ihnen waren, die unsere realen Namen herausfanden. Wenn ein Kollege eine Mail falsch weiterleitete, waren die Namen klar. Dann auch die Gesichter, die Wohnorte. Angeblich kursierten in bestimmten Szenen bereits Listen mit fünfzehntausend Namen, deren Träger man sich nach einem Volksaufstand vorknöpfen wollte. Wann der sein würde, war unklar. Manche Gruppen riefen im Abstand von wenigen Wochen zum Marsch auf Berlin. *Als Deutscher kann man für dieses Regime und seine Systemlinge nur noch Verachtung empfinden. Der Genozid am deutschen Urvolk muss gestoppt werden. Notfalls mit Waffengewalt. Wacht auf!* Meine Wohnungstür hatte ein Stangenschloss, ich wollte ruhig schlafen. An manchen Tagen nahm ich eine andere Route zur Arbeit. Beim Einkaufen im Supermarkt passte ich auf, ob jemand mich beschattete oder verfolgte. Guido lachte darüber, er erzählte im Tischtennisverein gern von seiner Arbeit.

Ich hörte die sonoren Stimmen der Redaktionskonferenz am anderen Ende des Newsrooms, während ich eine höfliche Erklärung mit angefügtem Hinweis auf unsere Nutzungsregeln formulierte. Danach ging ich nach draußen.

Der Vorplatz lag in einem matten Morgenlicht, auch wenn es weiterhin sehr kalt war. Zwei Männer von der Security unterhielten sich vor dem Eingang. Vor dem Taxistand standen zwei Redakteure und rauchten. Ich fühlte mich verbraucht. An das Aufstehen um fünf Uhr morgens konnte ich mich nicht gewöhnen. Auch wenn ich in den ersten Stunden wach und frisch war, setzte am späten Vormittag eine starke Müdigkeit ein, die mich unaufmerksam machte und die ich nur bekämpfen konnte, indem ich viel Kaffee trank und draußen einen raschen Spaziergang machte. Die Anstrengung des Schwimmens in den letzten Tagen kam noch hinzu, ich hasste diese Momente der Schwäche.

Die Straßen waren jetzt belebt, der 29er Bus fuhr seine Haltestelle hinter der Kreuzung an. Das neue Jahr hatte eben erst begonnen. Auf den Gehwegen lagen noch Überreste vom Silvesterfeuerwerk, Böllerpackungen, ausgebrannte Raketen, zerfetzte Kanonenschläge, im Regen aufgeweicht und breitgetreten.

Über die Straße hinweg war die Senatsverwaltung für Soziales, gegenüber die Bundesdruckerei, in einer Seitenstraße dahinter befand sich ein Containerdorf für Flüchtlinge. Die syrischen, kurdischen und afghanischen Männer standen rauchend vor dem Zaun, ein paar Kinder streunten über das Gelände, ich hörte Frauenstimmen aus den provisorischen Behausungen. In den beleuchteten Zimmern hing Wäsche zum Trocknen. Der Eingang des abgezäunten Areals wurde von türkischen Security-Männern bewacht, die in Regenumhängen auf Plastikstühlen saßen und missmutig auf ihren Telefonen scrollten.

Mir summte noch der Kopf von den Kommentaren wie etwa von »Plantagenbimbo«: *Toll, dass wir massenweise so wertvolle Familien nach Deutschland hereingelassen haben. Ich fühle mich dadurch sehr bereichert und heiße im Rahmen der Willkommenskultur sehr gerne noch viel mehr von diesem Kroppzeug hier herzlich willkommen! – Dieser Abschaum gehört ausgerottet.*

Die Bilder aus Aleppo, als syrisches und russisches Militär die Stadt monatelang mit Napalm und Phosphor bombardiert hatte, waren im letzten Jahr ständig über die Bildschirme im Newsroom gelaufen. Ganze Stadtteile waren verwüstet, auf Jahrzehnte war dort ein normales Leben nicht mehr möglich. Sauberes Trinkwasser gab es kaum noch, Strom nur unregelmäßig. Wer fliehen konnte, floh. Sie waren über die Balkanroute gekommen, manche über die Türkei, hatten monatelang in Lagern gelebt. Jetzt standen sie hier und wussten nicht weiter.

Ich holte mir in einer türkischen Bäckerei an der nächsten Ecke einen Kaffee, trank ihn auf einer Parkbank, ging zurück zum Newsroom. Noch drei Stunden, dann hatte ich die Schicht hinter mir.

## 3

Peppa stand in der Raucherecke neben dem Eingang, sprang von einem Fuß auf den anderen und winkte mir zu.

»Schönes neues Jahr«, sagte sie. »Ich hoffe, du hast gut reingefeiert.«

»Kann mich nicht mehr daran erinnern«, sagte ich.

»Klingt gut. Ich habe Silvester bis neun hier zu tun gehabt, danach sind wir noch zu sechst mit den Entwicklern herumgezogen, wurde dann richtig spät. Aber tanzen wollten sie nicht, die standen nur mit ihrem Bier herum.«

Peppas Stimme war rau vom ständigen Rauchen, sie

hatte immer zwei Maxischachteln dabei, die machte sie im Laufe des Tages leer. Sie trug einen Wintermantel mit blauen Fäden, die an den Schultern hervorsahen. Pudelmütze, darunter dichtes braunes Haar. Grüne Augen. Peppa war erst seit sechs Monaten bei uns, aber sie kannte schon fast alle Kollegen, vor allem die jungen Produktentwickler, war ständig unterwegs, half in allen Abteilungen aus, musste zudem jede halbe Stunde nach draußen in die Raucherecke. Ihre Zigarette hielt sie wie eine Anfängerin zwischen Daumen und Zeigefinger. Jetzt im Winter trug sie draußen hellbraune Lederhandschuhe. Die Pudelmütze nahm sie auch im Newsroom nicht ab, zwei ältere Redakteurinnen hatten neulich in der Morgenkonferenz hinter ihr gelästert: »Es blamiert sich jeder, so gut er kann.«

Angeblich studierte Peppa Kulturwissenschaften in Frankfurt Oder, aber sie kam täglich in den Newsroom. Im Laufe des Vormittags kreuzte sie auf und blieb bis spät in den Abend. Woche für Woche sammelte sie so viele Arbeitsstunden, wie sie nur kriegen konnte. Mir kam es vor, als sei der Konzern für sie ein Abenteuerspielplatz. Sie wollte am großen Rad mitdrehen. Einmal hatte sie mit einem Nachtredakteur die Überschrift für den Aufmacher getextet. Kottwitz hatte ihr am nächsten Morgen zugenickt. Das zählte.

Insgeheim führte Peppa einen Wettstreit um die höchste Stundenzahl mit einem anderen Studenten, der eine anspruchsvolle Ex-Freundin und eine kleine Tochter hatte und deshalb täglich vierzehn, sechzehn Stunden knüppeln musste. Doppelschichten-Danny. Er ernährte sich von Kaffee und Zigaretten.

»Wie war es heute Morgen?«, fragte sie. Peppa war auf

Rekorde aus, je höher die Kommentarzahlen, desto größer ihre Begeisterung.

»Gut besucht«, sagte ich. »Zehntausend Kommentare bis jetzt, wir kommen sicher auf dreißigtausend heute. Einer wollte Merkel an die Wand stellen und abknallen lassen, leider hat Kottwitz das mitgekriegt. War der Spätschicht durchgerutscht, ein Leser will es dem Presserat schicken.«

»Ein anderer wollte mit Merkel die Straße zum Reichstag wischen«, sagte sie. »Hab ich gestern grad noch rausgefischt.«

Zwei Männer von der Security kamen vorbei, sie grüßten uns. Peppa winkte ihnen zu. Passanten liefen über den Vorplatz, Touristen fotografierten die elf Mauerteile, die der Konzern nach dem Fall der Berliner Mauer aufgekauft und hier zum Gedenken aufgestellt hatte. Auf einem Mauerstück balancierte eine Männerfigur. Schwarze Hose, weißes Hemd, ein Blick wie in Trance.

»Vor ein paar Jahren haben sie ihn mit roter Farbe übergossen«, sagte ich. »Vor meiner Zeit.«

Peppa trat ihre Zigarette aus. »Ich finde ihn süß, ich grüße ihn jeden Morgen. Übrigens: Harry kommt heute nicht rein. Er hat angerufen, dass er Homeoffice macht. Nadine hat für die Spätschicht abgesagt. Kannst du noch ein paar Stunden bleiben?«

»Ich bin seit sechs Uhr hier«, sagte ich. »In drei Stunden bin ich fertig, dann fahre ich nach Hause, lege mich auf die Couch und mache einen Mittagschlaf. Ich habe noch ein Leben außerhalb des Newsrooms. Frag die anderen.«

»Ich habe alle angerufen, Kasper, Elke, Jeremias. Sie sind alle unterwegs. Danny ist bei seiner Tochter. Guido hat abends Training und will auf keinen Fall einspringen.«

»Wenn ich was an diesem Job mag, dann sind es die geregelten Zeiten«, sagte ich. »Acht Stunden Dienst, halbe Stunde Pause. Danach fällt die Tür ins Schloss. Was ihr mit euren Überstunden macht, will ich echt nicht wissen.«

Der Teamleiter der Security stellte sich hinter uns in die Raucherecke. Griebsch. Längliches Gesicht, deutlicher Überbiss, Bürstenhaarschnitt. Er stand mit durchgedrückten Knien da und scrollte auf seinem Telefon, während er seine Zigarette rauchte.

»Dann bin ich allein«, sagte Peppa. »Kein Problem, ich krieg das schon hin, aber das wird heftig. Zehntausend Kommentare am Abend, wenn sie eh Blut sehen wollen. Dann gib mir eine Schlägerei unter Gebrauchtwagenhändlerinnen in Duisburg, und der Laden fliegt mir um die Ohren.«

»Hör auf«, sagte ich. »Nichts passiert heute. Du kriegst das hin.«

»Ein Mann mit Vollbart hat grad einen Pfleger in der Klapsmühle erstochen«, sagte Griebsch und zeigte auf sein Handy. »Er ist geflüchtet, oben in Reinickendorf, sie suchen ihn jetzt. Die Polizei sagt, man soll eine Armlänge Abstand halten, wenn man ihn sieht.« Er schnippte seine Zigarette weg und schüttelte den Kopf. »Ein Mann mit Vollbart. Die ganze Stadt ist ein Irrenhaus.«

»Noch mal zehntausend Kommentare mehr«, sagte Peppa. »Ein Mann mit Messer unterwegs in Berlin.«

»Ich will nicht jammern, aber ich bin seit halb sechs wach«, sagte ich. »Vor drei Tagen habe ich versucht, von der Oberbaumbrücke zur Insel der Jugend zu schwimmen. Ich bin müde.«

»Ich bringe dir Kaffee, so viel du willst.«

»Von Kaffee kriege ich Magenschmerzen«, sagte ich.

»Sag Harry, er soll Leute einstellen, die auch mal einspringen können.«

»Ich sag's ihm. Er findet es sicher super, wenn man ihm sagt, was er tun soll. Leute einstellen, die auch mal für Kollegen einspringen. Kann ich ihm ausrichten.« Sie schaute mich an und wartete.

»Schau mich nicht so an. Ich springe nicht ein. Kottwitz findet es nicht in Ordnung, wenn wir Doppelschichten knüppeln, dann steigt ihm der Betriebsrat aufs Dach. Es gibt klare arbeitsrechtliche Vereinbarungen. Selbst wenn ich wollte, ich darf einfach nicht, verstehst du?«

»Ich verstehe das«, sagte Peppa. »Ich bin da völlig bei dir. Keine Frage. Aber sieh es mal so: Kottwitz mag eigentlich keine Doppelschichten, aber er schätzt motivierte Mitarbeiter, die sich reinknien und die nicht einfach abhauen, wenn es hart auf hart kommt. Der Betriebsrat muss das nicht mitkriegen, der hat eh keine Ahnung, was hier läuft, denk an Doppelschichten-Danny.«

Sie rauchte jetzt schon die dritte Zigarette. Griebsch war wieder reingegangen. Er kontrollierte seine Männer, die überall im Haus verteilt waren. Mir gingen die Argumente aus.

»Ich bring dir magenschonenden Kaffee und Bananen«, sagte sie. »Außerdem hast du morgen frei und kannst ausschlafen.«

Sie kannte den Dienstplan auswendig.

»Wir müssen allmählich mal rein«, sagte ich. »Guido ist da allein, und Kottwitz mag ihn nicht.«

»Ich bin heute Abend auch allein, und dann ist noch nicht mal Kottwitz da«, sagte sie. »Nur die Kommentare. *Wir schaffen das. Vollbart, alles klar. Hat nix mit nix zu tun. Wie-*

*der Blut an Merkels Händen*. Und wenn ich was durchrutschen lasse, reißt Kottwitz mir den Kopf ab.«

»Okay«, sagte ich. »Okay. Dann bleibe ich eben. Wir teilen uns die Kommentare. Aber dafür will ich die nächsten beiden Tage frei haben.«

»Das machen wir«, sagte Peppa und hielt mir eine kleine Faust hin. »Walter, das werde ich dir nicht vergessen.« Ich berührte ihre Faust nur kurz, ich kam mir überrumpelt vor. Es gefiel mir nie, wenn geregelte Abläufe durcheinandergebracht wurden.

Peppa trat wieder von einem Fuß auf den anderen, vielleicht war ihr kalt, vielleicht war sie bloß erleichtert, dass sie den Dienst besetzen konnte, oder sie hatte einen Ohrwurm.

»Das Jahr fängt super an«, sagte sie. »Und das musst du mir mal erzählen, wieso du in der Spree schwimmen gehst. Das ist doch saukalt.«

»Keine Sorge, dabei wird dir schon warm«, sagte ich und ging rein, bevor sie nachfragen konnte.

Ich blieb für den Rest des Nachmittags. Jetzt war der Newsroom in vollem Schwung, alle versuchten, ihre Texte fertigzukriegen, die Bildunterschriften zu klären, letzte Fakten zu prüfen. Die Leser liefen ihrerseits zu großer Form auf, im Mittelmeer waren zweihundert Flüchtlinge gerettet worden, der Messerstecher aus der Einrichtung für psychisch Kranke immer noch flüchtig, es kamen achthundert Kommentare in der Stunde rein. »Udet« prophezeite düster: *Sie werden kommen, sie werden strömen, unaufhörlich, wir werden ihrer nicht Herr werden, es steuert auf unbeherrschbare Zustände zu, wir werden uns aufopfern müssen, und sie strömen, und sie kommen, und wir werden ihrer nicht Herr werden. – Die Zonenwachtel verscherbelt unser liebes Deutschland. – Wer sich nicht kollektiv im Anus der linksgrünen Kanzlerin suhlt, darf im Kerker verrecken – Wieso schützt denn niemand die Bevölkerung?*

Der Hass auf die Kanzlerin kannte keine Grenzen, die Leser überboten sich in Beleidigungen und Anwürfen, ich konnte ihre beleidigt quengelnden Stimmen geradezu hören. Sie wirkten auf mich wie Kinder, die unter Liebesentzug litten und jetzt im Schmollwinkel saßen. Sie fühlten sich wie von den eigenen Eltern verraten, Merkel war die Stiefmutter, die ausländische Flüchtlinge mehr liebte als sie. Ihr Hass auf Merkel machte sie nicht blind, sondern sehend: Alles, was Merkel tat oder nicht tat, war ein weiterer Beweis für ihre Verkommenheit, ihre Gemeinheit. Sie hatte sich mit allen Mächten der Finsternis gegen das Volk verschworen, mit Soros und anderen Finanzjuden, den Linken, den Sozen und den Grünen, den Moslems, den Messerstechern.

Ich sah Kottwitz zwischen den Tischen der Ressorts auf und ab tigern, er nickte zufrieden, er mochte es, wenn alle sich in die Riemen legten. Der Leitartikler verschob sein vertrauliches Zwiegespräch mit der jungen Feuilletonredakteurin, die nach ihrer Promotion über Heidegger im Newsroom angefangen und in allen älteren Redakteuren ungeahnte Frühlingsgefühle geweckt hatte. Selbst Peppa verzichtete jetzt auf die Raucherpausen. Die Kollegen in der Fotoredaktion wurden lauter und hektischer. Bildunterschriften fehlten. Namen mussten überprüft, Bilder ausgetauscht werden. Dann war die erste Ausgabe des Tages belichtet, die meisten gingen nach Hause, es kehrte wieder Ruhe ein. Peppa und ich blieben. Kottwitz winkte uns mit knapper Geste zu, als er um acht Schluss machte.

»Siehst du, er ist völlig cool damit, dass wir hier zwölf, vierzehn Stunden sitzen«, sagte Peppa. »Er weiß den Einsatz zu schätzen.«

»Wie oft machst du Doppelschichten?«, fragte ich.

»Sooft es geht. Ich bin gern hier.«

»Hast du kein Zuhause?«

»Ich brauche das Geld«, sagte sie und setzte ihre Kopfhörer wieder auf.

Gegen zehn wurde es weniger mit den Kommentaren. Der Mann mit dem Messer war gefasst worden. Die SPD zerlegte sich selbst, doch das tat sie seit Monaten. Die Kanzlerin hielt durch. Der griechische Finanzminister stellte Reparationsforderungen an Deutschland. Es gab ein neues Stück zu Boris Beckers Schulden. Ansonsten nur die Flüchtlingskrise. Die Leser konnten nicht genug davon bekommen. Sie erregten sich Tag für Tag aufs Neue über die Migranten, die nach Deutschland kamen oder nach Italien oder Spanien, oder überhaupt die afrikanische Küste verließen. Man diskutierte über Internierungslager. Die Leser forderten solche Lager seit Jahren, aber nun hassten sie die Kanzlerin, die auf einmal nachgegeben hatte. Sie hielten das für einen Trick, eine Täuschung. Wie immer. Sie häuften Zahlen über Zahlen an, um auszurechnen, wie viel Geld die Flüchtlinge kosteten und wie sehr sich das im Laufe der Jahre potenzieren würde mit dem Familiennachzug und der Vielehe und der legendären Fertilität der zugewanderten Frauen. In der Münchener U-Bahn hatte es eine Rangelei gegeben, ein Rentner war die Treppe hinuntergestürzt. Der Strom der zynischen Kommentare riss nicht ab. *Hat nix mit nix zu tun. Normalerweise halten die Deutschen ein paar Tritte gegen den Kopf schon aus.*

Gegen elf lud Peppa mich ein, mit ihr in die Journalistenbar zu gehen. Wir nahmen den Paternoster in den neunzehnten Stock. Oben angekommen, zeigte sie mir ein hohes Fenster, das wohl immer offen war. Man musste es nur aufziehen und konnte dann den Kopf hinausstrecken in die kalte Nachtluft. Peppa beugte sich mit dem Oberkörper weit hinaus, bis mir schwindlig wurde und ich sie zurückzog.

Die Journalistenbar hatte sich der Firmengründer nach dem Vorbild eines englischen Clubs entwerfen und dafür die Ausstattung einer ehrwürdigen britischen Zeitung nach Berlin verschiffen lassen. Mahagoniholzgetäfelte Wände. Sitzecken mit schweren Sesseln, in die man tief hineinsank. Jagdszenen in Goldrahmen. Teppiche auf dem Parkettboden. Hier sollten sich die Redakteure von ihrem Tagwerk erholen. Hier sollten sich die Gäste wohlfühlen und vielleicht ausplaudern, was sie sonst nicht sagen würden.

Für Aushilfskräfte wie uns war die Journalistenbar nicht gedacht, aber an diesem Abend hatten wir Glück, Peppa kannte den Barkeeper. Er schaute kurz in die Ecke, wo drei Männer in Anzügen schallend lachten, und wies uns eine Couch an der Fensterseite zu. Wir sahen hinaus auf die nächtliche Stadt. Im Schein der Straßenlaternen war ein feiner Nieselregen zu sehen. Unten auf den Straßen waren nur wenige Leute unterwegs. Ich dachte an meinen Sohn. An die Kommentarschreiber, die überall in Berlin und draußen im Land an den Tastaturen saßen. Die Stimmen flackerten durch mein Hirn. *Das Endziel ist eine globale Islamdiktatur. – Der Islam ist das Krebsgeschwür der Welt. Wir werden elendiglich daran verrecken.*

Der Barkeeper brachte mir einen Espresso, für Peppa einen Singapore Sling. Sie nippte daran, zündete sich eine

Zigarette an und lehnte sich zurück. Aus der Ecke wehte das sonore Gelächter der Herren aus der Vorstandsetage zu uns herüber, man bedankte sich für den gelungenen Abend und wollte in Kontakt bleiben.

Peppa gähnte.

»Wird Zeit, dass wir wieder runtergehen«, sagte ich. Der Espresso hatte mich wieder geweckt. Die letzte Stunde bis Mitternacht würde ich auch noch überstehen. Dann zwei Tage frei, ich konnte wieder trainieren. Die Vorräte auswechseln.

»Ich würde am liebsten den Rest der Nacht hier sitzen bleiben«, sagte sie. »Einfach aus dem Fenster sehen, die Nacht an mir vorbeiziehen lassen, der Stadt beim Schlafen zuschauen.«

»Die Stadt schläft nicht, die sind alle noch wach«, sagte ich. »Sitzen in ihren Wohnungen und schreiben Hasskommentare. Das sind Zehntausend, Hunderttausende, wir kriegen eh nur die Spitze des Eisbergs mit.«

»Entspann dich mal«, sagte sie. »Lass sie doch. Wer jetzt noch Kommentare im Netz schreibt, ist selber schuld.«

»Hast du jemand für die nächsten Tage gefunden?«, fragte ich.

»Guido kommt morgen, Danny ist auch wieder da. Nur heute war es eng. Harry sagt übrigens auch Danke«, sagte sie und zündete sich die nächste Zigarette an. Der Rauch störte mich, aber ich sagte nichts. Wenn sie ihre Lungen schädigen wollte, war das ihre Sache. Sie war jung und lebte in ihrer kleinen Welt von Job, Zigaretten, Biertrinken. Sie war verloren, wenn es zum Knall kam.

»Du schwimmst nicht ernsthaft in der Spree«, sagte sie.

»Aber sicher. Früher habe ich da täglich meine Strecke

gemacht, vom Plänterwald zur Oberbaumbrücke und zurück. Jetzt komme ich viel zu selten dazu, weil ich ständig arbeite.«

Peppa lachte. »Unfassbar. Guido hat es mir auch mal erzählt. Ich kann das nicht glauben. Wer macht denn so was.«

»Ich.«

»Aber warum?«

»Du guckst Serien, wenn du Feierabend hast«, sagte ich. »Ich gehe laufen. Ich gehe schwimmen. Fühlt sich gut an. Probier's mal aus.«

»Ich laufe doch«, sagte sie. »In meinem Fitnessstudio haben sie Laufbänder, da kannst du Filme gucken beim Laufen, ich schau mir immer Dokumentarfilme an. Sonst langweilt mich das zu Tode.«

»Ich schau mir die Realität an beim Laufen«, sagte ich. »Die Dealer im Park, die Bäume, die Hunde, die ihre Haufen machen. Das ist meine Welt. Ich scheiß auf Netflix.«

»Du läufst bis zum Plänterwald und gehst da in die Spree?«

»Hinter dem Fähranleger«, sagte ich.

»Kenne ich, war ich schon«, sagte Peppa. »Du gehst mit deinen Klamotten ins Wasser? Willst du mir das ernsthaft erzählen?«

»Ich ziehe mich vorher um«, sagte ich.

»Du nimmst dir Schwimmsachen mit?«

»Die bringe ich mit. Oder ich bunkere sie im Unterholz.«

Sie nickte in ihren Drink hinein. »Hat mir Guido auch schon erzählt, dass du so ein Waldschrat bist. Ermüdungsmärsche in den Brandenburger Wäldern und so. Zwei Wochen von Beeren und Rinde leben.«

»Guido kaut dir ein Ohr ab, wenn er lange niemanden zum Reden hatte«, sagte ich. »Heute hat er stundenlang von seinem Vorhandtraining erzählt. Das ist sein Ding. Das macht ihn glücklich. Ich bin Waldschrat. Ich vergrabe Sachen unter Baumwurzeln und gehe in der Spree schwimmen. Das macht mich glücklich.«

»Komisch, was einen glücklich macht«, sagte Peppa. »Ich war auch mal in den Wäldern draußen, habe es aber nur zwei Tage lang geschafft, von Beeren und Rinde zu leben. Dann bin ich zurückgelaufen. Glücklich war ich nicht.«

»Du musst Vorräte anlegen«, sagte ich.

»Ich war vierzehn«, sagte sie. »Da denkt man nicht an Vorräte.«

Der Barkeeper erkundigte sich, ob ich noch Wünsche hätte. Ich bestellte ein kleines Pils. Das Gespräch war unterbrochen, obwohl ich gern mehr darüber gehört hätte. Peppa rauchte die nächste Zigarette, wir schwiegen. Wir hätten uns wie sonst auch über Kollegen unterhalten können oder über die Seminarscheine, die Peppa noch brauchte, die aber die störrische Univerwaltung nicht herausrückte, weil sie auf keiner Anwesenheitsliste mehr auftauchte. Wir schwiegen, und ich sah uns in den spiegelnden Scheiben dort sitzen, ein seltsames Paar.

Als der Barkeeper das Bier brachte, trank ich es fast in einem Zug, es war kühl und frisch. Dann stand ich auf.

»Wir sehen uns unten.«

»Ich komme gleich nach«, sagte sie.

Im Paternoster kam die Müdigkeit rasch und unvermittelt. Als ich unten anlangte, ging ich auf die Toilette, um mich mit kaltem Wasser aufzuwecken. Griebsch kam herein, als ich am Waschbecken stand.

»So spät noch hier?«, fragte er.

»Musste aushelfen«, sagte ich. »Eine Schicht ist ausgefallen, war eine Menge zu tun.«

»Die lieben Kollegen«, sagte er und zeigte beim Lachen seine vorstehenden Zähne. »Kenn ich. Die jungen Kerle muss man sich von Grund auf erziehen, die bringen nichts mehr von zu Hause mit. Schon erschreckend.«

Er ging weiter zu den Pinkelbecken.

»Dann schönen Feierabend nachher«, sagte er. »Muss ja auch mal sein.«

»Auch so«, sagte ich und verließ die Toilette.

Der Newsroom war jetzt leer. Der Nachtredakteur war nicht am Platz. Auf den Bildschirmen der Nachrichtensender wechselten Nazi-Dokumentationen mit Lastwagenunfällen in Zeitlupe ab. Ich setzte mich wieder an die Kommentare.

*Vor Jahren konnte man hier noch leben, aber mittlerweile kümmert sich die Regierung mehr um andere Volksgruppen als um uns. Wir sind denen doch egal. – Moslems sind perverse Missgeburten. Merkel hetzt sie auf uns. – Auf einmal steht man allein in einem babylonischen Sprachgewirr und ist Minderheit in der eigenen Heimat. Ich habe einfach nur Angst!*

Peppa kam eine halbe Stunde später, gemeinsam mit dem Nachtredakteur. Sie setzte sich neben mich, ich gähnte.

»Du siehst ja fix und fertig aus«, sagte sie. »Du gehörst ins Bett. Eine Doppelschicht in deinem Alter, es tut mir leid, dass ich dir das angetan habe.«

»Passt schon«, sagte ich. »War doch ordentlich zu tun, die dreißigtausend Kommentare hättest du allein nicht geschafft. Aber für heute reicht es mir.«

Ich zog meine Jacke an, wollte nur noch raus aus dem

Hamsterrad der Kommentare. Approve, delete, delete, delete. Fast achtzehn Stunden durchgehalten. Delete, delete, delete. Die Postings sirrten in meinem Hirn. *Gut so, wieder einer von diesem nutzlosen Gesindel weniger. Weiter so, es gibt noch mehr davon. – Sofort abschieben, ins nächste Flugzeug setzen und über Syrien ohne Fallschirm rauswerfen. – Diese Bestie gehört sofort abgeknallt, wer weiß, wen der sonst noch niedermetzelt*. Delete, delete, delete.

Ich nickte Peppa zu. »Du bleibst noch?«

Sie antwortete nicht, ihr Kopf wippte zu den Beats, die ich undeutlich aus ihren Kopfhörern quellen hörte. Sie hob nur die Hand.

Der Empfangsbereich war so still und leer wie am Morgen, als ich gekommen war. Immer noch fiel der feine Regen, als ich durch die Drehtür trat und den Vorplatz vor mir hatte. In Tschernobyl waren in den Jahren nach der Havarie viele Kinder mit eigenartigen Missbildungen geboren worden. Ich war damals wie besessen von diesem Thema und schaute mir stundenlang Fotos von ihnen an. Sie hatten sechs Finger an jeder Hand, ein stark verkürztes Bein, die Gesichter wirkten zerknautscht. Ich kannte auch die Gerüchte aus dem verseuchten Gebiet um den Reaktor, dass Hühner plötzlich Füchse angegriffen hätten, zu zweit, zu dritt, ohne jegliche Furcht. Dreiköpfige Fische sollen aus den Flüssen gezogen worden sein. Es gab Fliegen, las ich in Zeitungen in der Bibliothek, denen wuchsen die Flügel aus den Augen. Ähnliche Fälle von Missbildungen wurden auch aus Schweden und Österreich gemeldet, und insgeheim ahnte ich, dass auch wir in Deutschland bedroht waren. Natürlich wurde darüber nie berichtet.

Mein Rücken schmerzte vom langen Sitzen, als ich über

den Vorplatz ging. Ich musste wieder ins Training kommen. Zehn Kilometer laufen, eine Stunde schwimmen, gegen den Strom der Spree. Auch die Einlagerungen der Notrationen in Parks und an Uferböschungen hatte ich lange vernachlässigt. Mein Bereitschaftsgürtel lag zu Hause, kaum benutzt. Mein Bestand an Konservendosen musste dringend wieder aufgefüllt werden. Der Jeep stand seit Monaten unbenutzt in einer stillen Seitenstraße am Landwehrkanal. Was lange steht, wird nicht gut.

Der Schlag kam unvermittelt, von hinten. Ein Geräusch wie von einer Bowlingkugel, die auf den vordersten Pin trifft. Hart und endgültig, mit voller Wucht. Der Pin muss fallen. Im selben Moment spürte ich den Einschlag auf meinem Schädel, den dumpfen Schmerz, der unmittelbar danach einsetzte, ein Gefühl von überwachem Entsetzen, Panik.

Ich fiel auf das Pflaster des Vorplatzes, sah die plötzlich abkippende Welt, die dunkel schimmernde Fassade des Turms rauschte an mir vorbei, es war zu spät, mich abzufangen, ich schlug mit Kinn, Kiefer, Schläfe, Stirn auf das Pflaster. Ein Zahn knirschte in meinem Mund, splitterte, ich schmeckte Blut, spuckte es aus.

Ein Tritt gegen meine Rippen folgte. Ein scharfer Schmerz, als sei dort etwas geborsten. Ich hob einen Arm, der Schläger knallte gegen meine Schulter, ich rollte mich zusammen, um mich zu schützen, hörte jemanden wegrennen.

Es war vorbei. Der Vorplatz war leer, das Pflaster nass und kalt. Ich wollte wieder hochkommen, aufstehen, aus meinem Mund tropfte Blut. Ich wollte nach Hause. Aber erst mal aufstehen. Ein Griff an meine hintere Hosentasche, das Portemonnaie war noch da. Mein Rucksack auch.

Das hohe Gebäude des Konzerns lag hinter mir. Der Eingangsbereich war dunkel, von den Security-Leuten nichts zu sehen. Der Taxistand war leer. Über die Lindenstraße vorn fuhren Autos, sie hatten es eilig, drängten über die Kreuzung, ehe die Ampel auf Rot sprang. Ich setzte Schritt um Schritt. Bis zum Bus würde ich es schaffen, zu Hause konnte ich ausschlafen. Nur nicht unterkriegen lassen. Mein Kopf dröhnte, ich schmeckte ständig das warme Blut und ärgerte mich über meine Nachlässigkeit, eine Sekunde lang nicht aufgepasst, das hast du nun davon, meine Zungenspitze fühlte die scharfe Kante des abgesplitterten Zahns, als könnte sie nicht begreifen, dass er jetzt fehlte, während ich mich zwang weiterzugehen, auch wenn jeder Atemzug schmerzte, jeder Schritt.

Ich erreichte die Straße und schleppte mich weiter, ein Auto hupte plötzlich auf, Bremsen quietschten, zwei weitere lang gezogene Hupsignale. Ich hätte warten müssen, aber ich wollte den Bus erreichen, der noch an der Haltestelle wartete. Ich lief auf die Straße und spürte den leichten Stoß einer Motorhaube, die mich am Oberschenkel erwischte und niederwarf.

Im Fallen sah ich wie durch Schlieren die rötlichen Rücklichter des 29er-Busses, der ohne mich abfuhr.

## 4

Von der Fahrt mit dem Krankenwagen bekam ich kaum etwas mit. Jemand hielt meinen Kopf. Offenbar war ich kurz ohnmächtig gewesen. Jetzt setzte der Schmerz wirklich ein. Meine Hände zitterten, ich ballte sie zu Fäusten, damit das Zittern aufhörte.

Rettungsstelle. Notaufnahme. Man schob mich auf einer

Trage in einen Gang voller Leute, hob mich auf ein schmales Bett.

»Was ist passiert?« Ein Polizist beugte sich über mich. »Können Sie reden?«

Ein Mann in einem Pflegekittel rief mir ins Ohr: »Haben Sie Schmerzen? Auf einer Skala von eins bis zehn?«

»Acht«, sagte ich.

»Ich gebe Ihnen was«, sagte er. »Sie kommen dann auch gleich dran.«

Ich fühlte mich wie eine Glocke, die von einem mächtigen Klöppel angeschlagen war und nun inwendig dröhnte. Das Metall bebte, die Schallwellen wollten nach draußen, ich zitterte am ganzen Leib.

Eine Reihe von Gesichtern schaute vorwurfsvoll in meine Richtung.

»Ich war früher da als der«, sagte ein Mann, der sich mit zwei Händen die Stirn hielt.

»Was ist denn nun passiert?«, fragte der Polizist an meiner Seite. Er nannte mir seinen Namen, Dienstgrad, Polizeidirektion.

»Jemand hat mich geschlagen, ich bin auf die Straße gelaufen, wollte den Bus kriegen«, sagte ich.

»Geschlagen, deine Olle«, sagte der Mann mit den blutigen Händen.

Eine arabische Frau mit drei Kindern rannte durch den Gang. »Wo ist hier der Arzt. Ich möchte bitte den Arzt sprechen. So kann man nicht mit uns umspringen. Wir sind auch Menschen.«

Ein Mann, der mit fahlem Gesicht an der Wand lehnte, sagte: »Immer fordern, das könnt ihr. Bring lieber mal deine Kinder ins Bett, die haben hier um diese Uhrzeit nichts zu suchen.«

»An was können Sie sich denn erinnern?«, fragte der Polizist und klopfte mit dem Kugelschreiber auf seinen Block. »Ich muss das aufnehmen.«

»Ich habe nichts gesehen, ich war auf dem Heimweg, jemand hat mich von hinten niedergeschlagen.«

»Haben Sie getrunken?«, fragte er.

»Ich kam von der Arbeit.«

»Wo arbeiten Sie denn?«

Ich sagte es ihm.

»So spät noch? Wann haben Sie denn angefangen?«

»Um sechs morgens«, sagte ich.

»Er redet wirr«, sagte der Pfleger, der hin- und hereilte und kurz bei uns Station machte. »Vermutlich schwere Gehirnerschütterung, sieht überhaupt nicht gut aus, der muss auf jeden Fall genäht werden.«

»Irgendwas ist auch mit der Rippe«, sagte ich, damit es nicht vergessen wurde.

»Wir schauen gleich mal nach. Sie kriegen auch noch ein Schmerzmittel.«

»Will ich auch, wenn Sie mit dem fertig sind«, sagte der Mann im Bett neben mir. »Vierzig Jahre lang haben wir eingezahlt, jetzt lässt man uns im Gang liegen.«

Der Polizist hielt mir den Notizblock hin und riss zwei Zettel ab. »Die sind für Sie, heben Sie die gut auf. Sie können jederzeit nach dem Stand der Ermittlungen fragen, rufen Sie einfach durch. Gute Besserung!«

Die beiden Zettel des Polizisten hielt ich noch in der Hand, als ich in den Untersuchungsraum geschoben wurde. Ein junger Arzt mit Augenbrauen-Piercing beugte sich über mich. »Wen haben wir denn hier?«

Der Pfleger, der mich hineingeschoben hatte: »Soll niedergeschlagen worden sein, sagt er. Vielleicht ist er auch bloß hingefallen. Danach ist er vor ein Auto gelaufen. Der Autofahrer hat dann den Notarzt gerufen.«

Der Arzt prüfte meine Pupillen. »Guten Abend«, sagte er. »Können Sie reden? Können Sie sich erinnern? Was war los?«

Ich erzählte ihm, was ich noch wusste.

Er tastete meinen Schädel ab. »Müssen wir röntgen. Sonst noch was?«

»Getreten haben sie mich auch noch«, sagte ich. »Außerdem ist mir ein Zahn rausgebrochen.«

»Wir müssen Sie erst mal röntgen. Ist Ihnen schlecht? Brechreiz?«

»Mir geht's sonst gut. Ich würde gern schlafen. Ich bin seit fünf Uhr auf den Beinen.«

»Ich auch«, sagte er. »Nur keine Eile. Wir werden Sie nähen, dann bleiben Sie die Nacht hier. Soll ich jemanden benachrichtigen?«

Mir fiel nur mein Sohn ein. Aber ich wollte ihn nicht hier haben, er sollte mich nicht so sehen. »Ich würde am liebsten nach Hause gehen«, sagte ich.

»Ich auch«, sagte der Arzt. »Aber Sie bleiben hier, wir nähen Sie schön zu, dann ruhen Sie sich aus.«

Er gab mir eine Spritze, der Schmerz ebbte ab. Ich lag im Gang, um auf das Röntgen zu warten. Die Frau mit den drei Kindern wartete immer noch auf einen Arzt, um über ihren Mann zu reden, es kamen neue Patienten hinzu, jemand bot mir ein Bier an, ich schlief immer wieder ein. Träumte von Irina aus Weißrussland, die über mehrere Jahre in jedem Sommer zu uns gekommen war. Dann spürte ich den Schlag nochmals, die Wucht des Aufpralls, sah den Bus über die

Kreuzung fahren, will mich beeilen, hebe die Hand, will losrennen, da kommt der nächste Schlag, und noch einer. Ich taumele auf die Straße, falle hin. Die Rücklichter verwischen. Sie mussten auf mich gewartet haben. Waren es mehrere? Sie hatten nicht meine Taschen durchwühlt. Nicht ein Wort gesagt. Wie war es ihnen gelungen, so unbemerkt in meine Nähe zu kommen? Woran hatte ich in dem Moment gedacht? Was nutzen all die Vorsichtsmaßnahmen, wenn man im entscheidenden Moment abgelenkt ist. Früher hatte mein Vater mir Kopfnüsse gegeben, wenn ich geträumt hatte. Aufwachen, Freund, aufwachen! Hier spielt die Musik. Ich stellte mir vor, dass ich ihnen den Schläger, das Rohr, den Knüppel aus der Hand riss und sie damit nach Strich und Faden verprügelte. Ich sah ihre blutigen Gesichter vor mir, es war kein Trost. Der Tritt in die Rippen schmerzte mich am meisten, nicht nur körperlich. Er war verächtlich, mit aller Kraft durchgezogen worden, vielleicht war der Angreifer mal Fußballspieler gewesen, es war ein harter, hasserfüllter Kick. Meine Zunge fühlte immer wieder an der scharfen Kante des Zahnes herum, die Blutung hatte aufgehört. Der Schlag auf den Schädel hallte weiter nach.

Ich war wieder im Behandlungszimmer, der Arzt rasierte meinen Hinterkopf, wusch die Wunde, nähte sie. Er gab sich Mühe.

»Ganz schön langer Riss«, sagte er anerkennend. »Fünfzehn Stiche.«

»Wo ist eigentlich Ihre Versicherungskarte«, fragte der Pfleger. »Wir müssen Sie noch aufnehmen. Haben wir überhaupt noch einen Platz auf der Station?«

Es war grauer Morgen, als sie mich endlich auf die Station

schoben. Die Putzfrauen wischten eben die Zimmer durch und unterhielten sich auf Russisch. Ich verstand nicht viel von ihrem Gespräch, obwohl Irina, wenn sie im Sommer kam, immer versucht hatte, mir russische Wörter beizubringen. Als ich einschlief, hörte ich ihre Stimme wieder und sah ihre weißblonden Haare, wie ich sie aus der Kindheit kannte. Sie flüsterte und strich mit langen dünnen Fingern geduldig über meinen Rücken.

Am Nachmittag stand mein Sohn im Zimmer. Mein Zimmernachbar wälzte sich im Bett. Ich fühlte mich so müde wie noch nie. Die Wunde am Hinterkopf pochte.

»Was war denn los?«, fragte Nick. »Am Telefon wollten sie nichts sagen. Sie haben nur gesagt, dass du einen Unfall hattest und hier liegst.«

»Du musst im Newsroom Bescheid sagen, dass ich übermorgen nicht kommen kann«, sagte ich. »Ich falle vermutlich eine Woche aus. Der Ressortleiter muss einen Ersatz finden. Die Nummer ist in meinem Handy.«

»Die werden schon jemanden finden«, sagte Nick. »Ich rufe an, kein Problem. Hast du Schmerzen?«

Ich sagte nichts.

»Was ist denn passiert?«, fragte Nick. Er stand an meinem Bett, die Hände in den Hosentaschen, er war jetzt größer als ich. Jahrelang hatte ich gepredigt, er solle immer auf der Hut sein. Jetzt sah er mich hier liegen.

»Keine Ahnung«, sagte ich. »Ich hatte spät Feierabend und kam aus dem Newsroom. Auf dem Vorplatz haben sie mich erwischt.«

»Wer?«

»Das kann ich dir nicht sagen.«

»Aber du hast gesehen, dass sie zu zweit waren.«

»Ich habe niemanden gesehen. Sie waren hinter mir.«

»Dann kann es auch nur einer gewesen sein.«

»Kann sein«, sagte ich.

»Du bist doch sonst so vorsichtig«, sagte Nick. »Passt immer auf. Wie konnte das passieren?« Er berührte mich an der Schulter.

»Ich habe nicht aufgepasst«, sagte ich und tastete mit der Zunge über meine angeschwollene Lippe. »Selbst schuld. Mund abwischen, Krone richten, weitermachen.«

»Haben sie dir was geklaut?«, fragte Nick.

Ich schüttelte den Kopf. »Alles noch da. Geld, Handy. Hat sie nicht interessiert.«

»Was wollten sie denn von dir?«

»Sie haben nichts gesagt«, sagte ich. »Nächstes Mal frage ich sie.«

Er setzte sich auf die Bettkante und schaute meinen Kopfverband an. »Brauchst du was aus deiner Wohnung?«

»Zahnbürste, Unterwäsche, die Bücher, die neben der Couch liegen. Aber vorher ruf im Newsroom an, dass sie Bescheid wissen.«

»Mach ich«, sagte er. »Ich kann dir dein Laptop mitbringen, dann kannst du Filme gucken, ich bring einen Kopfhörer mit. Wie lange wollen sie dich hierbehalten?«

»Ein paar Tage zur Kontrolle. Falls ich eine Gehirnerschütterung habe.«

»Wenn sie dir mit dem Baseballschläger über den Schädel hauen, hast du garantiert eine, hundert pro.«

»Alles halb so wild«, sagte ich.

Er fasste leicht nach meinem Kopf, als wolle er mir über die Stirn streichen. Seine Finger berührten mich vorsichtig.

»Du solltest zur Polizei gehen«, sagte Nick. »Musst du

dir nicht gefallen lassen, dass man dir nach Feierabend auf den Kopf haut.«

Eine Krankenschwester kam herein und lächelte, als sie Nick sah. Er stand auf und streckte sich.

»Ich bring dir nachher dein Zeug. Ich habe einen chinesischen Zombiefilm, den kannst du haben, dann musst du nicht lesen.«

Am frühen Abend kamen die Kopfschmerzen zurück. Mir war übel. Ich setzte mich auf, das Zimmer schwankte. Ich saß eine Weile aufrecht und wartete darauf, dass das Schwindelgefühl aufhörte. Mit dem Fuß angelte ich nach einem Pantoffel. Der Fußboden war glatt und kalt. Mein Kopf dröhnte, eine Glocke, die hallte und hallte, auch wenn niemand sie hörte.

Ich wollte nach Hause, das hatte ich dem Stationsarzt schon am Morgen gesagt, er hatte es strikt abgelehnt. Jetzt war nur die Nachtschwester da, sie merkte es nicht, wenn ich einfach verschwand. In meiner Wohnung konnte ich besser für mich sorgen, dort hatte ich vorrätig, was man braucht. In Krankenhäusern ist noch nie jemand gesund geworden, im Gegenteil. Ich zog meine Sachen an. Die Jacke war voller Blutflecken. Das fiel in der Nacht nicht auf, wenn ich auf unbeleuchteten Wegen blieb. Ich schnürte meine Schuhe, lauschte auf das regelmäßige Schnarchen des Nachbarn.

Dann stand Peppa in der Tür. »Kann ich reinkommen?«

Ich ließ die Schuhe wieder fallen und streckte mich auf dem Bett aus.

»Die wollten mich erst nicht zu dir lassen«, sagte sie und holte einen Stuhl heran. »Nur Angehörige. Wollten mir nicht glauben, dass ich eine Kollegin bin.«

»Das ist nett, dass du kommst«, sagte ich und verschob meinen Abgang auf später. »Mein Sohn hat Bescheid gesagt?«

»Wir wussten es schon«, sagte Peppa. »Aber er war tatsächlich da, stand am Nachmittag am Empfang und wollte in den Newsroom, um den Ressortleiter zu sprechen. Harry war natürlich nicht da. Ich habe mit ihm geredet, er war echt aufgebracht, wie so etwas passieren kann.«

»Ich habe Nick gesagt, er soll anrufen. Das hätte völlig genügt.«

»War doch nett, dass er persönlich kommt«, sagte Peppa und drehte sich eine Zigarette. »Ich soll dich natürlich grüßen von allen. Kottwitz hat sich richtig über die Security aufgeregt, er will da jetzt mit eisernem Besen auskehren. Neuer Tagesbefehl: Wir bekommen nachts nach Schichtende Begleitschutz, bis wir im Taxi sitzen. Zahlt die Firma. So etwas soll nicht wieder vorkommen. Die Polizei war da, die haben sich die Mails mit den Drohungen geben lassen. Die Leute vom Wachschutz wurden auch befragt. Die sind natürlich sauer, weil das nicht so gut aussieht, dass vor ihren Augen ein Mitarbeiter umgenietet wird. Gibt es hier eine Raucherecke? Krankenhäuser machen mich immer nervös.«

»Was machen die Kommentare?«, fragte ich.

»Wieder weit über dreißigtausend. Ein Teenager in München ist von fünf Männern angegangen und missbraucht worden. Stunden später erzählt das Mädchen, dass es sich alles nur ausgedacht hat. Wir hätten dich gut brauchen können heute. Über die Hälfte der Postings musste gelöscht werden. Die Stimmung war mehr als übel. Die wollten sich verabreden und zum nächsten Flüchtlingscontainerdorf ziehen, um denen mal zu zeigen, wer Herr im Haus ist. Wie war das mit der Raucherecke?«

»Kann ich dir nicht sagen.«

Nick kam ins Zimmer und brachte einen Rucksack voller Sachen.

»Weißt du, wo hier die Raucherecke ist?«, fragte sie ihn.

»Kann ich dir zeigen«, sagte er. »Ich bin eben dran vorbeigekommen. Da sitzen sie mit ihren Infusionsständern. Rollstuhlfahrer auch. Raucherbein ab, Fluppe im Mund, Party on.«

»War nett, dass ihr da wart, aber ich bin echt geschafft«, sagte ich. »Nun lasst mich mal schlafen.«

Die beiden verabschiedeten sich von mir und gingen raus, ich setzte mich nach einer Weile mühsam auf. Mein Nachbar schnaufte. Die plötzliche Stille im Zimmer brachte seinen Schlaf durcheinander. Dreißigtausend Kommentare. *Merkel zerstört absichtlich unsere Heimat und Europa. – Deutschland geht an der Blödheit seiner Volkszertreter zugrunde. – Es sollte wieder ein starker Mann das Sagen haben, der am besten weiß, was gut für uns ist. – Der nächste Sommer wird in Deutschland sehr blutig.* Ich konnte mir nicht vorstellen, dass Kottwitz oder die Kollegen sich tatsächlich einen Kopf um diese Sache machten. Peppa wollte einfach nur nett sein. Ich dachte an den leeren Newsroom nachts. Nur die Monitore der Fernseher brachten noch Bilder von Flüchtlingsbooten im Mittelmeer, stumm gestellte Bundestagsdebatten, eine Aktion vor dem Kanzleramt, als Demonstranten eine Wagenladung Mist vor Merkels Tür abluden. Mein Nachbar schnarchte. Mein Kopf war wieder klar, das Schwindelgefühl hatte sich gelegt. Ich schlug die Bettdecke zurück, zog mir Schuhe an, nahm meine Jacke und verließ das Krankenzimmer.

**5** Meine Wohnung war ausgekühlt und roch abgestanden. Ich machte die Fenster auf, wusch das Geschirr der Vorwoche ab, räumte auf und heizte. Ich war froh, wieder zu Hause zu sein. Der Fußmarsch vom Krankenhaus nach Hause hatte mir gutgetan. Die angebrochene Rippe machte sich bei jedem Schritt bemerkbar, vor allem zuletzt beim Treppensteigen, aber das nahm ich in Kauf. Man muss wieder auf die Beine kommen. Dresche vergeht, Arsch besteht.

Der Hausarzt machte mir Vorhaltungen, dass ich mich selbst entlassen hatte, als ich am nächsten Morgen vorsprach, um meine Krankschreibung zu holen. »Sie können da nicht einen polnischen Abgang hinlegen. Das macht alle im Krankenhaus nervös. Die Ärzte und Pfleger werden immer hektisch, wenn ihre Patienten verschwinden.«

»Ich habe ihnen einen Zettel dagelassen, dass ich auf eigenes Risiko und auf eigene Verantwortung handele«, sagte ich. »Ich bin nicht ansteckend und auch nicht frisch operiert.«

Er deutete auf mein Gesicht. »Sie gehören ins Bett«, sagte er. »So können Sie doch nicht arbeiten gehen.«

»Danke«, sagte ich. Mein Spiegelbild gab ihm recht. Von den Schlägen und dem Sturz auf das Pflaster hatte ich mehrere Hämatome, die jetzt blauschwarz angelaufen waren. Wenn ich draußen unterwegs war, starrten mich die Leute an und wendeten ihren Blick nur mühsam ab. Niemand fragte mich, was geschehen war.

Ich wollte in Bewegung bleiben, nicht ausruhen, am liebsten hätte ich mein Training wiederaufgenommen, die langen Läufe durch den Plänterwald und das Schwimmen nachts in der Spree, aber daran war noch nicht zu denken. Morgens machte ich Liegestützen, Kniebeugen, Klimmzüge am Türrahmen, biss die Zähne zusammen, wenn der Schmerz durch meinen Rumpf jagte. Ich konnte ihn notfalls mit Ibuprofen abtöten, aber in der Wildnis ging das nicht, also verzichtete ich darauf. Ich lenkte mich ab, räumte meine Regale um, füllte die Bestände, mahlte Getreide für meine Notfalllager.

Mein Sohn sah mir kopfschüttelnd zu, als er zu Besuch kam.

»Ich hole uns eine Pizza«, sagte er. »Dazu ein Bier, wir machen es uns gemütlich. Du solltest dich schonen.«

»Schonung hat noch niemandem was gebracht, und Pizza macht dich fett«, sagte ich. Früher war ich mit ihm an den Wochenenden in die Wälder gegangen, um das Überleben zu trainieren. Hatte ihm beigebracht, einen Unterschlupf für die Nacht zu bauen, Knoten zu binden, Fallen zu stellen, Fische zu angeln und auszunehmen. Ich zeigte ihm, wie man Feuer macht, wenn man kein Feuerzeug dabeihat und die Streichhölzer im Regen nass geworden sind. Nick hatte sich meist gelangweilt und wollte zurück nach Hause, um seine japanischen Anime-Serien zu schauen. Karli machte mir endlos Vorhaltungen, dass ich Nick zu sehr forderte, sie wollte es nicht einsehen, dass in der Erziehung auch die harte Hand vonnöten ist. Ich hatte sie von meinem Vater gespürt, vielleicht mehr als unbedingt nötig, aber ich hatte von ihm viel gelernt. Ich konnte Fische mit einem gezielten Herz- oder Kiemenstich töten, ausnehmen, entschuppen und über dem Feuer grillen.

Nick blieb stur, er holte zwei Pizzen und ein Sixpack Bier. Wir setzten uns an den Küchentisch.

»Ich habe mir die Gegend vor eurem Newsroom angesehen«, sagte er. »Nachts ist da nichts los. Ich war um Mitternacht da. Da ist kein Mensch auf der Straße. Ich weiß nicht, was ich davon halten soll.«

»Was treibst du dich da herum?«, fragte ich. »Da ist wirklich nichts los. Hinten an der Leipziger Straße wohnen Leute, aber nachts ist die Gegend tot.«

»Es gibt einen Taxistand vor der Tür«, sagte er. »Meistens steht da einer. Manchmal geht einer von der Security um das Gebäude herum. Mit Kopfhörer und Zigarette. Kein Wunder, dass die Jungs nichts mitgekriegt haben.«

»Der Taxistand war an dem Abend leer«, sagte ich. »Es war einfach niemand da. Das gefällt mir nicht, dass du da herumlungerst.«

»Was dir gefällt oder nicht, ist deine Sache«, sagte Nick. »Mir gefällt es nicht, wie du aussiehst. Mir gefällt es auch nicht, dass du einfach aus dem Krankenhaus verschwindest. Ich bin noch mal hochgekommen in dein Zimmer, da lag nur dein Nachbar und hat geschnarcht. Dein Bett war leer.«

»Ich kann nicht einschlafen, wenn jemand ständig schnarcht«, sagte ich und nahm mir noch ein Achtel von der Pizza. »Musste raus. Das Krankenhaus ist nicht meine Welt.«

»Deine Welt, das sind Leute, die mit einem Baseballschläger auf dich warten«, sagte er. »Wahrscheinlich haben sie hinter den Mauerstücken gestanden. Da siehst du alle Leute kommen, und sie hören dich nicht, weil der Verkehr echt laut ist.«

»Kann sein«, sagte ich. »Hab nichts gehört und nichts gesehen. Kommt nicht wieder vor.«

»Das willst du denen einfach durchgehen lassen?«, fragte Nick. »Kann ich hier rauchen?«

»Ich stelle mich jedenfalls nicht nachts vor den Newsroom und warte darauf, dass sie noch mal auftauchen.«

»Dann geh wenigstens zur Polizei.«

Ich seufzte. »Vielleicht gehe ich in ein paar Tagen hin. Bin noch etwas wacklig auf den Beinen.«

»Die kommen auch zu dir nach Hause.«

»Ich will einfach keine große Sache daraus machen.«

»Das ist auch keine große Sache. Du bist nach der Arbeit nach Hause gegangen, und jemand hat dir fast den Schädel eingeschlagen. Du siehst richtig übel aus.«

Nick stand am Fenster und rauchte, er sah mich schweigend an, wie erwachsene Kinder ihre Eltern manchmal anschauen, und man fühlt sich einfach nur alt.

Von Harry hörte ich eine Woche lang nichts, geschweige denn von Kottwitz. Auch Peppa meldete sich nicht mehr, sie hatte sicher genug zu tun. Ich langweilte mich, wenn ich nicht meine Listen abarbeitete, sah mir im Internet Dashcam-Videos mit Unfällen auf russischen Autobahnen an. Philippinische Jungen, die sich in engen Käfigen bis aufs Blut prügelten. Fallensteller in den kanadischen Wäldern.

Nachts konnte ich nicht einschlafen. Lag auf dem Rücken, um die Rippe nicht zu belasten, und horchte auf den Chor der Kommentarschreiber, der weiterhin im Innern meines Kopfes tönte. *Merkel zerstört absichtlich unsere Heimat und Europa. – Deutschland geht an der Blödheit seiner Volkszertreter zugrunde. – Eines Tages werden die Menschen nicht mehr in ihren Häusern bleiben, sondern zur Jagd ausschwärmen und sich zur Wehr setzen.*

Immer wieder lief die Szene auf dem Vorplatz durch meinen Kopf, das unvermittelte Geräusch des Schlägers, ich sackte wie ein Tier zusammen, fiel auf den Mund *halt die Fresse Lügenpresse*, der Tritt in die Rippen folgte. Ein leichtes Opfer. Ich rappelte mich auf, schnappte nach Luft, taumelte weiter. Wer es auch gewesen war, er oder sie waren gut gewesen, hatten rasch und lautlos gehandelt, nicht gezögert. Saubere Arbeit. Job erledigt. Ich stellte mir immer wieder vor, dass ich mich rechtzeitig umdrehte, die Keule zu fassen bekam und sie dem Gegner an den Schädel knallte, ihm das Gesicht zertrümmerte, dem anderen mit einem Faustschlag das Nasenbein brach. Sie sollten bluten. Sie sollten in die Knie gehen, und ich gab ihnen einen letzten Tritt. Immer wieder, ich konnte einfach nicht einschlafen, ohne die Szene fünfzigmal abzuspielen, und sie bettelten um Gnade, aber wenn ich mich auf die Seite legte, schmerzte meine Rippe.

Nach einer Woche hörte es auf zu regnen, die Januarsonne warf kaltes Licht in die Straßen. Ich ging spazieren. Das Ufer des Landwehrkanals war tagsüber von Obdachlosen und Hipstern bevölkert. Auf dem Boule-Platz übten die Spieler ihre Würfe. Sie sahen wettergegerbt aus, standen bei Sonnenschein und Nieselregen auf dem Spielfeld, im Sommer wie im Winter. Kinderwagen kamen vorbei, sie erinnerten mich an frühere Zeiten. Damals war ich mit Nick durchs Viertel gezogen. Später konnte er selbst laufen und hielt mich an der Hand. Ich erinnerte mich an seine warme, fleischige Kinderhand. An das Gesicht seiner Mutter, an ihre Brüste, wenn sie ihn stillte. Ihre Sommerkleider. Ihre schmalen Füße. Ich wusste, wo sie jetzt wohnte, aber ich sah sie nicht mehr. Manchmal fragte ich Nick, wie es ihr ging, aber das mochte er nicht. »Ruf sie doch selbst an«, pflegte er zu antworten.

An einem Donnerstag rief ich die Nummer an, die der Polizist im Krankenhaus mir gegeben hatte. Eine eilige Telefonistin meldete sich. Ich sagte ihr, was ich wollte, und gab ihr die Vorgangsnummer.

»Haben wir hier nicht«, sagte sie. »Muss eine andere Direktion sein.«

Ich wiederholte die Vorgangsnummer. Ich hörte sie ausatmen, während sie die sechzehnstellige Zahlenreihe nochmals eingab.

»Sagen Sie das doch gleich. Ich verbinde.«

Ein ausgeruhter Beamter meldete sich.

»Ich wüsste gern, was sich in der Sache getan hat«, sagte ich und gab ihm die Vorgangsnummer. Er nahm sie schweigend entgegen, ich hörte seine Tastatur klappern und stellte mir den alten Rechner vor, auf dem er seit Jahren schrieb.

»Wie geht es Ihnen?« Seine Stimme war jetzt persönlich.

»Es geht mir gut.«

»Können Sie für ein Gespräch vorbeikommen?«, fragte er. »Zur Not könnten wir Sie auch zu Hause aufsuchen.«

Ich wollte niemanden in meiner Wohnung haben, seit ich vor drei Jahren nach einem Tischtennistraining Guido auf ein Bier eingeladen hatte. Er stand fassungslos vor meinen Regalen, in denen ich Konservendosen und Trockenfleisch gestapelt hatte.

»Ravioli?«, fragte er und nahm eine Dose aus dem Regal. »Du isst Ravioli aus der Dose?«

»Reine Vorsorge«, sagte ich. »Meine persönliche Senatsreserve. In der Not wirst du froh sein, wenn du was zu Hause hast.«

»Niemals in meinem Leben esse ich wieder Dosenfutter«, sagte er. »Bin ich ein Hund? Ich habe einen Italiener um die Ecke, der macht die Pasta noch selbst. Ein Gedicht.«

»Wenn dein Italiener nicht mehr aufmacht, weil dein Viertel unter Wasser steht, brauchst du Vorräte.«

»Dann gehe ich zum Türken gegenüber«, sagte Guido. »Der macht anständige Döner. Zwei Straßen weiter gibt es einen Falafelladen, billig, schnell und sehr gut. Hochwasser habe ich in Berlin noch nie gesehen.«

»In Leipzig stand vor einigen Jahren der ganze Bahnhof unter Wasser und die halbe Innenstadt«, sagte ich. »Muss auch nicht Hochwasser sein. Kann auch eine Epidemie sein, Ebola zum Beispiel. Eine fiese Variante der Vogelgrippe, wenn dein Nachbar dich anhustet, bist du infiziert. Weißt du, wie viele Leute an der Vogelgrippe gestorben sind, und zwar elend verreckt? Das willst du nicht wissen. Da bleibst du lieber zu Hause.«

Guido schaute mich mit einem Lächeln an und nickte, um mich zu weiteren Ausführungen zu ermuntern. Beim Tischtennis bekam er Tobsuchtsanfälle, wenn seine Rückhand nicht kam, aber im normalen Leben verhielt er sich so leichtfertig und nichtsahnend wie alle anderen auch.

»Klar«, sagte er. »Eine Epidemie. Cholera. Vielleicht die Pest. Alles kommt wieder, auch die Krätze. Die Flüchtlinge schleppen uns alles wieder ins Land. Du liest zu viele Kommentare.«

»Oder ein Stromausfall«, sagte ich. »Nicht für ein, zwei Stunden, sondern für fünf Tage, zehn Tage. Weißt du, was dann los ist? Die Supermärkte machen nicht mehr auf. Die Leute haben Hunger. Dann bist du froh, wenn du eine Dose Ravioli im Regal hast.«

»Ich würde dann eher bei den Stromwerken anrufen und Druck machen«, sagte Guido. »Ehe ich Ravioli aus der Dose esse, muss die Welt untergehen.«

Nein, ich wollte keinen Besuch mehr in meiner Wohnung, nicht von Guido, auch nicht von Kriminalbeamten. Ich vereinbarte einen Termin im Abschnitt 53 für den nächsten Nachmittag.

Man empfing mich mit betonter Höflichkeit. Ein hagerer Herr Schmieder, kariertes Hemd und lederne Weste, und seine Kollegin, die flinke und neugierige Augen hatte, Frau Romeike. Sie boten mir einen Platz und einen Kaffee an. Rasch stellte sich heraus, dass die höfliche Begrüßung vor allem die karge Ertragslage ihrer Ermittlungen kaschieren sollte.

»Das ist schön, dass Sie jetzt wieder auf den Beinen sind, dann können wir ja mit den Ermittlungen anfangen«, sagte Frau Romeike munter.

»Ich dachte, Sie hätten längst mit den Kollegen in der Redaktion gesprochen«, sagte ich.

Herr Schmieder lachte. »Natürlich. So ist es. Mit Herrn Kottwitz. Aber das waren rein formale Fragen.«

»Wie geht es Ihnen jetzt?« Die Kommissarin stützte ihre Ellenbogen auf den Tisch und beugte sich in meine Richtung. Sie lächelte. Ihre Zähne waren kräftig und etwas schief gewachsen. Auf dem Nasenrücken hatte sie winzige Sommersprossen. Sie gefiel mir.

»Mir geht es recht gut. Manchmal habe ich noch Kopfschmerzen. Die Rippe tut noch weh.«

»Das ist normal. Wird schon wieder.« Die beiden Beamten räusperten sich. »Dann mal zur Sache. Wenn Sie an diesen Abend zurückdenken, was fällt Ihnen dann ein? Erzählen Sie mal.«

»Ich hatte zwei Schichten hintereinander gemacht, weil eine Kollegin ausgefallen war. Kurz vor Mitternacht verließ ich die Redaktion, also den Newsroom. Ging nach draußen, es regnete. Der Vorplatz war leer. Ich wollte zum 29er Bus.

Dann kam der Schlag, von hinten. Es ging so schnell, ich konnte nichts machen.«

Romeike nickte. »Das stimmt, da kann man nichts machen. Wurden Sie durchsucht, als Sie auf dem Boden lagen? Hat man Ihnen was gestohlen? Portemonnaie, Handy, Papiere, Wohnungsschlüssel? Hatten Sie einen Rucksack dabei?«

Ich schüttelte den Kopf. »Mir fehlt nichts. Mein Handy ist kaputt. Die haben mich nicht durchsucht, die wollten nichts von mir. Es gab noch einen Schlag und ein paar Tritte, dann waren sie weg. Ich bin noch mal hochgekommen, auf die Straße getaumelt und von einem Auto leicht angefahren worden, aber das war nichts, der bremste eh schon. Dann bin ich ins Krankenhaus gebracht worden. Ein Kollege von Ihnen hat den Vorgang schon aufgenommen.«

»Haben wir vorliegen, ja. Sie standen im Krankenhaus vermutlich noch unter Schock.«

»Kann ich nicht beurteilen. Ich erinnere mich eigentlich ziemlich genau. Kein Filmriss. Kann sein, dass jemand wegrannte, als ich wieder auf die Beine kommen wollte, ich war durcheinander und wollte noch den 29er Bus kriegen. Mir war nicht klar, wie stark ich verletzt war.«

»Der Bus scheint Ihnen ja sehr wichtig zu sein«, sagte Romeike.

»Ich wollte nach Hause.«

Schmieder sagte langsam: »Rätselhaft. Wo sollen wir da ansetzen?«

Die beiden notierten meine Aussage. Das Büro roch nach Terpentin, ich konnte mir nicht erklären, wer hier mit Terpentin arbeitete. Ich probierte den Kaffee, den sie mir hingestellt hatten. Er war dünn und bitter. Im Nebenraum hackte ein Kollege mit zwei Fingern auf einer mechanischen Schreibmaschine.

»Und sonst?«, fragte Schmieder weiter.

Ich zuckte mit den Schultern. »Sonst nichts.«

»Gibt es Leute, die wissen, dass Sie um diese Zeit dort herauskommen? Vielleicht hat jemand auf Sie gewartet.«

»Auf mich wartet niemand mit einem Baseballschläger«, sagte ich. »Außerdem hatte ich eigentlich nur den Frühdienst, ich bin geblieben, weil eine Kollegin ausfiel. Ich hätte um drei gehen sollen. Wäre besser gewesen.«

Romeike beobachtete mich. »Wollen Sie nicht Anzeige erstatten? Sind Sie überhaupt nicht wütend? Sie sind doch erheblich verletzt worden.«

»Ich ärgere mich, dass ich nicht aufgepasst habe«, sagte ich. »Meinetwegen kann ich auch Anzeige erstatten. Hilft eh nichts. Vielleicht war es bloß ein Missverständnis.«

»Diese eine Kollegin, sagte Herr Kottwitz, hat wohl gefehlt, weil sie sich schon seit längerer Zeit bedroht fühlt von den Lesern«, sagte Schmieder. »Wenn ich das richtig verstanden habe, schreiben die Leser Kommentare, die Sie und Ihre Kollegen dann bearbeiten.«

Ich nickte. »Die Kommentarschreiber. Im Grunde sind das traurige Existenzen. Die sehen das Land den Bach runtergehen und regen sich darüber auf. Natürlich gibt es da auch Gewaltphantasien. Die ärgern sich, wenn ihre Kommentare nicht veröffentlicht werden, dann blöken sie gleich los, dass wir das Grundgesetz mit Füßen treten. Manche glauben auch, dass wir auf direkte Anweisungen von Merkel zensieren.«

»Haben Sie sich denn bedroht gefühlt?«

»Nein«, sagte ich. »Niemand nimmt die ernst. Solche

Drohungen, dass sie uns an den Laternen aufknüpfen, kommen jede Woche. Dass sie mit uns kurzen Prozess machen, wenn das Volk sich erhebt. Wenn Deutschland erwacht.«

»Haben Sie denn persönlich Feinde? Jemand, der oder die Ihnen etwas Böses will?«

Mir fiel meine Ex-Frau ein. Wir hatten uns viel gestritten, aber sie hasste mich nicht. Sie hatte einfach mehr vom Leben erwartet als einen Mann mit einem Heftroman-Shop, der über Jahre vor sich hin mickerte, bis er endlich geschlossen werden musste. Die Kunden waren weggeblieben, in der Gegend wohnten jetzt nur noch Araber. Aus meinem Geschäft wurde eine Shisha-Bar. Meine Frau hatte es vorher gewusst.

Ich schüttelte den Kopf. »Jemanden, der mich so angreifen würde, kenne ich nicht. Kann ich mir nicht vorstellen. Ich kenne eigentlich kaum noch Leute, außer den Kollegen, und meinem Sohn natürlich.«

»Kollegen, mit denen es mal Streit gab?«

»Wir sind da nicht mehr als die Putzkolonne«, sagte ich. »Die Redakteure ignorieren uns. Und untereinander verstehen wir uns recht gut, da gibt's kein Mobbing.«

»Das wird oft unterschätzt«, sagte Romeike.

Ihr Kollege hatte noch eine andere Idee. »Der Herr Kottwitz, hat der seine Verletzung auch im Zuge seiner Arbeit erlitten?«

Kottwitz bewegte sich fast normal. Nur wer wusste, dass sein Unterschenkel amputiert war, spürte die feinen Korrekturen, die er mit seinem Bein vornahm, wenn er durch den Newsroom ging. Schmieder hatte das offenbar registriert.

»Nein«, sagte ich. »Das stammt aus einem Militäreinsatz in Afghanistan. Er war früher bei der Bundeswehr.« Genau genommen stimmte das auch nicht. Er hatte seinen Unterschenkel bei einer Übung verloren, ein Rekrut war unachtsam gefahren. Es war nichts, worauf er stolz sein konnte.

»Haben Sie denn eine Idee, was das alles bedeuten soll?«, fragte Schmieder.

Ich wurde unwillig. »Ist das nicht Ihre Sache? Führen Sie denn nicht die Ermittlungen?«

»Das machen wir doch gerade. Wir befragen Sie doch.«

»Und sonst? Haben Sie den Tatort untersucht? Leute befragt? Gibt es eine Überwachungskamera? Da standen doch auch zwei Leute von der Security herum, haben die nichts gesehen?«

Romeike schüttelte langsam den Kopf. »Es hat geregnet, das sagen Sie ja selbst. Da sind keine Spuren zu finden. Wir haben den ärztlichen Bericht. Angesichts Ihrer Verletzungen muss es sich um einen kantigen Gegenstand gehandelt haben, also war es kein Baseballschläger. Vielleicht ein Tischbein, sagt der Arzt. Wer läuft mit einem Tischbein durch Berlin?«

Sie schauten mich an, als wäre von mir ein sachdienlicher Hinweis zu erwarten. Die anfänglich kooperative Stimmung war verflogen. Ich ließ den Kaffeebecher stehen.

»Alles Gute«, sagte die Kommissarin zum Abschied und gab mir ihre Visitenkarte. Falls mir noch etwas einfiel, konnte ich einfach durchrufen: Alena Romeike. Auf dem Heimweg dachte ich noch an die Sommersprossen auf ihrer Nase.

Am Abend schaute ich mir im Internet die Polizeimeldungen jenes Abends in den Berliner Lokalzeitungen an. Hatten sie überhaupt etwas dazu gebracht? Ich fand nichts. Es hatte in jener Nacht zwei Überfälle auf Spielotheken und Spätis gegeben, außerdem eine Prügelei am Alexanderplatz und einen Fall von Tierquälerei in Blankenburg. Nirgendwo gab es einen Hinweis darauf, was auf dem Vorplatz des Zeitungskonzerns passiert war. Wenn meine Zunge nicht deutlich die scharfe Kante des abgebrochenen Zahns gefühlt hätte, hätte ich es selbst kaum noch geglaubt.

## 6

Eine Woche verging. Von den Polizisten hörte ich nichts mehr. Ich vergaß die Sommersprossen. Der Hausarzt zog die Fäden, die blauen Flecken verblassten, die Narben verheilten.

Jetzt lief ich frühmorgens, möglichst jeden Morgen, zunächst nur kleine Runden vom Görlitzer Park bis zur Spree und zurück. In den Morgenstunden waren die Dealer noch nicht an ihrem Platz, dafür brachten Mütter und Väter ihre Kinder zur Kita oder in die Schule. Die hellen Stimmen streiften mich, als ich langsam an ihnen vorbeizog. Sie unterhielten sich über Spatzen und Graubrot, über Fortnite und Schullehrer, ihre Welt war in Ordnung. Ich wusste, dass es eine Täuschung war, aber das ging mich nichts an. Jeder lebt für sich allein. Tagsüber las ich die Nachrichten und Empfehlungen des Bundesamts für Bevölkerungsschutz und Katastrophenhilfe und checkte die Warn-App. Ihre Empfehlungen hatten einen beschwichtigenden Tonfall, der mich misstrauisch machte. Angeblich gab es zurzeit keinen Anlass zur Sorge, von vereinzelten Unwetterwarnungen abgesehen. Dass bei großflächigen und sehr schweren Katastrophen die Rettungskräfte nicht überall sein können, wusste ich längst. In den Prepper-Foren tauschte man sich über günstige Konserven bei Aldi und Lidl aus, außerdem gab es preiswerte Cargo-Hosen bei TEDi, andere berieten sich, wie man an Jagdmunition kam. Man unterhielt sich über neue Fluchtwege und riesige Bärlauchfelder bei Nürnberg. Viele von ihnen machten den Jagdschein, aber dafür fehlte mir bisher die Zeit. Einer der Prepper klagte über seinen Wachhund, der sich über jeden Besucher freute. »Mir wäre es lieber, wenn er bei Fremden wenigstens mal die Nackenhaare aufstellen und die Lefzen ein wenig hochziehen würde. Wenn die Bettelmafia kommt oder die Zeugen Jehovas Klingelstreiche machen, muss ich die immer selbst vertreiben.« Innerhalb von zwei Tagen räumte ich meine Krisenvorsorge komplett aus, prüfte sie auf Lagerungsschäden, Verfall und Funktion und stockte sie auf, wo es notwendig war. Dafür waren die Prepper-Foren gut, sie brachten einem immer Anregungen, wie man sich verbessern konnte, man schlief nicht ein.

Spät am Samstagabend standen Nick und Peppa unangekündigt vor meiner Tür. Ich dachte, es wäre ein Nachbar, sonst hätte ich nicht geöffnet.

»Ich wollte vorher anrufen, aber du gehst nicht ran«, sagte Nick. »Wir haben uns gefragt, wie es dir geht.«

»Mein Handy ist kaputt«, sagte ich.

Peppa schaute neugierig an mir vorbei in die Wohnung, vermutlich hatte Guido ihr von den Regalen voller Raviolidosen erzählt. »Wann kommst du wieder zur Arbeit? Was treibst du so?«

»Habe einiges zu tun«, sagte ich. »Mir geht's gut, ich komme am Montag wieder. Hab den Hausarzt überredet, weil ich mich sonst langweile.«

»Er hat ständig zu tun, seine Regale aufzufüllen«, sagte Nick zu Peppa. »Er kann in seiner Wohnung etwa dreißig Jahre lang ausharren, wenn es mal knallt.«

»Wahnsinn«, sagte sie. »Hast du auch Bier da?«

»Was wollt ihr?«, fragte ich. »Kommt ihr her, um euch lustig zu machen über jemanden, der für sich sorgt?«

»Wir würden gern mal mit dir reden«, sagte Nick. »Deine Meinung einholen. Ich habe mit zwei Leuten von eurer Security geredet, als sie in der Raucherecke standen. Über die Nacht, als dich jemand weggeknüppelt hat.«

»Was geht dich das an? Ich will nicht, dass du dich da einmischst, das habe ich dir letztes Mal schon gesagt.«

»Er war nicht allein, ich war auch dabei«, sagte Peppa. »Können wir nicht doch reinkommen? Ich war noch nie bei einem Messie in der Wohnung. Ich fasse auch nichts an, versprochen.« Sie sah mich interessiert an, als hätte ich eine seltene Behinderung, die sie aber total in Ordnung fand.

»Ich bin kein Messie«, sagte ich. Das hatte ich auch Karli gegenüber immer wieder beteuert, die sich von Jahr zu Jahr mehr über meine Vorräte aufgeregt hatte, vor allem, als ich mehrere Paletten mit Bundeswehr-Essensrationen unter unserem Bett einlagerte. Combat Ration, Typ I, II und III. Indische Reispfanne. Gulasch mit Kartoffeln. Hamburger in Tomatensauce. Grießbrei mit Obst. Dazu Dosenbrot, Hartkekse, Wurst, Streichkäse, Kaffee-Extrakt, Wasserentkeimungstabletten.

»Das muss dir nicht peinlich sein«, sagte Peppa und lehnte sich vertraulich an den Türrahmen. »Ich hebe auch gern Sachen auf, man weiß nie, ob man sie nicht mal noch braucht.«

»Ich hebe keine Sachen auf«, sagte ich und verstellte ihr den Weg. »Ich sorge vor, weil ich nicht auf dem Trockenen sitzen will, wenn die fetten Jahre vorbei sind.«

»Erzähl weiter«, sagte Peppa. »Lass mich rein und erzähl

mir von den mageren Jahren. Mach mich zu einer Zeugin Raviolis.«

»Du hältst mich für einen Spinner, aber ich verhalte mich völlig normal«, sagte ich. »Die Menschen haben immer vorgesorgt. Spare in der Zeit, dann hast du in der Not. Der Berliner Senat hat nach der Berlinblockade auch Reserven angelegt, überall in der Stadt verteilt. Zweihunderttausend Tonnen Getreide. Fünfzigtausend Tonnen Fleisch. Zwölftausend Tonnen Bratfett. Dreihundertachtzig Tonnen Gummisohlen.«

»Das klingt vernünftig«, sagte Peppa. »Bratfett, Gummisohlen. Immer schön bunkern. Kann man immer brauchen.«

»Lauf du mal mit kaputten Sohlen durch den Winter«, sagte ich. »Die hatten einfach alles. Zehntausend Nachttöpfe. Achtzehn Millionen Rollen Klopapier. Senf, Leim, Zigarren, Glühlampen.«

»Salz wahrscheinlich auch«, sagte Peppa. »Zucker. Die Grundlagen. Sonst geht gar nichts mehr.«

Ich nickte. »Du hast das Konzept kapiert. Zehntausend Tonnen Speisesalz. Dreißigtausend Tonnen Zucker. Fünfzigtausend Kilogramm süßsaure Gurken.« Ich sagte ihr nichts von den Trockenzwiebeln, die damals ebenfalls eingelagert waren, nichts von den lebenden Rindern, die vorsorglich gehalten wurden. Allein das Auswechseln der eingelagerten Güter gegen frische Produkte kostete jährlich hundert Millionen Mark. Aber die Bevölkerung West-Berlins sollte von den Vorräten etwa ein halbes Jahr lang leben können. Mein Großvater hatte mir erzählt, wie sie in den Blockadejahren hungerten. Sie kochten Unkraut, bettelten oder stahlen bei den Brandenburger Bauern. Er schärfte mir ein, stets etwas auf die hohe Kante zu legen. Er war im Krieg gewesen, dann in russischer Gefangenschaft, und er aß noch Jahrzehnte später jeden Teller leer, dass er aussah wie gewaschen und poliert.

»Ich sag doch: Er kann noch dreißig Jahre nach dem Atomkrieg in seiner Wohnung überleben«, sagte Nick. Das Thema nervte ihn, früher hatte er Freunde nach der Schule mitgebracht, die hatten sich auch über die Regale gewundert. Später lud er niemanden mehr zu uns nach Hause ein.

»Ich will nicht hungern«, sagte ich zu Peppa.« Das ist alles. Wenn was passiert, werdet ihr noch angekrochen kommen. Ich verstehe euch nicht, ihr lebt doch permanent vom Dispokredit, von der Hand in den Mund. Aber mich haltet ihr für einen Spinner.«

»Ravioli«, sagte sie und leckte sich kurz über die Lippen. »Hast du zufällig was da? Ich bin so gut wie verhungert.«

»Ich hol mir eine Jacke, und wir gehen raus«, sagte ich und ließ sie vor der Tür stehen. »Dann könnt ihr mir mehr von den Security-Leuten erzählen.«

Peppa und Nick gingen forsch voran, ich musste zusehen, dass ich trotz der Rippenschmerzen Schritt hielt, und kam mir kurz vor wie Kottwitz. Der klagte nie, ließ sich nie etwas anmerken.

»Die Jungs von der Security wissen, wer es war«, sagte Nick. »Sie sagen, es gab auch Bilder von der Überwachungskamera, aber die wurden gelöscht. Und zwar, nachdem die Polizei die angesehen hat. Die wollten nicht, dass es rauskommt, wer es war.«

»Dann sag schon«, sagte ich. »Lass mich nicht dumm sterben.«

»Die Flüchtlinge vom Containerdorf«, sagte Nick.

Ich hatte das kleine Areal sofort vor Augen, zwei Seitenstraßen vom Konzern entfernt. Vor wenigen Monaten war dort der Boden planiert worden, dann stellte man sechzig Wohncontainer aus Polen auf und quartierte etwa zweihundert Flüchtlinge dort ein, die bis dahin in Turnhallen gewohnt hatten. Das Areal war von einem hohen Zaun umgeben und wurde von Security überwacht, man kam ohne Papiere nicht hinein.

»Die Flüchtlinge vom Containerdorf?«, sagte ich. »Klingt etwas pauschal. Das war nur einer, höchstens zwei.«

»Die von der Security sind sich sicher. Es gab Bilder, wie einer dich umnietet, dann wegrennt Richtung Bundesdruckerei, Keule in der Hand. Du stehst auf und schleppst dich auf die Straße, ein Auto bremst, du fällst hin, das soll dann nur noch ganz verwaschen zu sehen gewesen sein. Aber jetzt ist eh alles gelöscht.«

Ich spielte die Szene, die ich schon tausendmal in meinem Kopf hatte ablaufen lassen, nochmals durch, diesmal mit einem Flüchtling aus dem Containerdorf. Nordafrikaner, Syrer oder Afghane. Warum eigentlich nicht? In meiner Vorstellung riss ich jetzt einem syrischen Mann den Schläger aus der Hand und gab ihm zwei Maulschellen. Brach einem Marokkaner die Nase. Wirklich befriedigend war das auch nicht.

Wir gingen durch den Görlitzer Park, Peppa und Nick hatten mich in die Mitte genommen. Es war Samstagabend, immer noch kalt. Die Dealer hatten dennoch gut zu tun. Ich wusste, drüben an der Oberbaumbrücke wurde gefeiert. Auch im Februar zog das Partyvolk über die Warschauer Brücke, Regen oder nicht, Schneematsch oder nicht, das Partyvolk war immer unterwegs.

»Wie können die so sicher sein?«, fragte ich. »Haben sie das der Polizei gesagt? Oder Kottwitz?«

Peppa und Nick schüttelten den Kopf. Er sagte: »Dürfen sie nicht. Die ganze Sache soll vertuscht werden, ist ja auch nicht an die Presse gegeben worden. Die Jungs von der Security meinen, das sei politisch nicht gewollt. Wenn es Ermittlungen in Richtung Flüchtlinge gibt, kommt eine Weisung aus der Politik, die Sache einzustellen. Belastendes Material wird unter den Teppich gekehrt, Bänder gelöscht. Die Sache mit Überfällen in dieser Gegend ist seit Monaten bekannt, sagen sie. Du warst kein Einzelfall. Da passiert ständig was, das wird bloß alles vertuscht.«

»Die Flüchtlinge sollen nicht als Schläger dastehen«, sagte Peppa. »Oder als Sextäter oder Einbrecher oder was weiß ich. Das könnte die Bevölkerung verunsichern oder sogar aufwiegeln. Du kennst doch unsere Leser, was die dazu sagen würden.«

»Stimmt«, sagte ich. »Die wären bestätigt. Die wussten ja auch gleich Bescheid, als Silvester die Frauen auf dem Kölner Hauptbahnhof angegangen wurden.«

»Angegangen«, sagte Peppa. »So heißt das jetzt. Dann hat dich jemand mit einem Baseballschläger angegangen?«

»Du weißt, was ich meine«, sagte ich.

Wir hatten den Park verlassen und gingen hinüber zur Spree. Die Arena lag stumm da, ein riesiger regloser Käfer. Das dunkle Wasser der Spree schwappte um das rostige Schiffswrack, das seit Jahren im Fluss lag. Im Sommer saßen manchmal Trupps von Paddlern auf dem Vordeck und ruhten sich aus. Im Winter sah es leer und kalt aus. Auf dem ehemaligen Steuerhäuschen wuchs eine schmale Birke.

»Ich sag dir, ich mag das nicht, wenn du in dieser Sache mit Leuten quatschst«, sagte ich.

»Okay«, sagte Nick. »Habe ich gehört. Du magst es nicht. Ich mag das nicht, wenn das einfach so versandet.«

»Du bist kein Polizist«, sagte ich.

»Ach komm schon«, sagte er. »Niemand sonst kümmert sich darum.«

»Ich war bei der Polizei«, sagte ich.

»Was du nicht sagst. Haben sie dir einen Kaffee ausgegeben und dir erklärt, dass die Ermittlungen leider nicht weit gediehen sind, weil es keine Anhaltspunkte gibt?«

»So ungefähr«, sagte ich. »Den Kaffee habe ich stehen lassen. Die Polizisten waren eigentlich nett. Die eine Beamtin hatte hübsche Sommersprossen.«

»Das machen sie extra«, sagte Nick. »Die setzen da eine hübsche Blondine hin, damit dein Verstand aussetzt. Wie die Moderatorin auf Sky, die zwischen den Fußballexperten sitzt.«

»Nun kommt mal wieder runter«, sagte Peppa.

Wir gingen an der Spree entlang zum Treptower Park, ich lief jetzt ohne Schmerzen. Wir unterquerten die Elsenbrücke, eine S-Bahn fuhr über unseren Köpfen, daneben der Autoverkehr. Die Brücke hatte seit einiger Zeit deutliche Risse. Niemand wusste, wie lange sie noch halten würde. Man zog unwillkürlich den Kopf ein, wenn man sie unterquerte.

»Und jetzt?«, fragte ich. »Was wollt ihr jetzt von mir?«

Wir gingen nebeneinander den Kai an den Ausflugsdampfern vorbei, die Winterschlaf hielten. Peppa und Nick rauchten.

»Kannst du noch?«, fragte Nick. »Sollen wir langsamer gehen?«

»Ich bin hier früher regelmäßig gelaufen«, sagte ich. »Und geschwommen. Kam von der Oberbaumbrücke und musste wieder zurück zum Plänterwald, unten zum Fähranleger.«

»Alter Schwede«, sagte Peppa.

»Früher«, sagte Nick. »Früher waren wir im Spreepark, ich mit dir und Mama, als ihr noch zusammen wart. Wir waren in der Wildwasserbahn, im Westerndorf. Das war super damals. Ich war zehn oder so, hab immer Quarkbällchen bekommen.«

»Das Riesenrad steht noch«, sagte ich. »Manchmal höre ich es quietschen, wenn ich da laufen gehe. Sie lassen es am Wochenende laufen, damit es nicht einrostet.«

»Die Dinosaurier liegen da auch noch herum«, sagte Nick. »Ich war mal mit Freunden auf dem Gelände, als der Zaun kaputt war. Da liegt noch jede Menge Krempel von früher herum.«

»Ich mochte die Dinos«, sagte Peppa. »Die taten mir richtig leid, als da alles aufgegeben wurde und die allein rumlagen. Hat sich keiner mehr um sie gekümmert.«

»Sind ja dann ausgestorben«, sagte Nick.

»Sehr witzig«, sagte Peppa.

Wir waren schon an der Insel der Jugend vorbei und liefen in den Plänterwald hinein.

»Weshalb sollte ein Flüchtling das eigentlich gemacht haben?«, fragte ich nach einer Weile. »Haben sich die Jungs von der Security darüber auch ihre Gedanken gemacht?«

»Mach dich nur lustig« sagte Nick. »Die hat das echt getroffen. Die machen sich wirklich Gedanken.«

»Das haben sie alles von Griebsch«, sagte Peppa. »Der erzählt ihnen das. Er hat es auch mir erzählt, in der Raucherecke, unter dem Siegel der Verschwiegenheit, großes Ehrenwort. Griebsch hat für alles eine Erklärung. Die Jungs bewundern ihn, die kaufen ihm alles ab.«

»Hat Griebsch denn auch ein Motiv zur Hand?«, fragte ich. »Hast du ihn das gefragt, weshalb ein Flüchtling mir auf den Kopf hauen und dann verschwinden sollte? Ohne zumindest mein Handy und mein Geld mitzunehmen? Ich dachte, die sind alle verrückt nach Handys.«

»Ich habe ihn gefragt«, sagte Peppa. »Natürlich. Was denkst du denn.«

»Ich habe die Jungs von der Security auch gefragt«, sagte Nick. »Das fanden sie nicht so super, es fiel ihnen auch nicht so viel ein. Die schieben Frust, sagte der eine, das ist ihre Art, sich abzureagieren. Der andere sagte, der Typ sei vermutlich gestört worden, ehe er anfangen konnte, dich zu durchsuchen.«

»Das ist auch die Version von Griebsch«, sagte Peppa. »Er sagte, man müsste mal im Containerdorf vorbeigehen und sie direkt fragen.«

»Hab ich dann auch gemacht«, sagte Nick.

»Hast du nicht«, sagte ich und blieb stehen. »Du bist nicht ins Containerdorf gegangen und hast sie gefragt, warum sie das gemacht haben.«

»Ist er doch«, sagte Peppa. »Er hängt sich da voll rein, das muss man ihm lassen. Ich bin mitgekommen, wir waren zu zweit.«

Ich sagte nichts. Wir waren auf dem Weg zwischen Anleger und Eierhäuschen, niemand sonst war hier unterwegs.

»Das hast du mir doch beigebracht«, sagte Nick. »Immer fragen, wenn man etwas nicht versteht. Ich habe einfach gefragt. Ich will es verstehen, wer meinem Vater einen Schläger auf den Schädel knallt, und dann wäre es auch gut zu erfahren, wieso.«

»Ich habe dir nicht beigebracht, in ein Containerdorf

voller afghanischer und syrischer Männer hineinzuspazieren und ihnen einen Überfall unterzujubeln.«

»So weit sind wir gar nicht vorgedrungen«, sagte Peppa. »Vor der Tür saß ein Türke, auch Security. Der hat uns weggeschickt, als wir ein paar Fragen gestellt haben.«

»Du könntest dich auch mal freuen«, sagte Nick. »Ein bisschen Dankbarkeit zeigen. Anerkennung oder so. Schließlich machen wir das alles vor allem deinetwegen.«

»Genau«, sagte Peppa. »Einfach mal Danke sagen, das würde uns schon helfen.«

»Wisst ihr was?«, sagte ich. »Wenn ich das alles höre, wird mir vor allem schlecht. Wer seid ihr denn, Sherlock Holmes und Watson?«

Peppas Handy klingelte. Sie telefonierte mit einer Freundin, während Nick sich eine Zigarette drehte. Was ich ihm gesagt hatte, war nicht das, was er gern gehört hätte. Aber etwas anderes konnte ich nicht sagen, also hielt ich jetzt den Mund. Über uns rauschten die schweren Zweige der Bäume im Nachtwind.

»Du hast eine Woche lang richtig scheiße ausgesehen«, sagte Nick schließlich. »Möchte ich mal in aller Offenheit sagen. Dein Gesicht war krass verbeult. Echt kein schöner Anblick. Da wird man doch mal nachfragen dürfen.«

Peppa hatte ihr Gespräch beendet und fragte: »Wie weit ist es von hier zum ›Estrel‹?«

»Halbe Stunde zu Fuß«, sagte ich.

Peppa zündete sich die Zigarette an, die Nick ihr hinhielt. »Habt ihr Lust, zu DJ Marcelle zu gehen? Die spielt im ›Bei Ruth‹.«

»DJ Marcelle? In Beirut?« Ich verstand überhaupt nichts.

Wir erreichten den kleinen Buswendeplatz an der Wasserschutzpolizei Ost. Hier brannten immerhin zwei gelbe Laternen. Niemand war auf der Straße, auf dem ganzen Weg war uns kein Mensch begegnet.

»DJ Marcelle sieht aus wie die kleine wilde Schwester von Angela Merkel. Sie kommt aus Amsterdam und legt so auf, dass alle im Raum tanzen, wirklich alle. Sie ist nur zweimal im Jahr in Berlin.«

»Und sie spielt in Beirut?«

»Das ›Bei Ruth‹ ist ein Club neben dem ›Estrel‹.« Nick redete sehr langsam mit mir.

»Du musst ja nicht mitkommen«, sagte Peppa. »Eine Freundin von mir will da tanzen. Aber ich finde den Weg nicht von hier aus. Mein Handy hat kein Internet.«

»Mein Handy hat kein Guthaben«, sagte Nick.

»Ich kann euch hinbringen«, sagte ich. »Im Grunde geht man bloß die Sonnenallee hoch, also die östliche Sonnenallee. Aber ich kann nicht tanzen.«

»Niemand will dich tanzen sehen«, sagte Nick.

Die Sonnenallee war leer, das alte Arbeitsamt lag verödet da, einige Schritte weiter das ausgebrannte Spaßbad Blub. Das ›Estrel‹ hockte wie ein billig designtes Raumschiff hinter dem Neuköllner Schifffahrtskanal. Gegenüber war ein riesiger Schrottplatz, allein das Lager der Altreifen, die hier zu Bergen aufgetürmt waren, erstreckte sich über zwei Blocks. Immerhin waren wir in der Stadt zurück.

Wir sahen eine Reihe von Gestalten, die auf der Seitenstraße am Hotel vorbeiwanderten und auf den Hof einer Autowerkstatt einbogen. Ein Klumpen von Leuten hing vor einer Laderampe, dort musste der Eingang sein. Die Musik, die aus den Fenstern heraussickerte, hatte einen merkwürdigen Charme. Die Rhythmen schienen alten Beatles-Songs zu entstammen, verschnitten mit Puppenschreien aus Horrorfilmen, Vogelzwitschern und klappernden Topfdeckeln. Das Knarren einer alten Tür, hinter der ein Helikopter mit dunklem Flügelschlag aufflog, begleitet von irischen Folk-Stimmen.

»Klingt gut«, sagte ich.

»Du kannst gern mitkommen, wenn du willst«, sagte Peppa. »Da gehen auch alte Leute hin. Das stört überhaupt nicht.«

Wir zwängten uns an den Leuten vor der Laderampe vorbei und liefen eine betonierte Treppe hoch. Das Gebäude war offensichtlich vor einiger Zeit aufgegeben worden, aber noch nicht verrottet.

Peppa zahlte für uns drei vor einem Durchgang, der mit einer schweren Filzdecke verschlossen war. Wir bekamen einen Kinderstempel auf den Handballen. Peppa und Nick schlüpften durch den Vorhang, ich folgte ihnen.

Die Musik war nicht so schmerzhaft laut, wie ich befürchtet hatte, sie kroch lebhaft im Raum herum, wisperte, flatterte auf, warf sich in eine Ecke, kam zurück. Alle Leute im Raum tanzten, verbunden zu einer vielgliedrigen Menge. Vorn an der Stirnseite war das Mischpult aufgebaut, ein bescheidener Tisch mit ein paar Plüschtieren, die offenbar ständige Partybegleiter von DJ Marcelle waren. Sie selbst ähnelte tatsächlich der deutschen Bundeskanzlerin, auch wenn ihre Kleider ungleich lässiger waren: ein Küchenkittel mit Blumenmustern, darunter eine bequeme Jogginghose. Die Oberarme nackt, stark tätowiert. Ihre Haare waren zerzaust, in ihrem Mundwinkel hing eine Zigarette oder ein Joint, ich konnte es nicht erkennen, denn sobald wir den Raum betreten hatten, waren wir schon umgeben von der Tanzmeute, die uns gierig aufnahm und sich uns einverleibte. Ich verlor Peppa und Nick sofort aus den Augen, spürte Arme an meiner Seite, eine Hand in meinem Genick, ich tanzte wie von selbst zum leichtgängigen scheppernden Rhythmus, der durch den Raum waberte und sich manchmal beschleunigte, manchmal erlahmte, dann wieder anzog zu einem flotten Marsch, was eine Polonaise von acht oder zehn Leuten hervorrief. Sie bahnte sich ihren Weg durch die Tanzenden, in denen ich nun auch Peppas Kopf auf und nieder wippen sah, neben ihr eine Frau mit feuerroten Haaren, dahinter Nick. Und hinter ihnen, kaum zu sehen durch die schier undurchdringliche Menge, ein Bierverkauf.

Ich hatte seit ewigen Zeiten nicht mehr getanzt, aber das spielte keine Rolle. DJ Marcelle sorgte dafür, dass ich in Bewegung kam, es gab kein Entkommen, und damit war ich sehr einverstanden. Offenbar kam ich auch am Bierstand vorbei, denn ich hatte kurz darauf ein Bier in der Hand, tanzte weiter, gelegentlich untergehakt mit anderen in einer wilden Polka.

## 7

Der Turm stand in der Dunkelheit des Wintermorgens, als ich wieder zur Frühschicht kam. In manchen Etagen brannten schon Lichter, vermutlich waren dort die Putzfrauen an der Arbeit. Ich ging über den Vorplatz und erkannte sofort die Stelle, an der ich attackiert worden war. Natürlich war niemand dort außer mir. Das harte hölzerne Geräusch, als mein Schädel getroffen wurde, war gleich wieder da.

Im Eingangsbereich unterhielten sich zwei Security-Männer, ich kannte sie nicht. Das Empfangspult war noch nicht besetzt, die Gänge leer. Ich hielt meinen Ausweis an den Kontrollsensor vor dem Newsroom und war zurück in der Kathedrale. Die Bildschirme über den Arbeitstischen zeigten die Nachtmeldungen. In Florida war eine Fußgängerbrücke über einem Highway zusammengebrochen und hatte mehrere Autos unter sich begraben. Der slowakische Innenminister war zurückgetreten, nachdem ein Journalist in Bratislava auf offener Straße erschossen worden war. Ein afghanischer Abschiebehäftling hatte sich in seinem Haftraum erhängt. Boris Becker musste seine Pokale versteigern lassen.

Ich grüßte zum Nachtredakteur hinüber. Er hob nur kurz die Hand, sein Blick war zerstreut und übernächtigt. Ich fuhr den Computer an meinem Platz hoch. Packte den Apfel aus.

Der Trupp der pakistanischen Putzfrauen arbeitete sich durch den Raum. Die Vorhut leerte die Abfalleimer. Dann kam die Frau mit dem riesigen Staubsauger. Eine Assistentin zog vor ihr die Drehstühle beiseite, damit sie ungehindert unter die Schreibtische kam. Die Nachhut wischte mit einem feuchten Lappen die Stuhllehnen, Arbeitsflächen, Tastaturen und Monitore ab. Ein ätzender Geruch blieb für einen Moment hängen.

Aus der Teeküche holte ich ein Obstmesser und ein Tellerchen, um meinen Apfel zu schälen und zu vierteln. Eine stille Armee von benutzten Kaffeebechern stand auf der Spülmaschine und den angrenzenden Ablageflächen. In missmutiger Handschrift mahnte ein Zettel, die Milch zurück in den Kühlschrank zu stellen, weil sie sonst sauer wurde. »Du bist hier nicht bei deiner Mutter!«

Als ich mir den ersten Apfelschnitz in den Mund steckte und mit der Arbeit begann, hatte ich achthundertzweiundachtzig unbearbeitete Kommentare. Eine Userin »Beate Z.« schrieb: *Was diese Frau anfasst, wird zu Dreck. Man sollte einen Pfahl in die Stelle ihres Körpers treiben, wo andere Menschen ihr Herz haben.* – »Wüstenfuchs« warnte: *Es soll keiner denken, diese Invasion wird ihn in Zukunft nicht treffen. Wenn diese Bande bei uns erst mal in der Überzahl ist, wird auch hier bei uns kräftig gesteinigt und geköpft!*

Kottwitz war früh da, gegen acht, ich sah seinen glänzenden Schädel im Auge, wo er sich mit dem Nachtredakteur besprach. Danach kam er zu mir.

»Wieder an Bord«, sagte er mit einem Nicken. »Alles im Lot?«

»Würde ich jetzt nicht so sagen«, sagte ich und schaute ihn an. »Silvester sah ich besser aus.«

Kottwitz stand vor meinem Sessel. Er trug braune Lederschuhe, und ich überlegte, wie er den linken an seiner Prothese befestigt hatte.

»Im Alter lassen die Reflexe nach«, sagte er. »Wir sind einfach nicht mehr zwanzig. Sieh mich an.«

Er zog das linke Hosenbein nach oben, bis man das matte Metall der Prothese sehen konnte, dann ließ er es wieder auf den Schuh rutschen.

»Früher bin ich gern schwimmen gegangen«, sagte ich. »Aber das gehört nicht hierher. Will auch niemanden von der Arbeit abhalten.«

»Ich habe grad Zeit«, sagte Kottwitz. »Erzähl mal. Du bist gern schwimmen gegangen.«

»In der Spree«, sagte ich. »Das war, bevor ich diesen Job bekommen habe. Ich war in guter Verfassung damals, was heißt damals, vor zwei Jahren. Lange Läufe vom Görlitzer Park in den Plänterwald, und dann bin ich ins Wasser gegangen, zur Oberbaumbrücke geschwommen und wieder zurück. Fit wie ein Turnschuh. Und wach.«

Kottwitz sah auf sein Smartphone. »Die schönsten Geschichten sind doch die von früher. Man kann nicht genug davon kriegen. Was waren wir alle Helden.«

»Nach einem Lauf habe ich mal im Görlitzer Park das Abwärmen gemacht, Liegestützen, Kniebeugen, Dehnen. Ein Dealer fühlte sich davon gestört und wollte auf mich los. Da hatte ich die Reflexe noch. Ich habe ihm zwei Rippen gebrochen. Zehn Jahre Karate gemacht als junger Mann, da bleibt doch was hängen.«

»Respekt«, sagte Kottwitz. »Da hat es sicher nicht den Falschen getroffen. Aber wie ich schon sagte: Man wird älter. Man wird unaufmerksamer. Geht nach Feierabend nach Hause und denkt über Gott und die Welt nach.«

»Genau«, sagte ich. »Genau das will ich ja sagen. Nach zwei Jahren hier am Schreibtisch gehe ich nicht mehr schwimmen. Da gehe ich höchstens einmal die Woche laufen, und dann nicht zum Plänterwald, sondern eher zum Brötchenholen. Und ich lasse mir nach Feierabend auf den Kopf hauen. Das ist mein Problem. Für dreizehn Euro sitze ich hier und kärchere die Kommentare weg. Der Höhepunkt meines Tages ist um zehn nach sieben, wenn die Putzfrauen vorbeikommen und mich grüßen. Für dreizehn Euro lasse ich mir nach Dienstschluss auf den Kopf hauen.«

»Die fetten Jahre sind leider vorbei«, sagte Kottwitz. »Wenn du mehr Geld haben willst, kannst du Harry nach einer Erhöhung fragen, wenn er mal im Haus ist. Ich sehe das nicht wirklich. Die fetten Jahre sind vorbei. Nimm es einfach hin, wie es ist. Der Schlag auf den Schädel würde dir auch nicht weniger wehtun, wenn du fünfzehn Euro bekommst.«

»Es geht mir nicht um Geld«, sagte ich. »Ich sag dir, was mich echt ärgert. Wenn mein Sohn hier nachfragt, und die Jungs von der Security erzählen ihm, dass es die Flüchtlinge aus dem Containerdorf waren.«

Kottwitz räusperte sich. Allmählich kamen die ersten Redakteure an ihre Arbeitsplätze. Er hatte sich noch nie so lange an meinem Platz aufgehalten.

»Zur Kenntnis genommen«, sagte er. »Das wundert mich schon, ehrlich gesagt, dass dich das aufregt. Auf mich hast du eigentlich einen ziemlich intelligenten Eindruck gemacht. Die sagen das, weil sie es sagen müssen. Die haben keine andere Wahl. Sieh es doch einfach mal realistisch: Die wollen ihren Arsch retten. Die sind dafür eingestellt, um genau das zu verhindern, was dir passiert ist. Jetzt sind sie unter Druck. Jetzt müssen Erklärungen her. Da geht es um Arbeitsplätze, um Verträge, richtig um Geld. Da hängen ganze Familien dran. Wenn die bei uns rausfliegen, müssen die sehen, wo sie wieder unterkommen. Auch Security-Jobs wachsen nicht auf Bäumen.«

»Okay«, sagte ich. »Kann ich verstehen. Dafür machen sie die syrischen Flüchtlinge verantwortlich?«

»Wir leben in verrückten Zeiten«, sagte Kottwitz, holte sein Handy aus der Hosentasche und schaute auf die eingegangenen Nachrichten.

»Wir müssen unser Gespräch ein anderes Mal fortsetzen«, sagte er. »Aber ich rede mal mit Griebsch. Ich rede mit ihm. Versprochen.«

»In Ordnung«, sagte ich.

Draußen vor den Milchglasscheiben floss der Morgenverkehr. Ich wendete mich wieder meiner Arbeit zu. Die Hartz-IV-Sätze sollten gekürzt werden. Die meisten unserer

Leser fanden das eine gute Idee. *Ich verlange, dass diese Leute wenigstens die Kaugummis von den Fußgängerwegen abkratzen oder mit einer Schere das Gras in den Parks schneiden, denn es ist eine absolute Frechheit, einfach Geld zu kassieren, ohne etwas zu tun. Diese Leute sind Blutegel am Hals des deutschen Volkes. – Wir brauchen Arbeitslager wie die Russen.*

Der Heimatminister wiegelte in einem Interview die mittlerweile zahlreichen Anschläge auf Flüchtlingsheime ab. Die Zeitung brachte solche Vorfälle aus Sachsen längst nicht mehr, das lohnte sich nicht. Vier unserer Meldungen berichteten von Messerstechereien im Ruhrgebiet, am Rande von Kiel und in Bayern. Die Polizei war nur mühsam wieder Herr der Lage geworden. Das erfüllte unsere Leser mit heißem Zorn. *Wir müssen dringend die Gesetzeslage anpassen.–Die Dienstwaffe wird viel zu selten eingesetzt. – Der Respekt ist völlig erodiert.* Brad Pitt hatte eine neue Freundin. Der amerikanische Präsident verteidigte die Schutzzölle.

Nach zwei Stunden legte ich eine Pause ein, nahm den Paternoster und fuhr durch die neunzehn Etagen des Turms, stand eine Weile am Fenster und schaute hinaus auf die regennasse Stadt. Ein Schwarm von Krähen stieg aus dem benachbarten Park auf. In jedem Winter kamen große Scharen von Saatkrähen aus Weißrussland und der Ukraine nach Berlin.

Drei Doppeldeckerbusse folgten einander die Oranienstraße hinunter. Fahrradfahrer beugten sich unter dem Regen. Schulkinder mit bunten Kapuzen trotteten geduldig den Gehweg entlang. Die Friedrichstraße war noch schwach beleuchtet, in den Büros schimmerten die Monitore der Computer. In einem Wohnblock an der Leipziger Straße sah ich Wohnungen, in denen die Leute ihren Tag begannen. Ich hatte morgens nur einen Kaffee getrunken, keinen Bissen heruntergebracht, war zur Bushaltestelle gelaufen, um den Weg hinter mich zu bringen. Ich nahm an der Redaktionskonferenz teil, man grüßte mich nicht, sondern rückte kaum merklich von mir ab, als hätte ich eine seltene Infektion.

Peppa kam um elf, sie trug einen Pferdeschwanz. Wir sagten nichts über den Samstagabend, es gab keine Zeit dafür. Die Kommentare zogen jetzt an, der Tonfall wurde ruppiger. Wir hatten ein Interview mit Til Schweiger zur Situation der Flüchtlinge, er sprach sich dafür aus, sie menschenwürdig unterzubringen, die Leser hassten ihn deswegen. Der Bürgermeister einer kleinen Ortschaft im Harz verbat sich weiteren Zuzug von Asylbewerbern, weil die Einwohner den Belastungen nicht mehr gewachsen seien. Keiner unserer Kommentarschreiber fühlte sich den Belastungen durch Migranten mehr gewachsen. Der Druck, der auf ihnen lastete, schien unerträglich zu sein, schlimmer als alles, was Oliver Kahn jemals erlebt hatte. Peppa übernahm die Leseranfragen zu Abonnements, ich stieg wieder in die Kommentare ein. An diesem Tag, nach zwei Wochen Pause, setzten sie mir zu.

Die User waren sich weitgehend einig, was nun zu tun wäre, »Udet« beispielsweise schrieb frei von der Leber weg: *Zu den Waffen, ihr Brüder, tötet alles und jeden. Legt alles in Schutt und Asche. – Wir sind in der Todeszone. – Es wird der Tag kommen, an dem mit eisernem Besen durchgefegt wird in diesem Land.*

Kottwitz hielt Wort. Am Ende der Schicht stand Griebsch mit durchgedrückten Knien am Eingang und scrollte auf seinem Handy.

»Warten Sie mal«, sagte er, als ich vorbeiging. »Warten Sie mal kurz.«

»Ich habe Feierabend«, sagte ich. »Heute gehe ich mal rechtzeitig.«

Er sah mich mit grauen Augen an, seine Tränensäcke waren aufgequollen, vielleicht war es die Kälte, vielleicht der Suff.

»Das war eine unglaubliche Scheiße, was da vorgefallen ist«, sagte er. »Das habe ich meinen Männern auch so kommuniziert. Das war von uns allen, und ich nehme mich da nicht aus, eine desolate Leistung. Wir hätten das verhindern müssen. Dazu sind wir da. Ich bin richtig, richtig sauer. Das können Sie mir glauben.«

»Glaub ich Ihnen«, sagte ich.

»Soll ich Ihnen mal was sagen?«, sagte er. »Das Problem sind die Handys. Die jungen Mitarbeiter sind ständig abgelenkt. Die haben eine Aufmerksamkeitsspanne wie ein Goldfisch. Das kriegt man nicht mehr aus denen raus. Die ganze Generation ist versaut von den ständigen Nachrichten. Die Mädchen da draußen schicken ihnen Bilder – das wollen Sie gar nicht wissen, was die den Jungs schicken. Natürlich sind die dann abgelenkt. Jeder Mann ist da abgelenkt. An einen effektiven Einsatz ist da nicht mehr zu denken.«

»Gut zu wissen«, sagte ich.

»Aber das hört jetzt auf«, sagte Griebsch und beugte sich zu mir. »Ich habe es mit der Geschäftsleitung abgesprochen, dass so etwas definitiv nicht mehr vorkommen wird. Das ist vorbei. Auch mit Kottwitz hatte ich ein Gespräch darüber. Ich werde jetzt gegenüber meinen Männern andere Saiten aufziehen. Ich kann auch asozial. Das werden die schon merken.«

»Dann ist ja alles klar«, sagte ich.

Wir gingen zusammen über den Vorplatz, während Griebsch weiter auf mich einredete. Als ich mich verabschiedete und hinüber zur Bushaltestelle ging, legte er zwei Finger an die Schläfe, als salutierte er. In meinem Kopf flackerten die letzten Kommentare auf, »Wüstenfuchs« brachte es auf den Punkt: *Am Ende zählt nur, ob du dem Feind einen Kernschuss verpassen kannst oder von ihm an den Eiern aufgehängt wirst.*

## 8

»Wo warst du die ganze Zeit?«, fragte der Verkäufer in der türkischen Bäckerei am Morgen. »Habe dich zwei Wochen nicht gesehen. Hab mir schon Sorgen gemacht. Käsebrötchen wie immer?«

»Zwei Käsebrötchen«, sagte ich.

»Mach ich dir, Langer«, sagte er. »Und den Apfel kriegst du auch. Fünfzehn Euro siebzig.«

Er war vermutlich der einzige in der Stadt, der um halb sechs morgens zu Scherzen aufgelegt war.

»Träum weiter«, sagte ich.

»Wo bist du gewesen, Langer, hattest du Urlaub?«

»So ähnlich«, sagte ich.

»Ich will meine Stammkunden nicht verlieren«, sagte er. »Hab dich vermisst, verstehst du. Wo bleibt der Lange, habe ich gedacht. Ist doch sonst nicht so spät dran. Aber du bist gar nicht mehr gekommen. Vielleicht zur Konkurrenz abgewandert, dachte ich.«

Ahmad gab mir die Käsebrötchen und den Apfel, ich reichte ihm das abgezählte Geld. Seit zwei Jahren holte ich morgens meine beiden Brötchen bei ihm, sein Laden lag genau vor der Bushaltestelle und hatte ab fünf Uhr offen. Ich mochte ihn, der Schalk saß ihm im Nacken. Im ersten Jahr hatte ich auf seine Witze nicht reagiert, aber Ahmad hatte nicht lockergelassen. Für ihn gehörte ich zur Familie, er zeigte mir regelmäßig Bilder von seiner Tochter und seinem Hund.

»Hatte einen Unfall«, sagte ich.

»Ich hoffe, dein Gegner sieht genauso schlimm aus«, sagte er und blinzelte mir zu.

»Ich habe sein Gesicht leider nicht gesehen«, sagte ich. Dann kam der Bus.

»Wünsche dir einen schönen Tag, Langer!«

Selbst der Busfahrer nickte mir zu. Die meisten Leute, die um halb sechs morgens im 29er-Bus saßen, waren mir mittlerweile vertraut. Ich nahm jeden Morgen einen anderen Platz, die anderen hatten ihre Stammplätze. Ihre Gesichter waren noch auf Stand-by, erst am Moritzplatz wachten sie auf, wenn sie zur U-Bahn umsteigen mussten.

Ich fuhr weiter bis Ecke Lindenstraße, hielt den Hausausweis an den Scanner, betrat den Newsroom, *Deutsche Rentner müssen in den Abfalleimern nach Pfandflaschen wühlen, während Roma-Familien ihre neu gebauten Sozialwohnungen innerhalb eines Monats runterrocken. – Man sollte sich den Gnadenschuss geben*. Approve, delete, delete, delete. Acht Stunden lang. Tag für Tag. Guido hatte einen neuen Aufschlag gelernt. Doppelschicht-Danny hatte eine neue Mütze. Kottwitz grüßte flüchtig. Griebsch ließ sich nicht mehr blicken. Peppa stand mit den Produktentwicklern in der Raucherecke und grüßte von fern. *Berlin ist ein Saustall ohne Führung. – Das ist der endgültige Todesstoß für unser Land. – Wo ist mein Kommentar, ihr Migrantenbücklinge?* Delete, delete, delete.

Auf dem Rückweg ging ich oft zu Fuß, damit meine Reflexe nicht völlig verkümmerten. Die Stadt gilt gemeinhin als sicheres Terrain. Im Krisenfall ist sie das nicht. Was ist der Normalfall, wann beginnt der Krisenfall? Wer Augen hat zu sehen, der sieht jetzt schon. Der ist jetzt schon wach. Dessen Antennen sind ständig auf Empfang. In der Krise ist die Gefahr ein ständiger Begleiter. Je länger sie anhält, desto mehr fallen die üblichen Grenzen von Anstand und Menschlichkeit weg. Ich hatte die marodierenden Horden der Demonstranten am 1. Mai gesehen, die alle Geschäfte rund um den Lausitzer Platz plünderten. Als Spaß fing es an, dann wurde es ernst. Die Polizei gab ganze Straßenzüge auf, innerhalb weniger Stunden war eine normale Wohngegend zum Katastrophengebiet geworden, mitten in Berlin. Das dauerte nicht länger als eine Nacht. Man erschreckt sich und kehrt zur Normalität zurück. Ebenso bei einer Evakuierung wegen Entschärfung einer Fliegerbombe oder einer schadhaften Gasleitung. Oder ein Wochenende mit Schneechaos oder Eisglätte. Das kann man zu Hause aussitzen. Nach zwei Tagen ist alles vergessen.

Aber wenn der Strom länger als drei Tage ausfällt, dann verändert sich die Lage. Die Supermärkte bleiben geschlossen. Die Geldautomaten sind tot. An den Tankstellen gibt es kein Benzin mehr. Die Handys funktionieren nicht mehr. Wer kein Notstromaggregat im Keller hat, hat kein Licht mehr. Wer in der eigenen Wohnung nichts mehr zu essen hat, beginnt ernsthaft zu hungern. Und fängt an, nach Nahrung zu suchen. Allein oder in Gruppen. Mit bloßen Händen oder bewaffnet. Fallen Wasser, Nahrung, Heizung für einen längeren Zeitraum aus, spricht man von einer schweren Krise. Dann möchte man nicht wissen, wer bei einem an die Tür klopft.

Ich ging durch die Wohngegend hinter der Heinrich-Heine-Straße: Plattenbauten, notdürftig modernisiert, dahinter Supermärkte, die im Ernstfall nicht mehr beliefert wurden. Optiker, Apotheken, Sportstudios, das Finanzamt Mitte, die Botschaft Nigerias. Hostels, die im Winter kaum belegt waren. Alte Leute schauten in den Abfalleimern an den Straßenecken nach Pfandflaschen. Andere führten ihre Hunde aus. In der Frühschicht waren drei Artikel zum Streit zwischen der Ukraine und Russland um das Asowsche Meer auf der Homepage gewesen. Der ukrainische Präsident hatte das Kriegsrecht verhängt, die jungen Männer wurden zu den Waffen gerufen, russische Männer durften nicht mehr ins Land einreisen. Hier floss der Autoverkehr zur Jannowitzbrücke wie gewohnt, die Stadt lag friedlich unter dem milchig-weißen Himmel. Aber die Ruhe war trügerisch.

Meine Bestände waren aufgefüllt, ich musste mir aktuell keine Sorgen machen. An diesem Nachmittag legte ich mir dennoch ein zusätzliches Lager mit Tauschartikeln an. In schlechten Zeiten sind manche Dienste oder Medikamente nur im Tausch gegen begehrte Güter zu bekommen. Ich begann mit den Dingen des alltäglichen Lebens, die lange hielten und in Krisenzeiten gewiss begehrt waren: Panzerband, Nähnadeln, Einwegfeuerzeuge, Rasierklingen, Pinzetten, Nagelscheren, Lesebrillen (ich hatte auf dem Flohmarkt mal eine ganze Kiste voller Brillen gekauft), Kerzen, Teelichter, Vaseline, Watte, Zahnbürsten, Kämme. Auch manche Lebensmittel konnte ich im Notfall tauschen, weil ich genug davon hatte: Trockenhefe, Backpulver, Salz, Zucker. Einen Abend lang portionierte ich die Artikel und verstaute sie in einer luftdicht verschlossenen Aluminiumkiste.

An einem Sonntag Anfang Februar zog in der Wohnung

gegenüber eine neue Familie ein. Ich wurde vom ungewohnten Lärm aufgeweckt. Im Treppenhaus schrien Kinder. Vor dem Haus rangierten hupend Autos und Lieferwagen. Ein Trupp Männer kam mit Kisten und Kleidertaschen die Stufen hoch. Die Wohnungstür gegenüber knallte beständig zu, wurde wieder aufgerissen, wieder zugeschlagen. Eine Frauenstimme gellte, Männer lachten. Jemand drehte Balkan-Pop auf, ich stand hinter meiner Wohnungstür und hörte das rhythmische Klatschen der neuen Mieter, offenbar feierten sie bereits den Einzug.

Die Party zog sich über den ganzen Tag hin. Ständig kamen neue Besucher, ganze Familien, die unten ihre Kinderwagen abstellten und die Treppen heraufstiegen, Mütter mit bunten Kopftüchern, Männer mit Unterschnitt und Pferdeschwanz, in altmodische Anzüge gezwängt. Die Kinder veranstalteten Rennen durch das Haus, wenn sie sich langweilten. Man hörte gern Musik. Die Auswahl an Balkan-Pop-Alben war nicht groß, sie spielten immer wieder die gleichen Lieder, die aber stets in höchster Lautstärke.

Ich lernte die neue Familie kennen, als die Frauen die Reste ihrer Party im Hinterhof loswerden wollten. Die Mülltonnen schienen ihnen gleichgültig zu sein. Sie legten die Tüten daneben ab. Die Mutter und zwei Mädchen in orangefarbenen Trainingsanzügen lachten freundlich, als ich ihnen die richtigen Tonnen zeigte.

»Ist Deutschland«, sagten sie und klappten die Tonnen auf. »Immer schön sauber. Aufpassen. Achtung.«

Wir gingen die Treppen gemeinsam hoch. An der Tür stand jetzt der Name Begalovic.

»Kommst du mit herein, bitte«, sagte die Mutter, als wir vor unseren Türen standen, und lud mich mit einer altmodischen Geste in ihre Wohnung ein.

»Keine Zeit«, sagte ich. Vor Nachbarn hielt ich mich stets bedeckt, ich wollte keinen engen Kontakt. »Tut mir leid.«

»Muss dir nicht leidtun«, sagte sie. »Bringst du Frau mit, wir haben viel zu essen.«

»Hier gibt's keine Frau«, sagte ich. Das Gespräch ging mir jetzt schon zu weit.

»Macht nichts«, sagte sie. Ihre beiden Töchter schauten unter ihrer Achsel hervor, dunkle neugierige Augen.

»Dauert nicht lange«, sagte sie. »Komschije.«

»Keine Zeit«, sagte ich und zog meine Wohnungstür hinter mir zu. Nachbarn sind Zeitfresser. Wollen sich Sachen ausleihen, die nie zurückgegeben werden. Holen sich Zucker, weil sie zu faul sind, zum Supermarkt zu gehen oder für genügend Vorräte zu sorgen. Damit war ich durch. Ich kümmerte mich nur noch um meinen eigenen Kram. Wenn man ihnen einmal was gibt, dann kommen sie ständig wieder.

Wenige Minuten später klingelte es.

Die beiden Mädchen standen vor der Tür und hielten mir ein Glas mit Tee und einen Teller mit Gebäck entgegen.

»Haben wir selbst gemacht«, sagte die eine. »Probier mal.«

»Wir wohnen jetzt hier«, die andere.

»Habe ich mir schon gedacht«, sagte ich. »Ist ja nicht zu überhören.«

»Wir mögen Musik«, sagte die erste und machte zwei Tanzschritte. Der Tee schwappte über, ich nahm ihn ihr aus der Hand. Ihre Schwester gab mir den Teller mit dem Gebäck.

»Ich mag auch Musik«, sagte ich. »Aber leise. Bei euch fallen einem die Ohren ab.«

Sie lachten und hielten sich die Ohren fest.

Ich trank den Tee und aß das Gebäck, es schmeckte

ungewohnt kräftig. Die Mädchen liefen in ihre Wohnung, und ich folgte ihnen, um das Teeglas und die Untertasse zurückzugeben. Meinetwegen. Ein kurzer Besuch, um der Höflichkeit zu genügen. Man will ja kein Unmensch sein.

Zwei Jungen saßen vor einem riesigen Flachbildfernseher und spielten ein Computerspiel. Ein kleines Kind wühlte in einer Tüte Chips. Eine alte Frau saß breitbeinig an der Stirnseite des Tisches und musterte mich von oben bis unten. Sie trug eine tiefrote Bluse, an der goldene Münzen klirrten, wann immer sie sich bewegte.

Sie winkte mich zu sich. Als ich mich widerstrebend setzte, nahm sie meine Hand. Die beiden Mädchen schmiegten sich an sie und schauten gemeinsam mit ihr auf meine Handfläche.

Ihre Hand war runzlig und kalt. Mit dem Zeigefinger zog sie meine Handlinien nach und flüsterte in einer fremden Sprache vor sich hin. Eines der Mädchen begann zu weinen.

»Sie ist sehr klug«, sagte die andere und zeigte mit dem Daumen auf ihre Großmutter. »Sie weiß vorher, was in deinem Leben passiert.«

»Was passiert denn in meinem Leben?«, sagte ich. »Hab nicht verstanden, was sie gesagt hat.«

»Das willst du nicht wissen«, sagte das Mädchen und wischte sich mit einer Hand die Tränen weg. »Das ist echt doof. Sie sagt sonst nicht solche Sachen.«

Die alte Frau wies sie zurecht. Ich tat, als sei nichts geschehen, und verabschiedete mich. Noch Stunden später vermied ich es, auf die Innenfläche meiner Hand zu schauen. Man sollte sich wirklich von seinen Nachbarn fernhalten.

Die anderen Mieter waren auch dieser Ansicht, vor allem gingen ihnen die neuen Nachbarn gegen den Strich. Ich hörte ihre Gespräche auf dem Treppenabsatz.

»Das sind Zigeuner«, sagte Jankowski von oben. »Tut mir sehr leid, wenn ich das so offen sage, ich weiß nicht, wie man sie jetzt nennen muss. Aber das sind Zigeuner. Die werden uns hier vor die Nase gesetzt, damit wir ausziehen. Die müllen unseren Hof voll, das sieht doch jeder.«

»Genau«, sagte die Nachbarin aus dem dritten Stock. »Ich würde jetzt nicht Zigeuner sagen, ich habe auch nichts gegen sie persönlich. Aber diese Leute sind einfach zu laut. Und sie lassen das Haus verkommen. Haben Sie mal gesehen, was der Mann im Keller bunkert? Der handelt mit Schrott.«

»Die handeln alle mit Schrott«, sagte Jankowski. »Die haben doch nichts gelernt. Glauben Sie, die schicken ihre Mädchen in die Schule? Ich sehe die beiden fast jeden Tag vor dem Supermarkt stehen und die Hand aufhalten. Vormittags um zehn! Und dann werfen sie den Müll neben die Tonnen. Aber unsereins darf nicht mehr Zigeunerschnitzel sagen.«

»Gehen Sie mal in den Keller«, sagte sie. »Der Mann hat sich mehrere Verschläge unter den Nagel gerissen, um sein Zeug da zu sammeln. Da schimmelt und modert es seit Wochen. Die Hausverwaltung interessiert das nicht. Die schauen einfach weg.«

»Da müssen Sie Bescheid sagen«, sagte Jankowski.

»Hab ich doch«, sagte sie. »Interessiert die nicht. Die wollen uns hier rausekeln, um die alten Mietverträge loszuwerden. Das machen sie jetzt in jeder Straße im Kiez. Die alten Mieter sollen raus. Die bringen nicht genug. Eigentumswohnungen bringen mehr. Staffelmietverträge. Das ist die neue Zeit.«

»Dabei bringen wir den Müll runter«, sagte Jankowski.

»Der Noack hortet ja auch lauter Zeug«, sagte die Nachbarin. »Will ich gar nicht wissen, wozu er das alles braucht. Aber er hält das in Ordnung, da kann man nicht meckern.«

Viele Nachbarn beklagten sich in den folgenden Wochen über die Ratten im Hinterhof und auch im Treppenhaus. Die Begalovic-Kinder warfen ihren Müll weiterhin neben die Tonnen, aber wann immer sie mich sahen, grüßten sie lebhaft, als seien sie erleichtert, dass es mir gutging.

Morgens ging ich zur Bushaltestelle, holte mir beim Bäcker meinen Apfel und die Käsebrötchen. Der Verkäufer hatte immer gute Laune: »Ich wünsch dir was, Langer.« Ich ging über den Vorplatz, hielt meinen Ausweis an den Scanner, die Tür des Newsrooms fiel mit einem Knall hinter mir zu, ich fuhr den Computer hoch. *Die Arschficker haben eh zu viele Rechte. – Genau das geht mir bei Homosexuellen auf den Sack, immer eine Extrawurst fordern.*

An einem Tag bekam ich im Leserservice eine Mail von einem Fake-Account: *Ich werde Sebastian Dörfer erledigen. Es wird als Beispiel dienen und ein Zeichen setzen gegen korrupte, scheinheilige Mediensäue. Dafür habe ich meinen Karabiner. Mehr brauche ich nicht. Ich kenne auch schon mehrere Orte, wo man einen sauberen, sicheren Schuss abgeben kann.*

Solche Drohungen verschoben wir meist kommentarlos in den Ordner, der dafür angelegt worden war. Doch die Namensnennung war hier so konkret, dass ich damit zu Kottwitz ging.

Er warf einen kurzen Blick darauf. »Sebastian Dörfer, das seid ihr? Peppa, Jeremias, Guido?«

»Wir alle sind Sebastian Dörfer«, sagte ich. »So was bekommen wir dauernd. Die Leute reagieren gereizt, wenn man ihre Kommentare löscht. Aber der hier klingt gefährlich.«

»Fang nicht schon wieder damit an«, sagte Kottwitz. »Ich kann es nicht mehr hören. Wir sind doch hier nicht im Kosovo. Hier wird niemand abgeknallt. Ich habe mit Griebsch geredet.«

»Er hat auch mit mir geredet«, sagte ich.

»Dann weißt du ja Bescheid. Er hat das Nötige veranlasst. Es wird nicht wieder vorkommen. Ihr seid sicher.«

»Gut zu wissen«, sagte ich. »Mir kam die Ankündigung eigenartig konkret vor, die Mauerstücke auf dem Vorplatz sind ein guter Ort, um einen sicheren Schuss abzugeben.«

Kottwitz winkte ab. »Man muss nicht ständig den Teufel an die Wand malen. Das geht mir allmählich echt auf die Nüsse. In Berlin läuft niemand mit einem Karabiner herum.«

Er stand auf und nahm seinen Schlüsselbund. »Und wenn die Leser sich derart aufregen, dass ihre Beiträge gesperrt werden, dann lasst ihr eben mehr durch. Wir sind eine liberale Zeitung, wir können auch kritische Meinungen in der Debatte vertragen. Das kann doch nicht so schwer sein, meine Güte.«

Ich ging zurück an meinen Platz, verschob die Mail in den Ordner mit den Drohungen und verzichtete an diesem Vormittag auf den Spaziergang über den Vorplatz.

Kurz vor Schichtende kündigte ein anderer User, der sich »Elon Musk« nannte, an: *Ich kann 34 Raketen mit Atomköpfen hier landen. Ich gebe die 12 Codes ein, und Deutschland wird pulverisiert. Gut, wir sind alle tot, aber das ist es mir wert! Ich scheiße auf mein Heimatland, weil Muslime und Merkel uns zerstören!!!!!*

Ich löschte die Mail.

**9** Der Anruf kam weit nach Mitternacht. Kottwitz hatte mich noch nie außerhalb meiner Arbeit angerufen, ich staunte, dass er überhaupt meine Nummer hatte.

»Sie ist angegriffen und niedergeschlagen worden«, sagte er.

»Wer jetzt? Merkel?«, fragte ich, noch im Treppenhaus, meinen Wohnungsschlüssel in der Hand. Ich konnte mir nicht vorstellen, was er von mir wollte.

»Peppa«, sagte er.

»Was?«

»Spreche ich so undeutlich?«, sagte Kottwitz. »Peppa. Genau wie bei dir. Spätdienst, noch was in der Journalistenbar getrunken. Dann hat sie im Newsroom ihre Sachen gepackt. Sie ist auf dem Gehweg vor der Bushaltestelle zusammengeschlagen worden.«

»Wo ist sie jetzt?«

»Sieht nicht gut aus«, sagte Kottwitz.

»Wie schlimm ist es?«

Er räusperte sich. »Kann ich nicht beurteilen. Sie ist im Krankenhaus am Urban. Die Polizei ist dran. Ich habe auch nur einen Anruf von den Security-Leuten bekommen.«

Ich erinnerte mich an die beiden Männer, die sich vor vier Wochen über mich gebeugt hatten.

Ich lehnte mich an die Wand des Treppenhauses. »Was sind das eigentlich für Security-Männer, vor deren Augen die Leute verprügelt werden?«

Er antwortete nicht darauf. »Ich wollte nur jemandem Bescheid sagen. Harry ist nicht zu erreichen. Von Guido und den Studenten habe ich keine Nummern.«

»Danke«, sagte ich.

Er legte ohne ein weiteres Wort auf.

Ich lief die Treppenstufen wieder hinunter. Das Haus roch nach Winter und Erschöpfung. Ich holte mein Rad aus dem Hinterhof und fuhr los.

Das Urbankrankenhaus lag am Rande des Landwehrkanals, zwei graue Klötze, ineinander verkeilt, neun Stockwerke hoch, die Fassade aus altem Waschbeton. Die meisten Fenster waren dunkel, nur in den Fluren schimmerte ein undeutliches Licht. Vor dem Eingang der Rettungsstelle parkten Notarztwagen und ein Fahrzeug der Polizei. Zwei Ärzte standen im Winkel und rauchten Zigaretten.

Ich fragte sie nach Peppa.

Sie zuckten mit den Schultern. »Die Kleine von der Zeitung? Keine Ahnung. War ziemlich voll heute. Vielleicht liegt sie noch im Gang.«

Einer wies mit dem Kopf zum Eingang.

Im Gang vor den Behandlungszimmern standen vier Betten, auf denen reglose Körper lagen. Ihre Gesichter waren blutig oder aschfahl. Daneben standen Angehörige und füllten Formulare aus. Krankenschwestern und Pfleger gingen herum und verteilten Schmerzmittel.

»Wann geht es denn weiter?«, fragte ein Mann mit gepresster Stimme.

»Wir geben uns alle Mühe«, sagte der Pfleger. »Sie haben noch Glück, es ist Dienstag. An einem Samstag würden Sie noch draußen vor dem Eingang liegen. Da verteilen wir Wartenummern.«

Ich fragte ihn nach Peppa.

Er sah mich misstrauisch an. »Wer sind Sie denn?«

»Kollege«, sagte ich.

»Kollege«, sagte er. »Ich habe sie nicht gesehen.«

»Sie ist schon oben«, sagte ein Arzt in einem grünen Kittel, der an der Behandlungstür lehnte. »Geht ihr nicht gut. Sie war bewusstlos.«

»Kann ich zu ihr?«

Er schüttelte den Kopf. »Sie liegt auf der Intensivstation, da kommen Sie nicht rein. Hat eh keinen Sinn. Sie schläft jetzt. Wollen Sie ihr Sachen bringen? Die können Sie beim Pförtner abgeben.«

Ich verließ die Rettungsstelle und ging hinunter zum Landwehrkanal. Die Lichter der Wohnhäuser gegenüber schlierten auf den schwarzen Wellen des Urbanhafens. In meinem Rücken stand der dunkle Klotz des Krankenhauses, und darin lag Peppa, auf der Intensivstation. Ich wollte sie nicht allein dort liegen lassen und ging zur Eingangshalle. Der Nachtpförtner saß in einem Glaskasten und schüttelte den Kopf, als ich an seine Scheibe klopfte. Er wies auf seine Armbanduhr. Im abgedunkelten Eingangsbereich schlurften zwei Männer in Bademänteln, sie schoben Infusionsständer neben sich her. Der Pförtner beugte sich wieder zu seinem Smartphone, auf dem eine Serie lief.

Meine Hände zitterten. Ich nahm mein Rad und fuhr zum Verlagshaus. Was hatte Kottwitz gesagt, wo es passiert war? Auf dem Gehweg vor der Bushaltestelle. Ich suchte die Stelle. Der Gehweg war leer, auch auf der Oranienstraße war kaum noch Verkehr. Es war halb drei morgens, die tote Stunde.

Ich fand einige Blutflecken, die im Licht der Straßenlampe schwarz schimmerten. Ein Handschuh von Peppa lag im Gebüsch neben dem Wartehäuschen. Ich sah mich um, als könnten die Schläger noch irgendwo lauern. Der Turm des Verlagsgebäudes wirkte von hier aus schwarz und kalt.

Ich ging hinüber zum Eingang, klopfte gegen die Scheibe und wartete. Keine Antwort. Ich klopfte nochmals. Im Eingangsbereich hatte der Sicherheitsdienst einen abgetrennten Bereich mit Überwachungsmonitoren, die starre Bilder der Büroetagen und des Newsrooms zeigten. Ich klopfte zum dritten Mal. Erst nach zehn Minuten tauchte einer der Security-Leute auf. Er hatte eine große Kinnlade, ein flächiges Gesicht.

»Was ist?« Seine Stimme war schroff.

Ich fragte ihn, was vorgefallen war.

Er blickte zu Boden.

»War übel«, sagte er, kam zu mir nach draußen auf den Vorplatz und suchte nach einer Zigarette. »Wir konnten nichts machen. Die Arschlöcher sind einfach zu schnell, die kennen nichts. Außerdem: Dienstagnacht, da ist eh nur halbe Besetzung. Der Kollege war auf Rundgang im Mittelbau, hier war einfach niemand. Die Kleine war schon über die Straße, wir haben sie überhaupt nicht gehen sehen. Haben uns noch über das Blaulicht gewundert, und dann kam die Polizei. Die haben uns auch gefragt, wo wir denn waren. Dabei sollten die mal drüben im Containerdorf nachfragen, meine Meinung.«

»Wo ist Griebsch, euer Teamleiter?«

»Er hatte heute Frühdienst, war nicht da, als es passiert ist. Eben ist er gekommen, jetzt tobt er rum. Als hätten wir die Schuld. Alle trampeln auf uns rum.«

Er rauchte seine Zigarette und war froh, dass er eine Auszeit hatte.

»Das kann doch wohl nicht wahr sein«, sagte ich.

»Genau«, sagte er. »Wir tun, was wir können, wir haben klare Absprachen. Aber wenn Merkel uns diese Leute ins

Land holt, sind sie eben da. Dann muss das Zusammenleben neu ausgehandelt werden. Und wir stehen dann als die Loser da. Mal ehrlich: Wir können doch nicht alle persönlich nach Hause begleiten. Man müsste den Saustall da drüben mal ausmisten, meine Meinung.«

Er deutete mit seinem Kinn in Richtung Containerdorf. »Ganz ehrlich, früher war das nicht so. Ich bin seit zehn Jahren dabei, wir hatten nie solche Vorfälle. Jetzt sind die Goldstücke da, und jetzt kriegen die verehrten Kollegen aus der Redaktion was vor den Latz. Da ist das Geheule groß, aber das hätte man vielleicht mal vorher klären sollen.«

»Ihr seid da sicher?«, fragte ich.

»Ach komm schon«, sagte er. »Ich bin seit zehn Jahren dabei, das ist Fakt. Kannst du Griebsch fragen, ich habe hier mit ihm angefangen, war immer in seinem Team. Das war ein ganz ruhiges Pflaster bisher, gab nie Probleme. Jetzt sind die Schutzsuchenden da. Jetzt gibt es Probleme. Aber das ist ja gewollt. Darf man nicht sagen, ist aber so. Die wollen uns rausdrängen. Und so fängt es an.«

Griebsch kam in die Raucherecke, grüßte kurz, zündete sich eine Zigarette an, scrollte auf seinem Telefon. Er stand breitbeinig da, seine schlechte Laune war deutlich zu spüren.

»Ich dachte, das sollte aufhören«, sagte ich. »Das war doch die Ansage neulich: dass das nicht mehr vorkommt. War grad im Krankenhaus, die Ärzte sagen, dass es nicht gut um sie steht.«

»Das hört jetzt auch auf«, sagte er, ohne den Blick vom Telefon zu nehmen.«

»Man müsste uns bloß mal von der Leine lassen«, sagte der Mann mit dem breiten Kinn.

»Halt du den Mund«, sagte Griebsch.

»Ich mein ja nur«, sagte der andere.

»Kann sein, dass Kottwitz sich auch freut, wenn das jetzt mal aufhört«, sagte ich. »Bevor es mal einen der Redakteure erwischt. Oder einen der Korrekturleser. Oder Vertriebler. Er ist der pragmatische Typ. Er will Lösungen sehen.«

»Wir sind dran«, sagte Griebsch und schnippte seine Zigarette weg. »Auch wenn es nicht so aussieht, wir sind dran und wir kriegen das in den Griff. Hundert pro.«

Ich ging über den Vorplatz, in meinem Rücken ein kaltes Gefühl. Kam an der Stelle vorbei, an der ich niedergeschlagen worden war, und hörte das Geräusch der Bowlingkugel, die mit aller Kraft auf den Pin trifft.

Peppas Gesicht stand mir vor Augen. Sie lachte. Ihr Kopf wippte auf und ab, sie erzählte etwas, das ich nicht verstand. Sie rollte die Augen und rauchte hastig. Aus ihren Mundwinkeln rann Blut.

## 10

Als ich am nächsten Tag nach der Frühschicht in ihr Krankenzimmer kam, drehte Peppa das Gesicht zur Wand. Ihr Hinterkopf verschwand in den Kissen.

»Hallo Peppa«, sagte ich.

»Hallo Noack«, sagte sie. »Hau bitte ab.«

Im Nachbarbett lag eine ältere Frau mit einem Kreuzworträtselheft. An der Wand gegenüber lief ein Fernseher, auf stumm gestellt. Ich ging zum Fenster und setzte mich auf einen Stuhl. Peppa zog die Bettdecke über ihren Kopf. Ein Fuß von ihr hing seitlich aus dem Bett und bewegte sich langsam auf und ab.

»Ich soll dich grüßen von allen«, sagte ich.

Ihre Hand kam unter der Bettdecke hervor. Der Mittelfinger ragte auf.

»Kottwitz hat gesagt, dass du hier liegst. Wenn du was brauchst, sag einfach Bescheid. Du kannst alles haben.«

Die Frau im Nachbarbett schaute von ihrem Heft auf. »Das Essen hier ist furchtbar, vielleicht können Sie uns mal eine Pizza besorgen.«

Sie deutete auf den Nachttisch, auf dem bereits das Abendessen unter einer Plastikhaube lag.

»Eine Pizza, klar. Kann ich machen. Was willst du, Peppa?«

»Ich will einen Spiegel«, sagte sie.

»Im Bad ist doch einer«, sagte ich.

»Einfach einen Gesichtsspiegel«, sagte Peppa. »Und Zigaretten.«

»Ich habe dir welche mitgebracht«, sagte ich.

»Sie kann hier nicht rauchen«, sagte die Frau. »Wenn hier geraucht wird, dann hole ich die Schwestern. Die Ärzte. Dann mache ich einen richtigen Aufstand, da fliegt ihr achtkantig raus.«

Ich warf das Päckchen auf Peppas Bett. Ihre Hand fasste es und zog es zu sich unter die Decke.

»Feuerzeug«, sagte sie.

Ich warf ihr das Supermarktfeuerzeug hin, es prallte gegen den Bettrand und fiel auf den Boden. Peppa tauchte über den Rand und angelte nach unten. Für einen Augenblick war ihr Kopf zu sehen. Die Hälfte war verbunden. Die andere Hälfte war orangefarben und bräunlich.

»Ich meine es ernst«, sagte die Frau im Nebenbett. »Wenn hier geraucht wird, dann schlage ich Alarm. Ich habe vierunddreißig Jahre lang geraucht und vor einem halben Jahr endlich damit aufgehört. Wegen dir will ich nicht wieder in Versuchung kommen. Und wenn du noch so scheiße aussiehst.«

Aus Peppas Ecke kam keine Antwort.

»Wir können runtergehen«, sagte ich. »Alle stehen in der Raucherecke.«

Peppa regte sich nicht. Atmete wahrscheinlich kaum. Aber ich wusste, dass sie um alles in der Welt rauchen wollte.

»Darfst du aufstehen?«, fragte ich.

»Aufs Klo geht sie jedenfalls«, sagte die Nachbarin. »Mitten in der Nacht, wenn sie glaubt, dass ich schlafe. Sie hat auch schon die Nachtschwester nach Zigaretten gefragt. Aber bei der war sie an der falschen Adresse.«

»Ich bring dich runter«, sagte ich.

»Lassen Sie sie doch in Frieden«, sagte die Frau mit dem Rätselheft.

»Ich kann nicht so weit laufen«, sagte Peppa.

»Im Flur steht ein Rollstuhl«, sagte ich. »Ich schieb dich hin und auch wieder zurück.«

Schweigen unter der Bettdecke. Ihr Fuß zog sich zurück.

»Ich will am Fenster rauchen. Die sture Kuh kann doch mal eine Viertelstunde rausgehen.«

»Ich geb dir gleich sture Kuh«, sagte die Nachbarin, ohne den Blick vom Rätselheft zu nehmen. »Hör einfach damit auf. Nach drei Tagen hast du eh die schlimmste Phase hinter dir. Fang nicht mehr an. Das ist deine Chance!«

Peppas Hinterkopf kam zum Vorschein. Sie setzte sich auf, aber so, dass ich ihr Gesicht nicht sehen konnte. Sie nahm einen Kittel von der Stuhllehne.

»Hol den verdammten Rollstuhl«, sagte sie.

Ich ging vor die Tür und kam mit dem Stuhl zurück, schob ihn neben Peppas Bett. Sie griff nach den Lehnen und schwang sich herüber.

Ihre Hand umklammerte die Zigarettenpackung und das Feuerzeug.

Ich schob sie aus dem Zimmer. Die Blicke der Nachbarin folgten uns.

Vor dem Eingang war ich kaum an die Seite gefahren, da hatte Peppa schon die erste Zigarette im Mund und angezündet. Sie blies den Rauch aus, als atme sie endlich ein.

»Wie geht's dir?«, fragte ich.

Sie rauchte, die Schultern zusammengezogen, vornübergebeugt.

»Mir geht's prima. Ich hatte schon fast vergessen, wie das ist, Prügel einzustecken.«

»Du kennst dich aus damit«, sagte ich.

»Und ob«, sagte sie. »Mir hat sie jeden Nachmittag, wenn ich von der Schule kam, mit dem Handfeger ins Gesicht geschlagen. Du gewöhnst dich nicht daran, glaub mir. Du kannst dich nicht darauf vorbereiten. Auch wenn du weißt, dass es kommen wird. Auch wenn sie mal gute Laune hat. Es wird kommen.«

»Deine Mutter?«

Sie nickte. »Egal, was du machst. Ein Grund findet sich immer. Und wenn du einen Nachmittag und Abend ohne Schläge geschafft hast, dann kommt sie in der Nacht. Prügelt dich aus dem Schlaf, aus dem Bett. Hat in deinen Schulheften geschnüffelt, dein Tagebuch gefunden, Zigarettenrauch in deinen Klamotten gerochen.«

»Wie alt warst du?«, fragte ich.

»Acht. Neun. Zehn. Mit zwölf bin ich das erste Mal weggelaufen.«

»Wohin?«

»Nirgendwohin. Einfach nur weg, in die Wälder. War genauso ein Wetter wie jetzt, Nieselregen, kalt, aber ich konnte es nicht mehr aushalten. Immerhin konnten mich die Hunde der Polizei nicht wittern, weil es regnete. Aber ich habe nichts zu essen gefunden. Es gibt im Wald einfach nichts zu essen. Und es war saukalt. Zwei Tage lang habe ich es ausgehalten. Am dritten Tag bin ich zurückgegangen.«

»Wurde es dann besser?«

»Nein«, sagte Peppa. »Das wurde nicht besser. Das Jugendamt hat sich erkundigt, ob wir Probleme hätten. Hatten wir natürlich nicht. Sie hat dann darauf geachtet, dass sie mir nicht ins Gesicht schlägt, sondern nur dahin, wo man die Flecken dann nicht sieht. Aber es hörte nicht auf. Nein, kann man nicht sagen, dass es besser wurde.«

»Was war mit deinem Vater?«, fragte ich.

Peppa zündete sich die nächste Zigarette an. Sie stieß den Rauch verächtlich aus. »Was soll mit dem gewesen sein. Nichts war mit dem. Er wollte keinen Ärger mit ihr. Hat nicht hingeschaut. Das ging noch zwei Jahre so weiter, bis ich endgültig abgehauen bin. Erzähl mir nichts von Prügel einstecken, ich bin Grandmaster-of-Prügel-Einstecken. Das macht mir nichts aus. Aber jetzt sind all die Jahre wieder da, die ich mühsam vergessen habe.«

»Wie lange musst du noch hierbleiben?«

»Ein paar Tage. Vielleicht eine Woche. Die wecken dich hier um halb sechs, und dann liegst du da und willst rauchen. Und in der Nacht schnarcht die Alte neben dir, und die Bilder kommen zurück.«

Ich holte den Lederhandschuh heraus, der im Gebüsch neben der Bushaltestelle gelegen hatte. »Übrigens habe ich den hier gefunden. Ist doch deiner?«

»Sicher ist das meiner«, sagte sie. »Nett von dir, da nachzusehen. Die Polizei war nicht so interessiert.«

»Was war denn los an der Bushaltestelle?«, fragte ich. »Kannst du dich erinnern?«

»Klar erinnere ich mich«, sagte Peppa. »Ich kam von der Arbeit, so wie du neulich. Ich glaube, es war nur einer. Er hatte irgendeine Keule, aber ich war schnell, hab mich weggedreht, das ist einfach drin, ich lass mich nicht gern schlagen. Nach dem ersten Schlag bin ich in die Knie gegangen, beim zweiten Schlag habe ich seine linke Hand erwischt und festgehalten und zugebissen. Ich war so wütend.«

»Das ist eklig«, sagte ich. »Davon kann man die fiesesten Entzündungen kriegen, viel schlimmer als Hundebisse.«

»Hört sich gut an«, sagte sie. »Vielleicht krepiert er daran. Hoffentlich. Ich habe so fest zugebissen wie ich nur konnte. Wollte seinen Finger abbeißen, zumindest einen Knöchel brechen. Er hat mir mit der anderen Hand ins Gesicht geschlagen, immer wieder, damit ich loslasse. Hat gebrüllt wie am Spieß. Aber ich bin ein Bullterrier, wenn man mich schlägt, dann kriege ich eine Kiefersperre. Ich habe nicht lockergelassen.«

»Was hat er gebrüllt?«, fragte ich.

»Ich würde sagen, die Theorie mit den syrischen Flüchtlingen lässt sich nicht aufrechterhalten«, sagte sie. »Er hat was von Scheißfotze geschrien, das klang sehr deutsch.«

»Vielleicht war es ein Flüchtling, der regelmäßig zu seinen Sprachkursen geht«, sagte ich.

»Jedenfalls hat er mir mit der anderen Hand eine nach der anderen geschallert«, sagte sie. »Irgendwann habe ich losgelassen.« Sie lachte mich an, und ich sah ihr kräftiges weißes Gebiss.

»Dann war das eher sein Blut auf dem Gehweg«, sagte ich.

»Auf jeden Fall nicht meines«, sagte sie. »Ich habe nur ein paar kräftige Schellen gekriegt, aber das bin ich ja gewohnt.«

»Du warst zuerst auf der Intensivstation«, sagte ich. »Aber das hört sich nach mehr als ein paar Schellen an.«

»Ich war kurz weg«, sagte sie. »Reine Vorsichtsmaßnahme. Erzähl bloß nichts Nick. Der regt sich sonst wieder auf.«

»Ich habe ihn schon angerufen«, sagte ich. »Er kommt heute Abend vorbei und will wissen, ob er dir was mitbringen soll.«

Peppa lächelte. Ihr Gesicht machte nicht richtig mit, aber sie lächelte.

»Danke für die Zigaretten, aber jetzt wird mir kalt. Bring mich wieder zurück.«

Ich fuhr sie zurück auf ihre Station und ihr Zimmer. Am Bett angekommen, stemmte Peppa sich an den Lehnen des Rollstuhls hoch und drückte ihren Körper hinüber ins Bett.

Sie zog die Bettdecke über den Kopf.

Ich sagte: »Irgendwo da draußen ist das Arschloch. Wir werden ihn finden. Ich verspreche es dir: Wir werden ihn finden.«

## 11

»Alles klar, Langer?« Der türkische Bäckereiverkäufer sah frisch und vergnügt aus wie immer. »Was willst du?«

»Zwei Käsebrötchen, einen Apfel.«

»Mach ich dir. Weißt du doch: Du kannst alles von mir haben.«

Ich legte ihm mein Kleingeld hin. »Mehr habe ich nicht.«

Er lachte. »Mehr hast du nicht? Das sind zwei Euro irgendwas, und es ist erst Monatsanfang. Langer, muss ich mir Sorgen machen?«

»Kann nicht schaden«, sagte ich.

»Wenn du was brauchst, komm zu mir«, sagte er. »Ahmad fällt schon was ein.«

Es war halb sechs morgens, ich hatte wenig geschlafen, die Gesichter der Leute im Bus waren die gleichen wie sonst, sie dämmerten dem Moritzplatz entgegen. In der Ferne war der Fernsehturm zu sehen, davor der dunkle Turm des Verlagsgebäudes. Die Stadt lag noch in einem flachen unruhigen Schlaf, der von hunderttausend winzigen Albträumen durchschossen war. Ich stieg an der Ecke Lindenstraße aus, überquerte den Vorplatz, hielt den Hausausweis an den Scanner, ging durch den leeren Flur zum Newsroom, die Türen schlugen hinter mir zu, ich fuhr den Computer hoch, nickte dem Nachtredakteur zu, kaute meinen Apfel, las die Kommentare. *Die kommen nach Deutschland, weil sie unseren Sozialstaat plündern wollen. Scheißen in die Ecke, werfen ihren Müll aus den Fenstern. Heute schächten sie Schafe und Rinder, morgen vielleicht schon Christenkinder. – Wir sind im Steuerstall eingesperrt wie Kühe zum Melken.*

Punkt halb neun klappte die schwere Tür, Kottwitz war da. Er schrieb die Tagesmeldung, danach kam er zu mir und setzte sich auf den leeren Platz neben meinem Tisch. Er beugte sich vor, obwohl noch kaum Leute im Newsroom waren, und erkundigte sich leise nach Peppa. »Hast du sie besucht?« Sein Atem roch nach Zwiebeln und Knoblauch.

»Natürlich war ich im Krankenhaus, ich kenne ja den Weg«, sagte ich. »Sie hat Schläge eingesteckt, das sieht nicht schön aus, aber das wird wieder.«

»Das muss aufhören«, sagte er. »Man reißt sich hier den ganzen Tag den Arsch auf, und in der Nacht rufen sie einen an, dass wieder ein Mitarbeiter überfallen wurde.«

»Griebsch sagt, sie sind dran, sie kriegen es in den Griff«, sagte ich.

»Griebsch ist ein Ausfall«, sagte Kottwitz. »Seine Männer sitzen auf dem Klo und holen sich einen runter, statt draußen ihre Runden zu drehen. Seit zehn Jahren schaue ich mir das an. Mit Griebsch bin ich durch. Da sehe ich null Perspektive.«

»Dann schicken sie jemand anderes«, sagte ich.

»Der Verein schickt mir niemanden mehr«, sagte er. »SecurBerlin hat seine Chance gehabt. Da läuft ohnehin der Vertrag aus, der wird dann eben nicht verlängert. Leben wir in einer Marktwirtschaft oder nicht? Sind die vereinbarten Ziele erreicht worden? Objektschutz, Gewährleistung der Sicherheit für Mitarbeiter und Besucher. Stell dir mal vor, das wäre im Haus passiert.«

»Dann könnte man es nicht unter den Teppich kehren«, sagte ich.

»Das wird keineswegs unter den Teppich gekehrt. Das wird intern aufgearbeitet. Wo leben wir denn. Es gibt auch noch andere Bewerber auf dem Markt. Die Sicherheitsbranche boomt, das liest man ständig.«

»Das ist offenbar auch nötig«, sagte ich.

»Grüße an Peppa«, sagte Kottwitz, als er aufstand.

»Richte ich aus.«

Ich wandte mich wieder der Homepage und den Kommentaren zu. In Südafrika hatten die Buren Schutzzonen im Hinterland gebildet, wohin sie sich zurückziehen konnten und die sie gegen alle feindlichen Eindringlinge mit Waffengewalt verteidigen wollten. Die französischen Bauern rebellierten gegen die Erhöhung der Dieselpreise. Im Pazifik war ein Wal mit fünf Kilogramm Plastik im Magen verendet. Der Bundestag diskutierte über den Migrationspakt. In einem niederbayrischen Dorf hatte ein Mann ein Schaf missbraucht; das Tier musste notgeschlachtet werden. Unsere Leser kamen langsam in Fahrt. *Die Begattung von Tieren ist in besagtem Kulturkreis eine feste Tradition wie auch die Inzucht und Kinderehe. – Unser Land wird zu einem Schlachthaus werden. – Die Bürger, denen das Wasser bis zum Hals steht und die sich dagegen wehren, wird man lynchen.*

Ich wartete innerlich auf Peppa. Stattdessen kam Guido, er holte einen Tischtennisball heraus, den er auf seiner Tastatur herumspringen ließ. »Muss meine Reflexe schulen«, sagte er.

»Mit deinen Reflexen ist alles in Ordnung«, sagte ich. »Das nervt, ich kann so nicht arbeiten.«

Er ließ den Ball weiter vom Monitor auf die Tastatur springen, um ihn dann zu fangen.

»Schnelligkeit ist alles«, sagte er. »Ihr wart einfach zu langsam, Peppa und du. Das wird mir nicht passieren. Ich bereite mich vor.«

»Mit Tischtennisbällen.«

»Das sagt der Richtige«, sagte Guido. »Du bereitest dich mit Ravioli auf den nächsten Stromausfall vor. Ravioli in herzhaft-würziger Fleischsauce. Wie machst du die dann eigentlich warm?«

»Esbitkocher«, sagte ich.

»Die werden dir die Bude einrennen«, sagte er. »Wenn die Leute da draußen zehn Tage lang nichts zu essen bekommen haben, dann sind sie nicht mehr wählerisch. Kannst eine Volksküche einrichten bei dir. Halb Kreuzberg steht dann Schlange. Komm, wir gehen zu Noack, der füttert uns durch.«

»Bei mir nicht«, sagte ich. »Ich koche nur für den Eigenbedarf. Selbstversorger. Jeder ist sich selbst der Nächste.«

»Das wird sie nicht so sehr interessieren. Wenn sie richtig ausgehungert sind und dann den Geruch von Ravioli in der Straße wittern, dann kommen sie bei dir die Treppe hoch und klingeln. Und wenn du nicht öffnest, dann klopfen sie mit beiden Fäusten an deine Tür. Oder sie holen gleich das Stemmeisen raus. Dein Stangenschloss kannst du dann vergessen. Aber bei deinen Vorräten musst du nicht mal knausern, davon lebt der Kiez ein halbes Jahr lang. Also die Leute, die den Atomschlag überlebt haben. Oder den Ausbruch der Pest.«

»Ist gut«, sagte ich. »Ist gut, Guido. Krieg dich mal wieder ein.«

Er ließ seinen Tischtennisball vom Monitor auf die Tastatur springen und fing ihn auf.

»Reflexe«, sagte er. »Ein schneller Griff zur Waffe, dann kommt dir niemand blöd.«

»Hör auf. Du hast in deiner Sporttasche keine Waffe außer deinem Tischtennisschläger mit giftigem Belag.«

»Der Donic Baracuda ist der Hammer für den Spin, wenn du nah am Tisch spielst«, sagte Guido. »Aber er verzeiht keine Fehler, am wenigsten beim Aufschlag. Und eine Waffe kriege ich, wenn ich will, da mach dir mal keine Sorgen. Da reicht ein Anruf bei Willy im Bunker. Der hat einen Schießstand in Tempelhof, hinter dem Platz der Luftbrücke.«

»Der besorgt dir eine Waffe?«, fragte ich. Es war stiller geworden im Newsroom, Kottwitz sah nicht zu uns herüber, aber mir kam es vor, als hörten uns alle zu.

»Willkommen im 21. Jahrhundert«, sagte Guido. »Heutzutage musst du dich schützen in einer Stadt wie Berlin. In meiner Umgebung haben viele eine Waffe. Und wenn ich mal eine Spätschicht machen muss, dann gehe ich nicht ohne Waffe nach draußen. Aber der Tag ist hoffentlich noch weit weg. So, Kollege, genug gequatscht. Hier sind fünftausend Kommentare offen, lass uns mal was tun.«

Guido machte nie Spätschichten, seine Trainingszeiten im Verein ließen das nicht zu. Wir kamen auch so hin. Doppelschichten-Danny hielt die Stellung, er rasierte sich nicht mehr, wechselte kaum seine Kleidung, ernährte sich von Kaffee, Zigaretten und Joghurt. Die leeren Becher stapelten sich auf seinem Schreibtisch, bis sie morgens von den pakistanischen Putzfrauen weggeräumt wurden.

Peppa fehlte. Unser Ressortchef Harry arbeitete weiterhin nahezu ausschließlich im Homeoffice. Die Security-Leute am Eingang grüßten mich jetzt, wenn ich morgens kam. Ich hielt meinen Ausweis an den Scanner und betrat den Newsroom, unterhielt mich kurz mit dem Nachtredakteur, fuhr meinen Computer hoch, schälte den Apfel und tauchte ein ins Meer der Kommentare. *Vor allen Dingen, weil man ja nicht weiß, wie viel Tuberkulose in dem Rotz drin ist, in den man tritt und den man sich in die Wohnung holt. – Zum Kotzen, dieses Gesindel. – Die gewollte Umvolkung drückt uns zurück ins Mittelalter.* Delete, delete, delete.

Im Newsroom war von erheblichen Einsparungen die Rede. Ein Drittel der Redakteursplätze sollte wegfallen, und niemand wusste, wen es treffen würde. Das Panorama wurde mit der Wissenschaft zusammengelegt. Die Wirtschaft sollte verschlankt werden, die Politik auch. Den alten Redakteuren machte man Abfindungsangebote, die sie nicht ablehnen konnten. Die jungen Redakteure schwitzten. Sie hatten eben mit ihren Familien ein Haus am Stadtrand bezogen, einen SUV gekauft. Die Raten drückten. Um sich gegenüber der Chefredaktion zu profilieren, verschärften sie den Ton ihrer Artikel. Kottwitz unterstützte das, er forderte von allen Redakteuren im Newsroom mehr Artikel. Mehr Stimmung. Man veröffentlichte jetzt gern Interviews mit Claudia Roth, Dunja Hayali oder Til Schweiger zur Flüchtlingsproblematik, das brachte die Leser verlässlich zur Weißglut.

Unser Ressort, so geringgeschätzt und verachtet wir auch waren, rührte man nicht an. Die Leserkommentare brachten eine lange Verweildauer der Leser auf unseren Seiten, und das war für die Werbung wichtig. Unsere Leser waren treu. Sie ärgerten sich maßlos über den Zustand der Welt und über unsere Berichterstattung, aber sie kamen jeden Tag wieder und blieben Stunde um Stunde. Die wenigsten kamen wegen der Artikel unserer Redakteure, sondern wegen der Kommentare der anderen Leser. In den Foren waren sie unter sich. Wir löschten regelmäßig auch die gegenseitigen Zustimmungsbekundungen, was die Leser ausrasten ließ. *Ich schreibe seit Monaten das Gleiche, und werde immer gelöscht. – Das ist ein Verbrechen an der Meinungsfreiheit, die im Grundgesetz geregelt ist. – Die Moderationshure wird langsam und elendiglich vom Krebs zerfressen werden.*

Die Arbeit sollte mich erschöpfen, doch ich fand nachts keinen Schlaf. In meinem Kopf tönte unablässig der Chor der Kommentarschreiber.

Um die Stimmen zum Schweigen zu bringen, begann ich, in meinem Viertel herumzuwandern. Ich begegnete dem Einsiedler vom Studentenbad, der in den Gebüschen des

Parks seinen Schlafsack ausrollte, im Winter ebenso wie im Sommer. Er konnte ebenfalls nicht schlafen und wanderte wie ich durch die Straßen. Sein Kopf war stets unter einer großen Kapuze verborgen. Um halb sechs machte der Bäcker an der Glogauer Straße auf, dort bekam er einen Kaffee und eine Schrippe, ehe die ersten Kunden kamen.

Der Kiez veränderte sich, der Befall mit Ratten nahm zu. Früher hatte man sie im Winter kaum gesehen. Sie hatten sich in Kellern und in der Kanalisation versteckt und waren kaum einmal an die Oberfläche gekommen. Nun sah ich sie auf meinen Wanderungen ständig, sie rannten knapp vor meinen Füßen über den Weg, wenn ich am Landwehrkanal entlangging, sehnige Tiere, ein jedes etwa so groß wie die Hand eines Metzgers. Bald sah ich sie auch in den Seitenstraßen zwischen den geparkten Autos und an der Litfaßsäule. Die Hunde, die morgens und abends hier von ihren Besitzern ausgeführt wurden, hatten Angst vor ihnen und zogen sich jaulend an die Beine ihrer Besitzer zurück. Zwei Häuser weiter lag seit Wochen eine Matratze, die jemand an einem Baum entsorgt hatte. Mit rotem Farbspray stand darauf *Ceci n'est pas une Matratze.* Als ich nähertrat, entdeckte ich, dass es in ihr nur so vor Ratten wimmelte.

Wenn ich endlich einschlief, dann träumte ich von der Arbeit, von Kottwitz, der im Auge hinter dem Monitor saß. Ich träumte vom Newsroom, der nach und nach von den Tausenden von Kommentaren geflutet wurde. *Es kommt eine furchtbare Zukunft auf uns zu. – Bald gibt es auch in Deutschland nur noch Trampelpfade und Schlammstraßen.* Die großen Holztüren fielen mit einem dumpfen Schlag zu, ich wachte schweißgebadet auf.

## 12

Nach vier Tagen holten Nick und ich Peppa aus dem Krankenhaus ab und brachten sie in ihre Wohnung. Wir nahmen den Weg am Landwehrkanal entlang.

»Kannst du denn so weit laufen?«, fragte Nick. Er trug ihre Sachen.

Peppa nickte entschlossen. Sie ging langsam und beobachtete die Schwäne, die sich im kalten Wasser kaum bewegten.

Vor einem verwilderten Grundstück in der Reichenberger Straße blieb sie stehen. Das Vorderhaus fehlte, auf der Brache stand eine ausrangierte Badewanne als Blumenbeet. Fahrräder lehnten am Zaun, rostig und ineinander verklumpt, als wären sie über die Jahrzehnte zusammengewachsen. Schuhe, Kleider und Sperrmüll lagen herum. Das Gartenhaus sah baufällig aus.

»Ihr müsst nicht mit hochkommen«, sagte sie. »Ich komm schon klar.«

»Okay«, sagte Nick und reichte ihr den Beutel mit ihren Sachen. »Wir wollen nicht nerven.«

Peppa sah blass und angestrengt aus, als sie zum schmalen Gartenhaus ging. Dann stellte sie ihre Sachen ab und kam zurück.

»Ihr müsst echt nicht mit hochkommen«, sagte sie, »aber vielleicht wäre es nett.«

Wir folgten ihr in ein düsteres Treppenhaus. Das Licht funktionierte nicht, die Stufen waren ausgetreten, das Geländer wackelte. Die Wohnungstüren waren übersät mit Aufklebern *Keep calm and carry on – Lebenslang Hartz IV – Hefte raus Klassenarbeit*. Peppa stöhnte leise, als sie die Stufen hochging.

»Sieht bestimmt scheiße bei mir aus«, sagte sie, als sie ihre Tür aufschloss. »Wenn einer von euch Lust hat, mir Kohlen aus dem Keller hochzuholen, wäre das großartig. Ich bin die letzten Tage nicht dazu gekommen.«

»Machen wir«, sagte Nick.

Sie gab uns den Schlüssel. Ich holte eine Mülltüte, die nach vergorenen Obstabfällen stank, aus der Küche. Peppa verschwand in einem Zimmer.

Nick und ich gingen runter, wir warfen den Müll in die Tonne im Hof und suchten im Kohlenkeller nach Briketts. Wir keuchten, als wir mit den Kohlen im vierten Stock vor ihrer Tür anlangten.

Wir heizten den Ofen in der Küche und im kleinen Zimmer daneben. Peppa lag auf der Couch, hatte eine Wolldecke über sich gezogen und schlief. Sie sah klein und verletzlich aus. Als das Feuer brannte und die Briketts angeglüht waren, drehte Nick sich eine Zigarette.

»Lass uns warten, bis sie wieder aufwacht«, sagte er.

Wir setzten uns in zwei Sessel, auf denen ihre Klamotten lagen. Das Zimmer war so gut wie leer. Eine Kleiderstange mit aufgehängten Sachen. Vor der Wand waren einige Bücher zu Stapeln aufgeschichtet. Eine Anlage mit Plattenspieler und Vinylplatten, daneben wuchtige Boxen. Ein Schreibtisch mit Papierstößen, Fingerfarben, Aschenbechern. An die Wand waren Zeitungsausschnitte und Fotos gepinnt. Vor dem Fenster hing ein Vogelhäuschen, in dem sich zwei Kohlmeisen stritten. Die Reichenberger Straße schien weit weg zu sein.

Wir hörten Peppas Atemzüge. Sie murmelte im Schlaf, warf sich herum, eine Haarsträhne klebte auf ihrer nassen Stirn.

»Vielleicht war es doch etwas plötzlich, sie aus dem Krankenhaus zu holen«, sagte Nick. »Was will sie denn hier?«

»Sie hat es da nicht mehr ausgehalten, das ging mir auch so«, sagte ich. »Lass uns rübergehen. Ich mache uns einen Tee.«

Die Küche war armselig eingerichtet, es gab keinerlei Vorräte. Im Brotkasten lag ein vertrockneter Laib. Immerhin hatte sie schwarzen Tee. Zucker auch. Der Gasherd funktionierte. Allmählich wurde es warm. Nick rauchte am Fenster, von einem Schulhof her hörte man Kindergeschrei.

»Sie steckt es gut weg«, sagte er, während ich das Wasser aufsetzte. »Sie kommt besser damit klar als du vor einem Monat. Dabei wurde sie ordentlich vermöbelt.«

»Sie zeigt das nicht so«, sagte ich. »Und außerdem hat sie sich gewehrt, ich war nicht schnell genug. Sie hat dem Typen in die Hand gebissen.«

»Sie hat *was*?«

»Hat sie dir nicht erzählt? Sie hat dem Typen, der sie angegriffen hat, in die Hand gebissen, und zwar richtig. Er hat wohl nicht aufgepasst, es gab eine Rangelei, dann hat sie sich in seine Hand verbissen und nicht mehr losgelassen.«

»Wer macht denn so was«, sagte Nick. »Das gibt jede Menge Infektionen, schlimmer als ein Hundebiss.«

»Hab ich ihr auch gesagt«, sagte ich. »Sie wird nicht gern geschlagen, sagt sie. Offenbar rastet sie dann aus, wie ein Bullterrier im Blutrausch. Frag sie mal, was in ihrer Kindheit los war. In der Nacht hat sie jedenfalls zugebissen, und er hat versucht, sich zu befreien.«

»Dann hat sie den Typen gesehen?«, fragte Nick.

»Was geht dich das an?«

»Man wird ja wohl noch fragen dürfen. Das ist meine

Art, das Gespräch in Gang zu halten. Ich frage, was mir grad durch den Kopf geht. Was ist daran falsch?«

»Du gehst dann wieder los und fragst alle möglichen Leute«, sagte ich.

»Kann sein«, sagte er und schaute aus dem Fenster.

Der Tee war fertig.

»In welche Hand hat sie ihn gebissen?«

»Die linke, glaube ich«, sagte ich. »Mit der anderen hat er den Schläger gehalten.«

»Ich denke, er hat ihr Schellen gegeben mit der offenen Hand.«

»Dann so.«

»Dann muss die Keule doch irgendwo rumliegen«, sagte er.

»Ich habe keinen Schläger gesehen. Ihren Handschuh habe ich gefunden, weiter nichts.«

»Du schaust dich da also selbst um, stimmt's?«, sagte er. »Aber ich soll die Füße stillhalten.«

»Ich war aufgewühlt in der Nacht, als es passiert ist«, sagte ich. »Wenn dir was zustößt, würde ich auch rausfinden wollen, was passiert ist.«

»Das will ich doch hoffen«, sagte er.

Nach einer Stunde kam Peppa in die Küche, immer noch im Mantel. »Ich war müde wie ein Tier«, sagte sie. »Hätte nicht gedacht, dass ihr wartet.«

»Wir hatten eh nichts vor«, sagte Nick. »Setz dich. Wir haben Tee gemacht.«

Sie setzte sich zu uns an den Küchentisch.

»Je mehr ich schlafe, desto müder werde ich«, sagte sie. »Jedes Mal träume ich, dass jemand hinter mir steht. Einfach nur da steht und wartet. Ich weiß es. Ich spüre es. Ich weiß nicht, was er in der Hand hat. Einen Handfeger, einen Baseballschläger, eine Axt. Er sagt nichts. Er wartet. Ich weiß nicht, wann er zuschlagen wird. Er wird aber zuschlagen, ich mache mich klein und höre mich knurren.«

»Er hat mir eben erzählt, dass du den Typen gebissen hast«, sagte Nick.

Sie drehte sich eine Zigarette und nickte gedankenverloren. »Hab ich. Erzähl mir nicht, wie schlimm das ist. Hat Noack schon gesagt. Ich kann nichts dagegen tun. Andere Mädchen kratzen oder kneifen. Ich bin nie wie andere Mädchen gewesen. Ich habe schon früher immer gebissen, wenn ich Stress hatte. Deshalb bin ich zweimal von der Schule geflogen. Irgendwas in meiner Kindheit ist schiefgelaufen.«

»Krass«, sagte Nick.

»Sehr krass«, sagte sie. »Das schockt euch mehr als der Überfall selbst. Wenn ich nicht gereizt werde, beiße ich auch nicht. Ihr habt die Wahl.«

»Welche Hand von ihm war es denn?«, fragte er.

»Die linke«, sagte Peppa.

»Hab ich doch gesagt«, sagte ich.

»Der türkische Security-Typ vor dem Containerdorf, der hat die linke Hand verbunden«, sagte Nick.

»Was soll das denn heißen?«, sagte ich. »Ich dachte, wir haben das eben geklärt: Du sollst die Füße stillhalten. Wann warst du denn da?«

»Vorgestern«, sagte er. »Ich habe mich da nur umgesehen, nicht mit ihm geredet, bin nur an ihm vorbeigegangen, wollte gar nichts von ihm. Er saß in seinem Plastikstuhl und hat auf seinem Telefon gescrollt. Die linke Hand war verbunden. Fand ich völlig in Ordnung, kann ja mal passieren. Aber jetzt, wo ihr das sagt, dass du seine linke Hand zerfleischt hast, fällt es mir wieder ein. Da muss man nur eins und eins zusammenzählen.«

»Was hat der denn damit zu schaffen«, sagte ich. »Der sitzt vor seinem Containerdorf, weiter nichts.«

»Das Containerdorf ist eine Ecke von der Bushaltestelle entfernt«, sagte Nick. »Von der Bushaltestelle, an der Peppa angegriffen wurde. Übrigens auch von dem Vorplatz, wo man dich niedergeknüppelt hat. Ich sag ja bloß. Vielleicht irre ich mich. Aber das wird man ja wohl noch ansprechen dürfen. Peppa beißt einem Typen in die linke Hand, ich sehe drei Tage später einen Typen, dessen linke Hand verbunden ist. Eins und eins, ist doch nicht schwer.«

»Das ist Quatsch«, sagte Peppa. »Das war kein Türke. Er hat Scheißfotze gesagt.«

»Türken sagen nicht Scheißfotze, wenn sie gebissen werden?«

»Eher nicht«, sagte sie. »Vielleicht müsste ich es noch mal hören, es ging alles so schnell. Ich war wie im Rausch.«

»Wieso sollte der Security-Typ vom Containerdorf dir eins auf die Mütze geben?«, fragte ich.

»Oder dir?«, sagte Peppa. »Wir haben dem doch nichts getan. Das ergibt überhaupt keinen Sinn.«

»Vielleicht hat seine Katze ihn gebissen. Oder er hat sich mit Tee verbrüht. Weiß der Himmel.«

Nick wischte unschlüssig auf dem Tisch herum. »Auf jeden Fall sollten wir ihn mal fragen.«

»Mir ist es egal, was mit ihm ist«, sagte Peppa. »Wenn er es war, hat es ihm hoffentlich ordentlich wehgetan. Nächstes Mal beiße ich ihm einen Finger ab und schlucke ihn runter, das schwöre ich.«

»Alles zu seiner Zeit«, sagte ich. »Jetzt komm erst mal

wieder auf die Beine. Ruh dich aus. Wir können dir noch was zu essen machen, was denkst du?«

»Ich bin ausgeruht«, sagte sie. »Ich habe eben geschlafen. Hungrig bin ich auch nicht. Lass uns da mal hinfahren.«

»Wohin?«, fragte ich.

»Zum Containerdorf«, sagte sie. »Ich würde das gern mit eigenen Augen sehen, wie der Typ da vor dem Eingang sitzt mit einer verbundenen Hand und auf seinem Telefon scrollt.«

»Ich glaub, ich höre nicht richtig«, sagte ich. »Du kommst grad aus dem Krankenhaus, du gehörst eigentlich noch ins Bett. Außerdem ist das Schwachsinn, dass der Türke vom Containerdorf dich aufmischt.«

»Dich wahrscheinlich auch«, sagte Nick.

»Völliger Quark«, sagte ich.

»Einfach nur hinfahren und mal gucken«, sagte Peppa. »Ich habe eh nichts vor heute Abend. Wir nehmen den 29er, der bringt uns fast vor die Tür. Einfach mal gucken. Ihr müsst ja nicht mitkommen, das schaffe ich auch allein.«

»Natürlich kommen wir mit«, sagte Nick.

Wir gingen wieder runter auf die Reichenberger, dann die Manteuffelstraße hoch bis zur Bushaltestelle an der Ecke Skalitzer. Der 29er kam bereits.

»Siehst du«, sagte Peppa, als wir einstiegen. »Passt doch.«

»Ich sehe gar nichts«, sagte ich und zahlte für uns drei.

Am Waldeckpark stiegen wir aus und gingen die Alte Jakobstraße hinein Richtung Patentamt. Es wurde gerade dunkel, auf der Oranienstraße drängte sich der Feierabendverkehr. Der Turm des Konzerns, schräg über die große Kreuzung hinweg, war noch hell erleuchtet, die Kollegen hatten zu tun. Nieselregen, Februar, doch allmählich wurden die Tage ein wenig länger.

»Wie läuft's im Newsroom?«, fragte Peppa.

»Läuft«, sagte ich. »Danny macht Doppelschichten. Guido will sich jetzt eine Waffe besorgen, er kennt da jemanden in Tempelhof, sagte er. Kottwitz muss die Ressorts verschlanken, die Geschäftsführung will sparen. Die Stimmung ist leicht angespannt. Aber das hat nichts mit uns zu tun, die Community ist unantastbar, dreißigtausend Kommentare jeden Tag, da kannst du Gift drauf nehmen. Gestern hatten wir auf der Homepage einen Artikel über ein Orang-Utan-Bordell, du kannst dir die Leserkommentare ja vorstellen.«

»In Neukölln?«, fragte Nick.

»In Indonesien.«

»Ich vermisse den Newsroom«, sagte sie. »Hoffentlich werde ich nicht zu lange krankgeschrieben.«

»Ging mir auch so.«

Das Containerdorf sah aus wie sonst. Einige Fenster der Behausungen waren erleuchtet, oft waren die Vorhänge zugezogen. Man hörte leise Musik aus einem der Container. Zwei Männer standen bei den Mülltonnen und rauchten. Vor dem Eingang saß ein Security-Mann und schaute uns misstrauisch an. Seine Hände waren nicht verbunden.

»Siehste«, sagte ich. »Nick spinnt. Die Fahrt hätten wir uns sparen können.«

»Ich spinne überhaupt nicht«, sagte Nick. »Vorgestern war das ein anderer Typ.«

»Was wollt ihr denn hier?«, fragte der Security-Mann. »Das ist hier kein Zoo.«

»Was ist mit deinem Kollegen von vorgestern?«, fragte Nick. »Wann kommt der wieder?«

»Kennen wir uns? Seit wann duzen wir uns?«

»Was ist mit Ihrem Kollegen von vorgestern?«, fragte Nick. »Wann kommt der wieder?«

»Was geht dich das an?«, fragte er zurück.

»Ich schulde ihm was«, sagte Nick. »Wollte ihm was zurückgeben. Er sagte, er arbeitet hier.«

»Wie heißt er denn, mein Kollege?«

»Keine Ahnung«, sagte Nick. »Hat er mir nicht gesagt. Er hatte eine Hand verbunden.«

»Schreib ihm eine SMS, dann kannst du ihm das zurückgeben, was du ihm zurückgeben willst«, sagte der Security-Mann und zündete sich eine Zigarette an. »Volkan ist krankgeschrieben. Und jetzt geht mal schön alle weiter, ich habe hier zu tun.«

»Hätten wir uns echt sparen können«, sagte Peppa auf dem Rückweg.

## 13

»Wie üblich, Langer? Zwei Käsebrötchen, einen Apfel«, sagte Ahmad. Es war halb sechs, wir waren allein in seiner Bäckerei. Ich hatte noch zehn Minuten, bis der 29er kam.

»Du hast mal gesagt, wenn ich was brauche, soll ich zu dir kommen«, sagte ich, als ich zahlte.

»Hab ich gesagt«, sagte Ahmad. »Was kann ich für dich tun?«

»Wenn ich dir sagen würde, dass ich einen Typen suche, der in einem Containerdorf als Security arbeitet, könntest du mir dann helfen?«

»Wieso solltest ich dir da helfen können?«

»Der Typ ist Türke«, sagte ich.

»Was du nicht sagst«, sagte Ahmad. »Du meinst, nur weil ich Türke bin, kenne ich alle Türken, die als Security arbeiten?«

»Er heißt Volkan«, sagte ich.

»Sag das doch gleich. Volkan heißt er. Volkan der Türke, der als Security in einem Flüchtlingslager arbeitet.« Ahmad schüttelte den Kopf und wischte sich die Hände an einem Tuch ab. »Langer, ich glaube, wir bleiben lieber bei den Käsebrötchen.«

»Ich dachte ja bloß«, sagte ich.

»Ich verstehe schon«, sagte Ahmad. »Du denkst, dass alle Türken in Berlin sich untereinander kennen. Wegen Großfamilien und Inzest und so. Zweihunderttausend Türken, die alle miteinander verwandt und verschwägert sind, die kennen sich alle. Schon mal auf einer türkischen Hochzeit gewesen? Ich gehe manchmal auf türkische Hochzeit, weil ich eingeladen werde. Weil die mich kennen. Und nun rate mal, wie viele von den Leuten ich kenne.«

»Vergiss es«, sagte ich. »Mein Bus kommt eh gleich.«

»Alles meine Cousins, Langer. Ali, Abdul, Attila, Adem, Adnan, Akif. Wir sind viele. Und wir werden immer mehr.«

»Ist ja gut«, sagte ich.

»Sorry, ich war noch gar nicht bei Volkan«, sagte er.

Mein Bus kam.

»Er hat eine verbundene linke Hand«, sagte ich.

»Willst du mich verarschen?«, fragte Ahmad. »Du musst nicht wiederkommen. Fahr mit deinem verdammten Bus zur Hölle. Komm nicht wieder.«

Das war es dann mit den Käsebrötchen morgens. Ich holte mir von nun an Äpfel aus dem Supermarkt.

Es war noch einmal kalt geworden. Peppa kam wieder

zur Arbeit, sie trug einen langen Mantel mit Kaninchenkragen, dazu schwere Stiefel. Die Ärmel des Mantels waren viel zu lang für sie, ihre Hände wirkten darin winzig wie Vogelkrallen. Sie redete in den Pausen viel mit Guido, dem die Aufmerksamkeit schmeichelte.

»Was willst du von ihm?«, fragte ich.

Sie sah mich mit einem grauen Blick an. »Ich lasse mich nicht noch mal so erwischen. Beim nächsten Mal bin ich schneller. Beim nächsten Mal habe ich eine Pistole dabei. Dann geht der andere zu Boden, nicht ich.«

»Da ist Guido der richtige Mann, meinst du? Dessen Hirn ist doch vernebelt von dem Kleister, mit dem er seine Beläge klebt.«

»Wie redest du über Guido? Der hat dich hier reingebracht. Außerdem kennt er Willy. Willy hat einen Schießstand in Tempelhof, hast du mir selbst erzählt. Willy weiß, wie man an Waffen kommt.«

»Sagt Guido.«

Sie nickte. »Lass uns mal hingehen. Dauert auch nicht lang. Nur mal gucken.«

Am nächsten freien Tag gingen wir hin. Wir liefen durch die Hasenheide, dann den Columbiadamm an der roten Polizeikaserne entlang. Am Platz der Luftbrücke merkte man sofort, dass die Gegend voller Polizisten war. Dies war ihr Territorium, sie schienen überall zu sein. Sie arbeiteten nicht nur in den Büros im Präsidium, sondern trafen sich auch in den Lokalen der Nebenstraßen, entspannten sich im Auto bei laufendem Motor, rauchten eine Zigarette vor der U-Bahn. Man erkannte sie an ihrer soliden Funktionskleidung, ihren Handys am Gürtel, der austrainierten Muskulatur. Sie wirkten wach, beweglich und selbstbewusst.

Drei Seitenstraßen weiter fanden wir den Park, in dem der Bunker sein sollte. Zwei Jugendliche spielten auf einem Betontisch Pingpong, ihre Freundinnen saßen auf der Bank daneben und scrollten auf ihren Handys.

Auf der anderen Seite des Parks war eine Metalltür mit schwarzen Tags übermalt. Sie öffnete sich, ein Mann kam heraus. Wir fragten ihn nach dem Schießstand.

Er deutete auf die Tür. »Wenn ihr die aufmacht, seht ihr einen Knopf, da müsst ihr klingeln, dann machen sie euch die zweite Tür auf. Dann die Treppe runter.«

Wir klingelten. Ein Summen ertönte. Peppa stieß die Tür auf, dahinter eine Gittertür. Vor uns führten nackte Betonstufen in die Tiefe.

»Ein Bunker«, sagte Peppa. »Großartig. Ich liebe Bunker.«

Von unten war ein scharfer Knall zu hören. Hinter uns fiel die Tür zu. Wir standen in einem kühlen Neonlicht, das den Weg die Treppe hinunterwies.

Noch ein Knall, gleich danach ein dritter.

Peppa lief die Stufen hinunter. Die Stufen waren steil, ein Geländer gab es nicht. Es roch nach Zigarettenrauch, Beton und Auslegeware.

Am Fuß der Treppe erwartete uns eine Frau mit fahlem Gesicht. Sie trug einen Pulli mit Pailletten, die den Umriss einer Katze zeigten.

»Was wollt ihr?« Ihre Stimme war von unzähligen Zigaretten gegerbt.

»Wir suchen den Schießstand«, sagte Peppa.

»Hier gibt's keinen Schießstand«, sagte die Frau.

Hinter ihr knallten zwei Schüsse.

»Hört sich aber an wie ein Schießstand«, sagte Peppa.

»Ist aber kein Schießstand«, sagte die Frau mit dem fahlen Gesicht. »Jedenfalls nicht für dich. Wir machen hier keine Schnupperkurse.«

»Guido hat uns gesagt, dass wir hier Willy finden«, sagte ich.

»Und was will man von Willy?«, fragte sie.

»Das würden wir ihm gern selbst sagen«, sagte Peppa.

»Können wir mal einen kurzen Blick reinwerfen?«, fragte ich.

Sie rückte keinen Zentimeter zur Seite. »Wüsste nicht, was es hier zu sehen gibt.«

Ein Schuss knallte, das Echo prallte von den Betonwänden ab. Peppa drängte sich entschlossen an der Frau vorbei in den dunklen Gang hinein.

»Das wirst du bereuen, Mädel«, sagte die Frau.

»Tut mir leid«, sagte ich. »Die hat's schwer erwischt, die ist noch nicht wieder ganz auf dem Damm.«

»Merkt man«, sagte die Frau. »Kommen Sie mit durch, fünf Minuten, aber dann verschwinden Sie. Wir sind doch kein Zoo.«

Wir gelangten in einen quadratischen Raum, der mit zwei Glühbirnen und einer bunten Lichterkette erleuchtet war. An der Seite war ein kleiner Tresen aufgebaut, Bierkästen standen dahinter, eine Kaffeemaschine blubberte. Vorne standen zwei Biergartenbänke.

Ein Mann mit kurz geschorenem Schädel und massigem Bauch saß dort, die Beine gespreizt. Er rollte eine leere Schultheißflasche in den Händen. Hinter ihm gab ein Sichtfenster den Blick auf die Schießanlage frei. Ein kleiner, drahtiger Mann stand in der leichten Hocke, die Pistole beidhändig vor sich. Er drückte zweimal hintereinander ab. Der doppelte Knall schmerzte in den Ohren.

»Was wollt ihr denn hier?«, fragte er.

»Guido sagte, dass Sie uns weiterhelfen könnten«, sagte Peppa.

»Erst mal guten Tag«, sagte der breite Mann. »Moni, hast du noch einen Kaffee da für die beiden?«

Die Wirtin lehnte mit verschränkten Armen am Tresen und schüttelte langsam den Kopf. »Wir machen hier keine Schnupperkurse, Willy, weißt du doch. Wir wollen hier keine Besucher.«

»Wir sind keine Besucher«, sagte ich. »Wir sind Angehörige des Indianerstammes Pack.«

Willy lachte auf und entblößte dabei eine Reihe auseinanderstehender Vorderzähne. Er sah einen Moment lang aus wie ein fröhlicher Schuljunge. Peppa setzte sich ihm gegenüber.

»Sind Sie Polizist?«

Er sagte nichts, doch die Frage schmeichelte ihm sichtlich.

»Was will eine junge Frau wie du am Schießstand?«, fragte er.

Peppa erzählte kurz vom Überfall an der Bushaltestelle.

»Die Polizei weiß nicht weiter«, sagte sie. »Man ermittelt. Sagen sie jedenfalls. Niemand hat was gesehen. Es gibt kein Täterprofil. Vielleicht eine Verwechslung, ein Irrtum. Kann man nichts machen, sagen sie.«

Der Mann hörte mit verengten Augen zu.

»Ihm ist das Gleiche passiert«, sagte Peppa und deutete auf mich. »Von hinten mit dem Knüppel übern Schädel gezogen, Tritt in die Rippen, Zahn ausgeschlagen. Die Lücke siehst du heute noch, wenn er mal lächeln würde.«

»Man ist einfach nicht mehr sicher da draußen«, sagte ich.

Wie zur Bestätigung hörten wir Schüsse, die durch den langen Gang des Bunkers peitschten.

»Das ist vorbei«, sagte der Mann. »Ich persönlich gehe nur noch mit Waffe aus dem Haus. Dabei ist es hier in Tempelhof noch vergleichsweise ruhig. Kaum Ausländer, die Ärger machen. In Karow und Hellersdorf patrouillieren sie jetzt abends mit Bürgerwehren, um für Ruhe und Ordnung zu sorgen, und das ist auch gut so. Weil der Staat uns nicht mehr schützen will. Wir gehen denen am Arsch vorbei, auf Deutsch gesagt. Die haben ihre neuen Lieblinge, die Goldstücke aus Nordafrika. Mit denen sollen wir das Zusammenleben neu aushandeln, sagen sie uns. Ich sage: Gut, meinetwegen. Dafür brauche ich dann aber eine Waffe.«

»Die Polizei hat leider was gegen Bürgerwehren«, sagte ich. »Die sind da sehr pingelig. Unsereins soll sich ja nicht wehren dürfen. Überhaupt nicht mehr den Mund aufmachen – sonst wird man gleich in die rechte Ecke geschoben. Da sind sie hellhörig. Wenn man sich selbst schützen will, dann ist man gleich Nazi.«

Willy nickte. »Sehe ich in etwa auch so. Das ist ein heikles Thema. Da draußen laufen genug Idioten mit Waffen in der Hand herum. Die wissen genau, wie sie an Waffen kommen.«

»Da ist die Polizei machtlos«, sagte ich.

Er hob die schweren Schultern. »Ich war lange genug Polizist, um zu wissen, wie das läuft. Die haben keine Männer mehr auf der Straße. Wen denn auch. Die alten Beamten sind ausgebrannt, die haben innerlich gekündigt. Wenn die nicht auf den Schießständen vom Asbest Krebs gekriegt haben. Die sind ja reihenweise vor die Hunde gegangen. Einfach krepiert, das hat niemanden interessiert. Und die neuen? Da fehlt einfach der solide Nachwuchs, die Qualität. Die kriegen heute nur Kroppzeug von den Schulen, das sind Lutscher, die können teilweise nicht mal vorwärtslaufen. Oder Araberjungs, die sich reindrängen, um dann ihrem Familienclan zu dienen. Aber der einfache Bürger in Hellersdorf oder Tempelhof, der zählt nichts mehr. Der kann sehen, wie er seine Frauen und Töchter schützt, wenn der Moslem nach ihnen greift.«

»Genau«, sagte Peppa. »Wie sollen wir denn noch auf die Straße gehen? Mit Pfefferspray kommt man nicht weit. Eine Freundin von mir hätte sich damit fast selber abgeschossen.«

»Meine Rede seit Jahren«, sagte Willy. »Mit Pfefferspray machst du dich nur unglücklich. Noch schlimmer sind eigentlich nur Messer.«

»Sehen wir aus wie Araber?«, sagte ich. »Ich habe nichts gegen Messer. Ein anständiges Messer ist das A und O draußen im Busch, aber nicht im Kampf Mann gegen Mann.«

»Korrekt«, sagte Willy. »Am Ende hast du nur selbst ein Messer in den Rippen. Ich rate entschieden von Messern ab. Das gibt hässliche Verletzungen, aber der Gegner wird sich noch lange zur Wehr setzen. Ihr braucht eine robuste Lösung.«

»Ich sage nur: Dominik Brunner«, sagte ich. »Der Mann wollte nur helfen. Er wollte schlichten. Er wollte nur in Ruhe mit der S-Bahn fahren. Zum Dank haben sie ihn totgetreten.«

»Das wäre anders ausgegangen, wenn er eine richtige Waffe gehabt hätte«, sagte Willy. »So viel ist sicher.«

»Ich möchte auch S-Bahn fahren können«, sagte Peppa. »Nach der Arbeit unbehelligt nach Hause kommen. Abends durch die Fußgängerzone gehen. Silvester auf dem Bahnhofsvorplatz feiern, ohne dass man mir an alle Körperöffnungen langt.«

»Jetzt werde mal nicht eklig«, sagte die fahle Frau hinterm Tresen. »So redet man doch nicht.«

»Tut mir leid«, sagte Peppa. »Aber so ist es doch. Ich bin eine junge Frau, und die reagieren so auf mich. Das sind deren Hormone. Muss ich jetzt zu Hause bleiben?«

»Sie hat völlig recht«, sagte Willy. »Gerade unsere jungen Frauen müssen geschützt werden. Frauen sind unsere Zukunft, sie tragen unsere Kinder aus.«

»Danke, Willy«, sagte Peppa. »Das ist schön, dass das mal einer ausspricht. Das tut mir richtig gut.«

Willy verzog keine Miene, doch er war zu einem Ergebnis gekommen. »Ich würde sagen, ihr braucht eine Waffe.«

»Genau«, sagte ich. »Du bringst es auf den Punkt. Ich hatte an so etwas wie eine Erma EP 652 gedacht.«

Ich setzte mich neben ihn. Er rückte keinen Millimeter zur Seite. Sein Körper strahlte eine intensive Wärme aus und roch nach Zwiebeln.

Ein Husten kam näher. In der Tür erschien die sehnige Figur des Schützen, der während unseres Besuchs auf der Anlage trainiert hatte. Er setzte sich zu uns an die Bank, die fahle Frau brachte ihm eine Flasche Schultheiß. Er sagte nichts.

»Ich will mal sehen, was ich für euch tun kann«, sagte Willy. »Versprechen kann ich nichts. Und wir haben uns nie getroffen. Aber vielleicht findet sich ja eine Lösung. Ich gebe euch dann Bescheid.«

»Siehst du«, sagte Peppa, als wir zurück durch die Hasenheide gingen. Auch hier standen Dealer an den Kreuzungen der Wege, aber anders als im Görlitzer Park waren es hier mehrheitlich Araber. »Man kann auch mit Rechten reden. Du musst es nur in ihrer Sprache tun. Dann verstehen sie dich.«

»Du mit deinem Bahnhofsvorplatz zu Silvester«, sagte ich. »Das hätte mir beinahe den Rest gegeben.«

»Das ist nicht witzig«, sagte Peppa. »Das hat ihn echt gerührt. Er hat noch diese Beschützerinstinkte. Der würde mich jeden Abend bis zu meiner Haustür bringen, um mich vor dem Zugriff notgeiler Moslems zu retten. Ich wünschte mir, Nick wäre so charmant.«

Ich fragte nicht nach, ob zwischen ihr und Nick etwas entstand, es ging mich nichts an. Wir hatten eigentlich nichts erreicht, aber wir liefen gutgelaunt in unseren Kiez zurück und verabschiedeten uns auf der Reichenberger voneinander.

Der Schlag in die Magengrube kam in der gleichen Nacht, völlig unvermittelt. Ohne jede Ankündigung. Später sagt man sich: Du hast versagt. Hättest die Augen aufhalten müssen. Es hätte nicht passieren dürfen. Dir nicht. Aber man kann sich nicht darauf einstellen.

Kommissarin Romeike rief mich an. Ich hatte mich kurz nach Mitternacht hingelegt, weil ich die 6-Uhr-Schicht im Newsroom hatte.

»Wir müssen Sie abholen«, sagte sie. »Ziehen Sie sich an. Wir sind in zehn Minuten da.«

Sie kam mit einer jungen Kollegin, die ständig ihren Pferdeschwanz sortierte. Die Kommissarin war bemüht sachlich.

»Ich habe keine Ahnung, was nun schon wieder ist«, sagte ich, als ich zu ihnen ins Auto stieg. Ich hatte fünf Minuten unten an meiner Haustür gewartet und überlegt. War wieder jemand angegriffen worden? Guido? Er machte keine Spätschichten. Ein anderer Kollege? Vielleicht Kottwitz? Nein, er nutzte die Tiefgarage und fuhr einen Jeep, dem kein Knüppel etwas anhaben konnte. Wer kam sonst infrage? Ich wusste es nicht und wollte es nicht wissen. Ich wollte schlafen. Ich musste in vier Stunden zur Arbeit.

»Es tut mir leid«, sagte Romeike, als sie ankamen.

Ihre Kollegin fuhr.

Wir hielten am Heinrichplatz. Der Platz, die Oranienstraße und die Mariannenstraße waren hell erleuchtet vom Blaulicht der Polizei und den Scheinwerfern der Notärzte.

Er lag hinter der Bude, in der tagsüber Kemal seine Gemüse-Burger verkaufte. Ich sah die Umrisse seines Körpers unter dem Laken. Im ersten Moment wollte ich weglaufen, die Kommissarin zur Seite stoßen, durch die Oranienstraße rennen, rennen bis ans Ende der Welt, um das hier nicht sehen zu müssen.

Seine Beine waren angewinkelt. Ich sah seine rechte Hand. Der Kopf war unter der Plane verborgen.

»Das müssen Sie nicht sehen«, sagte die Kommissarin neben mir.

Ich sah seine Schuhe. Seine ständig ausgelatschten Turnschuhe. Wie oft hatte ich ihm neue gekauft. Einer lag fünf Meter von ihm entfernt. Ein Kreidezeichen darum. Beamte mit Schutzkleidung sicherten die Spuren.

Ein Kollege in Zivil kam auf uns zu. »Der Vater?«

Die Kommissarin nickte.

Er streckte mir die Hand hin. Ich nahm sie nicht.

Der Körper unter der Plane bewegte sich nicht. Der Turnschuh lag immer noch da. Zwei Einsatzwagen schalteten das Blaulicht aus und fuhren los.

Die Uhr tickt weiter. Die Minute verrinnt. Die nächste auch. Mein Herz schlug weiter. Auf der Skalitzer Straße fuhren Autos, Lieferwagen, Laster, die U-Bahn kam über die Hochstrecke.

# TEIL 2

## 14

*Kopf hoch, das wird schon wieder.* Ich tauchte ins Wasser der Spree und begann sofort, mit gleichmäßigen Kraulzügen in Richtung Oberbaumbrücke zu schwimmen. Die Kühle des Wassers spürte ich kaum, mein Körper war vom Laufen erhitzt, außerdem wollte ich nichts weiter als schwimmen. Ich sah ihre Gesichter vor mir, auch jetzt noch, drei Monate später. Die Kollegen und Redakteure waren alle angekommen, als ich nach der Beerdigung wieder zum Dienst erschienen war, hatten mir die Hand hingestreckt: *Kopf hoch, das wird schon wieder. Lass dich nicht unterkriegen.* Ich hasste sie für ihre Sprüche. Wir lebten nicht mehr in der gleichen Welt, nicht einmal mehr auf demselben Planeten.

Ich kraulte schneller, um von ihren Mienen des Mitgefühls wegzukommen, ihrem aufmunternden Lächeln, den ratlosen Gesten, dem Schulterklopfen. Vorbei an der Insel der Jugend und am Anleger der Weißen Flotte, unter der Elsenbrücke hindurch, die Stadt wachte eben auf, oben staute sich der Verkehr auf der letzten Fahrspur, die geblieben war, die ganze Brücke sollte demnächst abgerissen werden. Die polnischen und serbischen Obdachlosen, die darunter ihre Zelte aufgeschlagen hatten, mussten sich einen anderen Platz suchen. Alles hat seine Zeit.

An der Oberbaumbrücke machte ich kehrt und schwamm zurück. Eine U-Bahn fuhr hinüber zur Warschauer Brücke, darüber spannte sich blass der Morgenhimmel. Es hatte seit Wochen nicht geregnet und würde wieder ein heißer Tag werden. Ich musste mich beeilen, um rechtzeitig zum Dienst zu kommen, und nahm all meine Willenskraft, all meinen Hass zusammen, um gegen die Strömung des Flusses zu knüppeln. Ein paar Morgenjogger waren hinter der Arena unterwegs, ich schwamm an der zerlöcherten Skulptur vorbei, Molecule Man, drei Vollidioten mitten auf der Spree. Elsenbrücke, Anleger, Insel der Jugend, dann entlang am alten Spreepark und Plänterwald. Ich stieg ans Ufer, trocknete mich ab, lief nach Hause.

Man verscharrt seinen eigenen Sohn. Was ist das für eine Welt? Was der Pfarrer damals sagte, ging an mir vorbei. Ich hörte die Frauen in den Reihen hinter mir um Nick weinen. Meine Lider brannten, ich hielt meine Hände im Schoß. Neben mir saßen Karli und ihr Freund, wir hatten in den letzten Wochen oft miteinander gesprochen, und immer fühlte ich ihren Vorwurf, ich hätte Nick in etwas hineingezogen. Sie sprach es nicht aus. Aber es stand zwischen uns, und ich stritt es nicht ab. In allen Nächten zuvor lag ich wach und ging die Möglichkeiten durch, wie er zu Tode gekommen sein konnte. Sosehr ich mich auch anstrengte, ich fand keine Erklärung. Nick hatte keine Feinde gehabt.

Wir gingen im Regen die langen Wege des Friedhofs hinauf zur Stelle, die Nicks Grab werden sollte. Ich setzte Schritt für Schritt. Hinter mir lagen Unterredungen mit dem Bestatter, dem Pfarrer, die Treffen mit Karli, die Auflösung seiner Wohnung, die Kündigungen bei seiner Bank, den Versicherungen. Seit drei Wochen hatte ich kaum geschlafen. Der Regen strömte, mit jedem Schritt trotzte ich ihm. Wie konnte ich es jemals hinnehmen, seine Stimme nicht mehr zu hören, seine Gestalt nicht mehr auf der Straße mir entgegenkommen zu sehen. Ich setzte Schritt für Schritt.

Man verscharrt seinen eigenen Sohn. Der Pfarrer sprach

auch am Grab noch einige Worte. Mir war seine Stimme längst unerträglich geworden. Hinter uns standen Nicks Freunde unter Regenschirmen. Ich schüttelte ihre Hände, als sie an mir und Karli vorübergingen, und konnte ihnen nicht in die Augen schauen. Ich blieb noch, als sie gegangen waren. Ich warf Sand in die Grube. Dachte an die Radfahrten mit Nick, als er ein kleiner Junge gewesen war, und hörte seine helle Stimme. Dachte an die Ohrfeige, die ich ihm einmal gegeben hatte, weil er im Bus mit den Füßen getrampelt hatte. Erinnerte mich an den Geruch seiner Haare und an seine kleinen fleischigen Hände, als er ein Kind war. Zu Asche sollst du werden. Zu Erde. Zu Staub.

Man verscharrt seinen Sohn und geht danach zum Kaffeetrinken. Die Trauergäste saßen in langen Reihen und rauchten. Es gab Kaffee und Butterkuchen. Die Frauen hatten verweinte Gesichter, verschmiert von Wimperntusche. Die jungen Männer gingen nach dem Kaffee und Kuchen schon über zum Bier. Sie tranken auf Nicks Wohl. Das war jetzt drei Monate her, die Zeit stand seither für mich still.

»Beeil dich, Langer, du bist spät dran«, sagte Ahmad, als ich mir bei ihm einen Kaffee holte. Wir hatten uns einen Monat nach dem Streit wieder vertragen, Ahmad war nicht nachtragend und ich hatte die kurzen Gespräche mit ihm nötig. Er reichte mir den Apfel und die Käsebrötchen. »Du kriegst Ärger mit deinem Chef, und das wollen wir doch nicht.«

»Mir egal«, sagte ich. »Ich komm schon zurecht.«

»Das sagen sie alle«, sagte Ahmad. Ich wollte ihm die Tüte mit den Brötchen abnehmen und losgehen zum Bus, aber er hielt sie fest, um seinen Satz zu Ende zu bringen. »Sie sagen, sie kommen klar, sie kommen drüber weg, aber ich sehe es in ihren Augen, dass es nicht stimmt. Sie kommen nicht drüber weg. Du kommst auch nicht drüber weg, Langer. Du tauchst hier jeden Morgen auf, um deinen Apfel und deine Brötchen zu holen, bevor du zur Arbeit gehst, immer freundlich, immer korrekt. Aber ich sehe deine Augen, Langer, ich sehe deine Augen und deine Klamotten, und ich weiß Bescheid. Du bist noch lange nicht damit fertig.«

»Was ist falsch mit meinen Klamotten?« Ich trug neuerdings meine Cargo-Hosen, die Werftarbeiterstiefel und die Drillichjacke auch, wenn ich in den Newsroom fuhr. Kottwitz hatte nichts dagegen. Die Redakteurin von der Modebeilage zog auf der Morgenkonferenz ihren Mund spitz zusammen, sagte aber nichts. Was sie dazu dachte, ging mir am Arsch vorbei.

»Ich will jetzt nicht deine Gefühle verletzen«, sagte Ahmad. »Aber das ist für Kreuzberg schon ein mutiges Outfit. Camouflage und alles. Als würdest du hier durchs Unterholz kriechen.«

»Kümmer du dich mal um deinen Laden«, sagte ich. Der Bus kam, ich wollte weiter.

»Ich kümmere mich schon«, sagte Ahmad. »Hab mich übrigens auch um den Typen gekümmert, nach dem du mal gefragt hast, erinnerst du dich? Ich habe ihn gefunden. Wir Türken kennen uns doch alle untereinander, du hattest völlig recht. Hat gedauert, aber ich habe ihn gefunden.«

Der Bus hielt an, der Fahrer sah mich an der Theke beim Bäcker stehen und winkte.

»Du hast ihn gefunden?«, sagte ich. »Erzähl mir mehr.«

»Du kommst zu spät zu deinem Job«, sagte Ahmad.

Der Busfahrer schloss die Tür und fuhr an. In zehn Minuten kam der nächste Bus.

»Volkan«, sagte ich. »Volkan hieß der Typ.«

»Volkan ist sauer, das kann ich dir sagen. Er ist echt sauer.«

»Was ist los mit ihm?«, fragte ich. »Geht's ihm gut? Ich habe ihn nie wieder vor dem Containerdorf gesehen.«

»Volkan geht's nicht so gut, er hat seinen Job verloren«, sagte Ahmad. »Ich kenne ihn nur oberflächlich, über drei Cousins, die wieder andere kennen, du weißt ja, wie das bei uns ist. Aber er ist echt im Arsch. Sie mussten ihm die linke Hand amputieren, weil ihn jemand gebissen hat. Kannst du dir das vorstellen? Verliert die Hand, verliert den Job, das steckt niemand gut weg. Bei ihm zu Hause fliegen wegen jeder Kleinigkeit die Fetzen. Da liegen die Nerven blank.«

»Das ist hart«, sagte ich. »Hand weg, Job weg. Das Leben kann grausam sein.«

»Ich will das nicht mit dir vergleichen, echt nicht«, sagte Ahmad. »Aber er nimmt das schwer. Türkische Männer sind da empfindlich, das kränkt uns, verstehst du. Wir haben eine Ehre, das schmerzt uns persönlich, wenn sie beschmutzt wird.«

»Was schmerzt ihn denn so?«, fragte ich.

»Eine Frau hat ihm das angetan, stell dir vor.«

»Hat ihm den Job weggenommen?«

»Die Hand.«

»Sie hat ihm die Hand amputiert?«

»Sie hat ihn gebissen«, sagte Ahmad. »Mach dich nicht lustig, das ist nicht lustig. Außerdem kommt dein Bus.«

»Ich will diesen Volkan mal kennenlernen, mich mit ihm unterhalten«, sagte ich. »Vielleicht kann ich ihm helfen, wenn er einen Job sucht, ich kann mich mal umhören.«

»Du musst deinen Bus kriegen, Langer«, sagte Ahmad. »Ich frage ihn. Wir sehen uns.«

Es war noch nichts los auf den Straßen, auch im Bus saß ich fast allein. Zwei Frauen, die in Anwaltskanzleien und Callcentern putzen gingen, saßen mit geschlossenen Augen da, ihre Körper kannten jede Kurve der Strecke.

Ich hielt den Ausweis an den Scanner, schob die schwere Tür zum Newsroom auf, legte den Apfel auf meinen Arbeitsplatz, fuhr den Computer hoch und ging in die Teeküche, um mir ein Obstmesser zu holen. Der Nachtredakteur hob den Kopf, doch ich grüßte ihn nicht, ich hatte zu tun. Über Nacht waren mehr als tausendzweihundert Kommentare eingelaufen. Ich brachte keinen Bissen vom Apfel herunter und begann mit der Arbeit. »Udet« forderte: *Bahnhofsklatscher an die Wand, draufhalten mit Dum-Dum-Geschossen. – Es wachen jeden Tag mehr Menschen auf!* Delete, delete, delete. Der Monitor flimmerte vor meinen Augen. Ich sah Nicks Gesicht vor mir, hörte ihn lachen, sah seine ausgelatschten Turnschuhe auf der Straße liegen. Sah ihn mit Peppa im Krankenzimmer sitzen. Hinterm Tresen stehen und seine Gläser polieren. *Gegen diese Menschen hilft nur konsequente Gewaltanwendung. – Man darf nicht einen Millimeter kampflos preisgeben.* Delete, delete. Seit drei Monaten arbeitete ich wie ein Tier, doch der Schmerz ließ nicht nach.

Allmählich kamen die ersten Kollegen. Kottwitz saß im Auge, ich sah den polierten Schädel mit der Hornbrille, er nickte mir zu, aber ich hatte zu tun, starrte auf den Monitor und las die Kommentare, klickte sie weg, delete approve, delete delete delete. Userin »Lady Midnight« kam ständig auf die türkischen und arabischen Frauen zurück, es ließ ihr keine Ruhe: *Die Brutmaschinen laufen jeden Tag an einem vorbei. Sie machen aus diesem Hochtechnologieland ein Moslemdreckloch. – Die bringen uns die Krätze zurück, fragen Sie mal in den Krankenhäusern.*

Guido war in Urlaub, zwei Wochen Tischtennisseminar auf Mallorca. »Thema Noppen und Schupfen«, hatte er mir erzählt, bevor er gefahren war. »Tägliches Training mit dem Balleimer. Außerdem Videoanalyse und Taktikschulung, die machen in vierzehn Tagen einen Kampfroboter aus dir.«

Harry schaute kurz in den Newsroom, er musste zu einem Meeting und beschwerte sich darüber, dass noch sechshundert Kommentare in der Warteschleife hingen. Gegen elf kam Peppa ins Haus, ich starrte weiter auf den Monitor, sah immer wieder Nicks ausgelatschte Turnschuhe vor mir wie eine unabweisbare Anklage, und machte mit der Arbeit weiter. *Wo sind die fünfzig nicht veröffentlichten Kommentare, ihr antidemokratischen Dreckschweine und Systemhuren?*

Später stand ich mit Peppa in der Raucherecke und fragte sie: »Sagt dir der Name Volkan noch was?«

Sie brauchte keine fünf Sekunden, sich an den Namen zu erinnern. »Das ist der Security-Typ, den wir mal gesucht haben. Der vor dem Containerdorf gesessen hat und dann verschwunden ist.«

»Ich glaube, ich habe ihn gefunden.«

»Kann nicht sein«, sagte Peppa. »Das ist drei Monate her. Da kam ich gerade aus dem Krankenhaus, als Nick diese Theorie hatte. Weißt du noch? Das war so daneben, dass wir gleich zum Containerdorf gefahren sind. Hat überhaupt nichts gebracht.«

Wir schwiegen eine Weile, wir beide dachten an Nick, sagten aber nichts.

»Wie kommst du jetzt auf den?«, fragte sie. »Was interessiert der dich? Hat die Polizei was ermittelt?«

»Die Polizei ermittelt nicht«, sagte ich. »Mein Bäckereiverkäufer kennt einen Volkan.«

»Was du nicht sagst«, sagte sie. »Dein Bäckereiverkäufer.«

»Ja, stell dir vor«, sagte ich. »Der kennt einen Volkan, der als Security dort im Containerdorf gearbeitet hat. Und dem in die linke Hand gebissen wurde.«

»Wahnsinn, wie die sich alle untereinander kennen.«

»Der musste sich auch lange umhören, bis er diesen Volkan gefunden hatte.«

»Wie geht's ihm denn? Ich meine, Volkan.«

»Dem geht's nicht so gut«, sagte ich. »Die Hand wurde amputiert. Den Job hat er auch verloren. Mit seiner Freundin gibt's offenbar Stress, seit er zu Hause herumsitzt. Alles nicht so toll.«

»Tut mir sehr leid, das zu hören«, sagte Peppa. Sie schaute zur Straße, damit ich ihr breites Grinsen nicht sah.

»Und weißt du was?«, sagte ich. »Ich würde ihn gern mal treffen, diesen Volkan. Habe ich dem Bäckereiverkäufer auch gesagt. Vielleicht kann ich ja was für ihn tun. Der braucht einen Job. Heutzutage ist es nicht leicht, mit einer amputierten Hand einen Job zu kriegen. Wer stellt schon jemanden mit Schwerbehinderung ein? Solche Leute wirst du als Arbeitgeber nie wieder los. Vielleicht kann ich ihm da helfen. Und ich dachte, vielleicht willst du ihn auch mal kurz sehen.«

»Glaub ich eher nicht«, sagte Peppa. »Kann ja sein, dass er mir die Sache noch übelnimmt. Will mich da jetzt nicht unbedingt aufdrängen.«

»Meinst du, er würde dich erkennen?«

»Könnte schon sein. So was vergisst man doch nicht, wenn dir einer in die Hand beißt.«

»Meinst du, dass du ihn erkennen würdest?«

Peppa zuckte die Achsel. »Sein Gesicht vielleicht nicht, aber seine Stimme, wenn er schreit, die habe ich noch voll im Ohr. Aber wie gesagt, das muss jetzt nicht sein. Ich wüsste nicht, was das bringen soll, den Typen zu pampern, nur weil er eine Hand verloren hat. Ich meine, er hat doch angefangen, oder?«

»Ich würde gern sichergehen, dass er es war«, sagte ich. »Mal mit ihm darüber reden, was das sollte.«

»Versteh schon«, sagte sie. »Meinetwegen. Aber da würde ich mir nicht so große Hoffnungen machen, dass er dir was erzählt.«

»Ich sag Bescheid, wenn wir uns treffen«, sagte ich.

Wir gingen wieder rein, der Newsroom war jetzt voll und laut. Meine Kopfschmerzen setzten ein. Seit ich kaum noch schlief, hatte ich wiederkehrende Phasen von heftigen Kopfschmerzen, ich vergrub mich in die Kommentare, *die Sitzpinkler und Luftpumpen in diesem verkommenen Saustall widern mich an,* las einen nach dem anderen, entschied innerhalb einer Sekunde, ließ ihn durch, der nächste rutschte nach *Schlipswichsern mal in die Fresse,* ich verwarf ihn nach den ersten beiden Sätzen *die asozialen Maden zertreten,* löschte den nächsten, Sekunde für Sekunde, approve, delete delete, Spam, approve, delete delete delete delete delete. *Wann wacht Deutschland endlich auf? – Der Untergang ist beschlossene Sache. Die Marionetten im Reichstag setzen nur das um, was die Siegermächte vorgeben.* Jede Minute zwanzig bis dreißig Kommentare. Stunde für Stunde.

Mittags ging ich nach draußen, es war jetzt schon heiß und würde stetig schwüler werden bis in den Nachmittag hinein. Ich lief über den Vorplatz, wollte hinschlagen, auf mein Gesicht knallen, um irgendetwas anderes zu spüren als die Kopfschmerzen, aber ich fiel nicht, sondern setzte mich in den Schatten der Mauerstücke.

Wenig später kam Kottwitz aus dem Eingang und ging direkt auf mich zu, immer noch ein durchtrainierter Mann. Er setzte sich neben mich, nahm seine Brille ab, wischte sich mit einem Taschentuch die Stirn.

»Du siehst besser aus«, sagte er. »Alles wieder im Lot?«

»So halbwegs«, sagte ich.

»In den letzten Wochen habe ich mich gewundert, dass du einfach weiter zur Arbeit kommst. Tag für Tag. Bis auf die Woche nach der Beerdigung. Du warst immer da. Wie lange ist das jetzt her?«

»Drei Monate«, sagte ich.

»Respekt«, sagte er. »Das muss man auch erst mal wegstecken. Kannst du denn schlafen?«

»Hin und wieder«, sagte ich. »Wenn ich nicht schlafen kann, gehe ich laufen.«

»Peppa sagt, du schwimmst in der Spree.«

»Peppa redet viel, wenn der Tag lang ist.«

»Übrigens, die Wut hört nicht auf«, sagte Kottwitz. »Falls du darauf wartest. Ich habe darauf gewartet, aber sie ist ständig da und frisst an dir. Und ich habe damals bloß einen Unterschenkel verloren.«

»Ich warte nicht darauf, dass sie aufhört«, sagte ich. »Ich werde sie noch brauchen.«

Er sah auf meine Werftarbeiterschuhe. »Schöne Schuhe. Hatte früher mal ähnliche. Mal unter uns gesagt: Du weißt, dass der Laden den Bach runtergeht, wenn alle deine Mitarbeiter in Turnschuhen auftauchen.«

»Eine Tüte Mitleid«, sagte ich.

»Brauche ich nicht«, sagte er. »Ich stelle mich auf die

Umstände ein. Lebe in der Lage, haben wir immer gesagt. Jetzt leben wir in einer Bonobo-Gesellschaft. Jetzt haben die Frauen das Sagen. Die Turnschuhträger. Hauptsache, man sieht die nackten Knöchel.«

Ein Produktentwickler ging an uns vorbei, den Blick auf sein Telefon geheftet, er trug Flip-Flops. Die Baseballkappe trug er verkehrt herum.

»Dieses Land geht echt den Bach runter«, sagte ich.

»Man müsste noch mal von vorn anfangen können«, sagte Kottwitz. »Eine eigene Mannschaft aufstellen. Ich möchte mal mit einem Team antreten, in dem wirklich Zug ist. Mit Männern – keine Bonobos, die sich ständig einen runterholen und von den Frauen herumschubsen lassen.«

Ich sagte nichts. Wenn der Chef die Hosen runterlässt, ist es besser, den Mund zu halten.

»Griebsch ist auch so ein Blender«, fuhr er fort. »Der hat seine Männer nicht im Griff. Erst der Angriff auf dich, dann auf Peppa. ›Wir sind dran‹, hat Griebsch gesagt. ›Kommt nicht mehr vor‹, hat er gesagt. Das kann doch einfach nicht wahr sein. Und dann dein Sohn. Griebsch hat sich zweimal mit ihm unterhalten, als es mit dir und dann mit Peppa passierte. Dem muss wirklich was an dir gelegen haben, der hat sich aufgeregt, war laut mit Griebsch. Als das mit Peppa war, kam er noch mal. Griebsch wollte ihn rausschmeißen, hat mit Polizei gedroht. Da wurde dein Junge richtig frech. Das ist so bitter. So einen Jungen zu verlieren. Ich weiß nicht, wie ich das wegstecken würde. Aber, wie gesagt: Respekt.«

»Danke.« Ich wusste nicht, was ich darauf antworten sollte. »Ich müsste allmählich wieder rein.«

Mein Blick verschwamm, ich hatte plötzlich Wasser in den Augen, sah Nick vor mir.

»Übrigens: Wir treffen uns am 20. Juli draußen bei mir«, sagte Kottwitz. »Vielleicht hast du Lust, mit rauszukommen. Kleine Runde, ganz informell. Ich schicke dir die Adresse. Musst du jetzt nicht an die große Glocke hängen, ich lade da nur ein paar Leute ein, an denen mir was liegt. Die Bonobos müssen leider draußen bleiben.«

»Hört sich gut an«, sagte ich. »Danke für die Einladung.«

Er klopfte mir auf die Schulter, als er aufstand, wir gingen zusammen in den Newsroom, es waren zweitausend Kommentare aufgelaufen.

Die Schicht ging vorbei. Ich nahm den Bus zurück und spürte, wie sich der Hass der Kommentarschreiber in mir angesammelt und aufgestaut hatte *verpiss dich endlich aus diesem Land Parasiten benimm dich du Schlampe,* und nun einen Abfluss suchte. Ich knetete meine Hände, bis die Knöchel weiß wurden. Ich beherrschte mich, biss die Zähne zusammen, es hat noch keinem was gebracht, auf offener Straße auszurasten. *Mit Stumpf und Stiel ausrotten Kotzkrampf Negersau Schleimsack.* Draußen nahm das Leben seinen Gang. Die Uhren tickten weiter. Die Leute warteten an der Bushaltestelle, telefonierten. Ich kaufte mir beim Fleischer eine Schweinepfote und übte am Abend, mit Nadel und Faden tiefe Schnitte zu schließen und Hautlappen zu vernähen, man wusste nie, ob man es mal brauchen würde.

Der Wecker klingelte wie gewohnt um fünf Uhr. Beim Kaffeetrinken hörte ich draußen im Hof die alte Begalovic husten. Kurz vor sechs hielt ich meinen Ausweis an den Scanner vor dem Newsroom und wurde eingelassen. Die morgendliche Stille im hohen Raum erlöste mich. *Dem BRD-Beamten hätte ich das Genick gebrochen und seine Fami-*

*lie ausradiert. – Erst fluten sie unsere Länder mit Millionen muslimischer Hottentotten und dann wird gejammert, dass die vergewaltigen, messern oder ihren Judenhass ausleben.*

An diesem Morgen waren die pakistanischen Putzfrauen spät im Zeitplan. Sie kamen mit ihrem Staubsauger um zehn nach sieben durch die Gänge, das schrille Dröhnen zerrte an meinen Nerven. Der Nachtredakteur im Auge unterhielt sich mit ihnen, und sie ließen währenddessen ihr Gerät weiterröhren, ohne es von der Stelle zu bewegen. Ich hielt mir die Ohren zu, aber das Dröhnen vibrierte bis zu meinem Arbeitstisch. Minutenlang saugten sie dieselbe Stelle ab, nur um mich zu ärgern, so kam es mir jedenfalls vor. Ich ließ mich nicht provozieren.

Auf den Monitoren wechselten sich Bilder eines Staatsempfangs mit Jagdszenen am Eingang des Eurotunnels am Ärmelkanal ab, wo nordafrikanische Migranten versuchten, nach England zu kommen. Die französische Polizei feuerte mit Hartgummigeschossen, die Migranten setzten Fässer in Brand, warfen Molotowcocktails in den Eingang des Tunnels, um in den dichten Rauchwolken zu verschwinden. Der Schreiber »Udet« war sich sicher: *Das ist eindeutig als kriegerische Invasion einzustufen. Selbstverständlich ist hier ein Schusswaffeneinsatz legitim. – Die Anstürme werden größer werden, die Brutalität wird zunehmen. Diese Menschen kommen aus archaischen Gegenden der Erde und werden hier alles zerstören.* Auf Hawaii war die Erdkruste aufgebrochen, ein riesiger Strom Lava wälzte sich über die Straßen. Amerikanische Katastrophentouristen versuchten mit langen Stäben, Marshmallows über der Glut zu rösten. Über dem Meer hing eine kilometerhohe Aschewolke. In Berlin sollten neue Moscheen gebaut werden. *Warum müssen wir ständig Extrawürste für Moslems braten? – Wir arbeiten für Almosen und ohne Aussicht auf Rente rund um die Uhr, bis wir todkrank aus den Schuhen kippen.*

Eine blonde Volontärin führte eine Besuchergruppe aus Mecklenburg-Vorpommern durch den Newsroom. Die Bildschirme zeigten eine Pressekonferenz mit Höcke. Kottwitz saß im Auge und besprach sich mit dem Chef vom Dienst. Ich starrte auf meinen Monitor und löschte die Kommentare, die Kopfschmerzen sägten hinter meiner Stirn. *Der Tag der Abrechnung wird kommen.*

## 15

Pumpernickel, Kerzen, Bindfäden, Honig, Tunfisch. Zwei Liter Essig, außerdem Essigessenz, drei Pack Trockengemüse, zehn Kilogramm Mehl. Backpulver, Tee, Sonnenblumenöl. Zehn Packungen Zartbitterschokolade, vier Dosen Erdnüsse. Hundert normale Müllbeutel. Zwei Großpackungen Teelichter mit Aluschale. Ich räumte alles in die Regale ein. Dazu Zahnbürste, Seife, Läusekamm, Handtücher, Waschlappen. Lange Unterhosen, lange Unterhemden. Halte dich immer trocken, warm und sauber. Nelkenöl, falls Zahnschmerzen auftreten und im Umkreis von zweihundert Kilometern kein Zahnarzt aufzutreiben ist. Zur Not auch eine Zange, um den vereiterten Zahn zu ziehen. Was raus muss, muss raus. Nick hatte immer Angst vor dem Zahnarzt gehabt.

Bei Begalovics dröhnte stundenlang dumpfer Balkanpop, die eintönig stampfenden Beats waberten bis ins Treppenhaus. Die Mädchen stritten sich mit kreischenden Stimmen. Die Hitze setzte uns allen zu. Sie konnten in den heißen Nächten nicht schlafen, ich auch nicht, kaum jemand im

Haus fand Ruhe. Die Temperaturen gingen nachts kaum zurück, in den Straßen stand die schwüle Luft, die Mauern der Häuser waren unerträglich aufgeheizt.

»Langer, du musst mal schlafen«, sagte der Bäckereiverkäufer morgens, er sah selbst übernächtigt aus.

»Was macht Volkan?«, fragte ich.

»Volkan sucht immer noch einen Job«, sagte Ahmad. »Wenn du was weißt, würde er sich mit dir treffen. Er versteht das nicht, wieso du dich für ihn interessierst, aber er hat Druck von seiner Freundin, irgendwo unterzukommen. Er ist heiß auf einen Job, das kann ich dir sagen, der hat richtig Bock, wieder zu arbeiten. Du sollst ihn anrufen. Ich habe dir seine Nummer aufgeschrieben.«

Ich verabredete mich mit Volkan für den nächsten Nachmittag beim albanischen Friseur am Anfang der Sonnenallee: Jack's Barber Shop. Er kannte den Laden und wollte gleich wissen, um welchen Job es ginge, ich vertröstete ihn auf den nächsten Tag. Als ich nach der Frühschicht in den Laden kam, war ich der einzige Kunde und kam sofort dran.

»Fünf Millimeter«, sagte ich.

»Mach ich dir«, sagte der Albaner und griff zum elektrischen Haarschneider.

Volkan kam eine Viertelstunde zu spät, er brachte seinen Hund mit, einen schwarzen Kampfhund, der von der Hitze völlig ausgelaugt wirkte, seine Zunge hing fast auf dem Boden. Der Friseur war gerade dabei, meine Schläfen zu stutzen, er machte das sehr präzise. Volkan stellte sich neben mich.

»Bist du der Mann mit dem Job?«

»Bin gleich fertig«, sagte ich.

»Ich bin Volkan. Wir sind verabredet.«

»Ich weiß«, sagte ich. »Bin gleich fertig.«

Er setzte sich in die Reihe der Holzsitze, die aus einem alten Kino stammte, und nahm eine Zeitschrift in die Hand. Man sah, dass er noch nicht gelernt hatte, mit seiner Behinderung umzugehen. Jeder Handgriff sah ungeschickt und genervt aus. Er versuchte, seinen linken Arm zu verbergen, dann wollte er sich eine Zigarette anzünden und legte die Zeitschrift auf den Stumpf, von dem sie abrutschte und zu Boden fiel. Er fluchte.

Als ich fertig war und den Friseur bezahlt hatte, setzte ich mich zu ihm. Zwei Kunden kamen in den Laden, einer konnte sich sofort in den Frisiersessel setzen, der andere nahm am anderen Ende der Stuhlreihe Platz und griff sich eine Men's Health. Wir bekamen ein Glas Tee. Volkan rührte ungeschickt um.

»Unangenehme Sache«, sagte ich mit einem Blick auf seinen linken Arm.

»Ich komm damit klar«, sagte er. Er wirkte nicht so, als käme er damit klar. Sein Gesicht war aufgeschwemmt, er trug jetzt einen Vollbart, der ungepflegt wirkte. Wir saßen nebeneinander, und ich konnte riechen, dass er sich seit Tagen nicht gewaschen hatte.

»Hast du da Schmerzen? Ich meine, dass du meinst, die Hand wäre noch da? Hört man immer wieder, dass der Körper glaubt, er wäre noch vollständig.«

»Phantomschmerzen heißt das«, sagte Volkan. »Hab ich nicht. Die Narbe tut weh, grad jetzt im Sommer, in dieser Scheißhitze. Eitert immer wieder. Echt eklig. Aber was ist jetzt mit dem Job?«

»Ich glaube, ich könnte da was vermitteln«, sagte ich. »Ahmad hat von dir erzählt. Das hat mich irgendwie betroffen gemacht, so ein junger Mann mit so einer schweren Verletzung. Einem Freund von mir ist auch mal so was passiert, vor Jahren. Zwei Tage vor Weihnachten, an einer Tankstelle da unten in der Fuldastraße. Da kam ein Typ mit einem Pitbull rein, mein Freund wollte an der Kasse zahlen, der Pitbull ging direkt auf ihn los, hat nach seiner Hand geschnappt, es war auch die linke, glaube ich. Ja, war die linke.«

»Und?«, sagte Volkan. Das Thema nervte ihn.

»Der Pitbull hat ihm zwei Finger abgebissen. Die konnten später wieder angenäht werden, aber so richtig in Ordnung ist die Hand seitdem nicht. Und mein Freund hat seitdem was gegen Hunde. Mit dem kannst du überhaupt nicht mehr auf die Straße gehen, der rennt vor jedem Hund weg. Der hat richtig einen an der Waffel, was Hunde angeht. Psychisch, meine ich.«

»Das nennt man Trauma«, sagte Volkan. »Das war eine traumatische Erfahrung für ihn. Wie ist das jetzt mit dem Job?«

»Genau, traumatische Erfahrung«, sagte ich. »Kann man so sagen. Er ist einfach nicht mehr derselbe. Die Sache hat ihn geprägt. Dabei konnten die Finger wieder angenäht werden, er kann ja eigentlich von Glück reden. Und bei dir wurde die ganze Hand abgebissen? Das muss doch auch traumatisch gewesen sein.«

»Nein«, sagte Volkan. »Das hat sich infiziert. Die Ärzte haben noch versucht, die Hand zu retten, ich habe drei Wochen im Krankenhaus gelegen. Aber es war zu spät.«

»Hätte ich nicht gedacht, dass Hundebisse so fies enden können«, sagte ich. »Werde ich meinem Freund erzählen, wenn ich ihn mal treffe.«

Volkan sagte nichts. Er schaute mich an.

Sein Hund lag lang ausgestreckt auf den kühlen Fliesen des Salons. Er hatte die Augen fast ganz geschlossen und hechelte immer noch angestrengt. Ich fragte den Friseur, ob er ihm nicht einen Napf mit Wasser hinstellen könnte. Das tat er. Der Hund schlappte das Wasser gierig auf, der ganze Raum war erfüllt von seinem verzweifelten Schlappen. Dann legte er sich wieder hin.

»Kennen wir uns eigentlich?«, fragte Volkan schließlich. »Bist du ein Bulle oder so?«

»Mit den Bullen habe ich nichts am Hut«, sagte ich. »Ich arbeite da drüben an der Lindenstraße in dem Zeitungskonzern. Kennst du vielleicht.«

»Ich war an dem Containerdorf am Tor eingesetzt«, sagte er. »Bei den Flüchtlingen. Security. Das kann ich ziemlich gut. Einlasskontrolle, Personenschutz, Objektschutz. Das habe ich vier Jahre gemacht. In den Job würde ich auch gern wieder reinkommen.«

»Was hindert dich?«

Er schaute auf seinen linken Arm.

»War das ein Flüchtling?«, fragte ich. »Die sind ja unberechenbar. Ganz anderes Aggressionspotential als unsereins. Das soll jetzt nicht rassistisch klingen, wirklich nicht, ich habe nichts gegen Flüchtlinge. Wir sind ja ein reiches Land, die fressen uns schon nicht die Haare vom Kopf. Aber wenn die zubeißen, dann hört der Spaß auf.«

»Vergiss es«, sagte Volkan. »Es war kein Flüchtling. Was interessiert dich das so? Ich dachte, du hast einen Job für mich.«

Peppa kam in den Laden. Sie trug trotz der brennenden Hitze ihre Pudelmütze und setzte sich grußlos neben mich.

Der Frisiersalon war für sie eine ungewohnte Umgebung, sie wirkte schüchtern. Volkan sah sie misstrauisch an.

»Haben Frauen hier überhaupt Zutritt?«, fragte er den Friseur, der mit einem Kunden beschäftigt war.

Er musterte sie kurz und nickte dann.

»Dauert auch nicht lange«, sagte Peppa.

»Ich würde dir echt gern helfen, Volkan«, sagte ich. »Aber ich brauche auch was von dir. Schau mal: Du hast deine Hand verloren. Ich habe meinen Sohn verloren. Du hast noch eine andere Hand. Ich habe keinen anderen Sohn.«

»Tut mir leid, das zu hören«, sagte Volkan. »Das muss echt furchtbar sein.«

»Das muss dir nicht leidtun«, sagte ich. »Aber wie du schon sagst: Das ist eine traumatische Erfahrung. Ich kann auch nicht sagen, dass ich schon drüber weg bin, denn das bin ich nicht. Dir haben sie die Hand abgenommen. Mir haben sie das Herz rausgerissen. Das klingt jetzt scheißkitschig, ich weiß. Aber so fühlt es sich an. Wenn du jemals einen Sohn in diese Welt voller Arschlöcher setzt, einen kleinen Volkan oder Ali oder Hakan, dann sieh zu, dass dir das nicht passiert. Es ist das Schlimmste, was einem Vater geschehen kann, glaub mir.«

Der Friseur hatte aufgehört mit dem Haareschneiden, sein Kunde sah mich im Frisierspiegel mit großen Augen an. Die schwarzen Haarreste lagen auf seinem weiten Plastikkittel. Peppa neben mir war still.

Volkan schaute zu Boden. »Kann ich mir vorstellen«, sagte er leise.

»Nein, Volkan«, sagte ich. »Da irrst du dich. Das kannst du dir nicht vorstellen. Nicht annähernd. Vielleicht hast du das mitgekriegt, wenn dein Großvater gestorben ist. Dein Vater. Aber das ist nichts im Vergleich dazu, wenn der eigene Sohn stirbt. Dann ist die natürliche Ordnung gestört. Die Söhne dürfen nicht vor den Vätern sterben, das ist wider die Natur. Und darüber komme ich einfach nicht hinweg. Obwohl ich mir Mühe gebe. Mich echt zusammenreiße. Ich komme einfach nicht darüber hinweg. Und da kommst du ins Spiel.«

»Ich habe damit nichts zu tun«, sagte er und wollte aufstehen. Ich hielt ihn an seinem linken Arm fest. Er war dort empfindlich.

»Das weiß ich, Volkan«, sagte ich. »Du hast dich immer korrekt verhalten. Deinen Dienst gemacht. Ich bin ein paarmal bei euch vorbeigekommen in der Pause, da habe ich dich vor dem Tor sitzen gesehen. Und ich habe gedacht: Respekt, der Typ ist in Ordnung. Er lässt hier nichts anbrennen. Und wenn er die ganze Nacht hier sitzen muss. Habe ich gedacht.«

»Ich habe meinen Job immer gern gemacht«, sagte er.

»Vielleicht auch mal einen kleinen Nebenjob eingeschoben«, sagte ich.

»Wüsste ich jetzt nicht«, sagte er.

»Vielleicht mal jemandem eins vor den Latz geben«, sagte ich. »Keine große Aktion, rein, raus, fertig. Wenn du von hinten kommst, sieht er dich überhaupt nicht.«

»Und vielleicht mal kleine Frauen angreifen, wenn man sich langweilt«, sagte Peppa. »In den Pausen, nachts.«

»So was mache ich nicht«, sagte Volkan. »Ich habe nichts gegen Frauen.« Er sah auf seinen Stumpf.

»Weiß ich jetzt nicht, ob ich dir das abkaufe«, sagte Peppa. Sie schaute ihn nicht an, sondern redete zum flachen Glastisch, auf dem ein paar Herrenmagazine lagen.

Ich nahm Volkans linken Arm und strich über seinen Stumpf. Seine rechte Hand, in der er die Zigarette hielt, zitterte. Sein Hund war eingedöst.

»Ich will dir nicht wehtun, Volkan«, sagte ich. »Aber ich brauche deine Hilfe. Du musst dich hier mit einbringen. Mitarbeiten. Sonst kommen wir nicht weiter.«

Der Friseur sagte: »Könnt ihr das vielleicht draußen klären? Wenn das hier eine Sauerei gibt, bin ich wieder der Blöde, der alles aufwischen muss.«

»Ich mache nichts«, sagte Peppa. »Wenn man mich nicht reizt, bin ich total lieb. Dann passiert niemandem was.«

»Die Wichser haben mich eh rausgesetzt«, sagte Volkan. »Denen bin ich überhaupt nichts mehr schuldig.«

»Genau«, sagte ich. »Denen schuldest du gar nichts mehr. Die schulden dir was. Die schulden dir deine linke Hand. Was haben sie dir dafür bezahlt? Zweihundert Euro?«

»Fünfhundert«, sagte er. »Fünfhundert für beide. Nur ein bisschen ärgern, haben sie gesagt. Beim ersten ging alles glatt. Der Typ wusste überhaupt nicht, wie ihm geschah, der ging sofort zu Boden wie ein nasser Sack. Typisch Sesselpuper, die haben überhaupt keinen Widerstand mehr, keine Kampfkraft. Der Idiot ist dann noch vor ein Auto gelaufen, da hatte ich richtig Angst um den. Dafür sollte ich zweihundert kriegen, bar auf Kralle. Das war so vereinbart. Ich hatte erheblichen Druck von einem Wettbüro oben an der Hermannstraße, da hatte ich Schulden, ich brauchte die zweihundert unbedingt, sonst hätte ich das ja gar nicht durchgezogen. Ich bin von Haus aus kein Schläger. Ich brauchte nur das Geld. Die wollten ihre Kettenhunde losschicken, wenn ich nicht zahle. Also habe ich es gemacht, das war wirklich keine große Sache, der Puper hat kaum was abgekriegt. Ein Schlag, da ist er gleich umgekippt. Dann wollten sie aber nicht zahlen. ›Warte mal, da kommt noch jemand anderes dran‹, haben sie gesagt, ›das ist ein Aufwasch, dann kriegst du fünfhundert.‹ Und ich so: ›Dann gebt mir schon mal die Hälfte, ich brauche das Geld.‹ Und die so: ›Du kriegst das Geld, wenn beide Jobs erledigt sind. Fünfhundert, die paar Tage wirst du wohl noch warten können.‹ Das haben sie mir erzählt.«

»Die wollten dich hinhalten«, sagte Peppa.

Volkan nickte. »Hat meine Frau auch gesagt: ›Die wollen dich hinhalten‹, genau so hat sie das gesagt.«

»Frauen spüren so was«, sagte Peppa.

»Haben sie dann beim zweiten Mal gezahlt?«, fragte ich. »War dann alles okay?«

Volkan schüttelte den Kopf. Sein Hund atmete in ruhigen, langen Atemzügen. Der kräftige Brustkorb hob und senkte sich.

»Wie heißt dein Hund eigentlich?«, fragte ich.

»Nero«, sagte er.

»Der Schwarze«, sagte ich. »Das passt ja.«

»Das war auch ein römischer Kaiser«, sagte er. »Der hat mal die ganze Stadt angezündet, weil er sie brennen sehen wollte.«

»Das ist doch krank«, sagte Peppa.

»Natürlich ist das krank«, sagte Volkan. »Aber er hat es einfach gemacht. Was für ein Anblick, so eine brennende Stadt! Er wollte irgendwas schreiben, glaube ich. Brauchte Inspiration. Da lässt er halb Rom abfackeln. Das fand ich super.«

Nero hörte nicht zu, er lag neben Volkans Schuhen und schlief.

»Wieso wollten die das überhaupt, dass du die beiden Leute ärgerst?«, fragte ich. »Das habe ich nicht verstanden. Was sollte das bringen?«

»Ich habe es auch nicht verstanden«, sagte er. »Es ging um einen Vertrag mit der Security-Firma. Die da drüben bei euch sind von der Konkurrenz, BerlinSecur oder so, wir sind von ProtectionX, wir machen fast ausschließlich Flüchtlingsheime, also die Drecksarbeit. Das siehst du schon an den Uniformen. Unsere Chefs wollen sich verbessern, das ist doch klar. Die Sicherheitsbranche ist ein Haifischbecken. Da gönnt keiner einem irgendwas. Da dachten sich die Chefs: Wenn die Firma da drüben nicht so toll arbeitet, will die Geschäftsleitung vielleicht mal das Unternehmen wechseln, einen anderen Bewerber ausprobieren. Der Markt gibt ja einiges her. Wenn da Mitarbeiter nach Feierabend einen vor den Latz kriegen, und die Jungs von der Security stehen quasi daneben, ohne einen Finger zu rühren, dann sieht das einfach mal nicht gut aus. Vom Image her. Einmal, okay, kann passieren, einmal ist keinmal. Aber beim zweiten Mal sieht es einfach scheiße aus.«

»Das kann ich bestätigen«, sagte ich. »Das kam wirklich nicht gut an bei uns im Haus. Die waren richtig sauer auf Griebsch.«

»Griebsch, genau«, sagte Volkan. »Den kenne ich sogar. Der macht so auf harter Hund, immer die Knie durchdrücken, Bauch rein, Brust raus. Der arbeitet bei euch, aber er will zu uns wechseln, zu ProtectionX. Der hat mir auch erklärt, wie ich das machen soll. Auf keinen Fall einen Redakteur, hat er mir gesagt. Nimm einen von den Aushilfen, den Studenten, das reicht völlig. Nach Mitternacht, auf dem Vorplatz.«

»Und dann hast du es durchgezogen«, sagte ich.

»Griebsch hat mich angerufen, dass einer gleich rauskommt, den sollte ich nehmen«, sagte Volkan. »Die Flüchtlinge hatten grade einen alten Tisch auf die Straße gestellt, die wissen nicht, dass man wegen Sperrmüll extra anrufen muss, die stellen das einfach mal raus, jedenfalls war da ein Bein abgebrochen, damit bin ich dann los. Ich stand hinter den Mauerstücken, als der Mann rauskam, so ein Langer wie du. Als er an mir vorbei war, habe ich ihm eins auf die Mütze gegeben, noch einen Tritt, fertig. Der ist richtig auf die Fresse gefallen, ich hätte beinahe gelacht, sah aus wie die Pannenshow.«

»Und dann mit der Frau, ging das auch so glatt?«, fragte Peppa.

Volkan ignorierte ihre Frage.

»Was ist jetzt mit dem Job?«, fragte er. »Was labern wir hier endlos über alte Storys herum, das ist Schnee von gestern. Du hast gesagt, ich kann einen Job kriegen.«

»Mal ehrlich, Volkan«, sagte ich. »Das hat mich jetzt nicht so überzeugt. Das war jetzt natürlich kein Vorstellungsgespräch oder so, sondern eher der erste Eindruck. Und da muss ich sagen: Das reicht mir nicht, um dich zu empfehlen. Muss ich leider so deutlich sagen.«

»Aber wieso? Ich habe doch noch gar nichts von meinem Job erzählt, ich habe nur diese anderen Sachen erzählt, weil ihr dauernd nachfragt. Ihr müsst mir doch eine ehrliche Chance geben. Ich habe auch meine Arbeitszeugnisse dabei. Einen Lebenslauf. Motivation auch.«

Er holte eine Klarsichtfolie aus der Plastiktüte, zog mehrere leicht zerknitterte Kopien heraus und hielt sie mir hin. Nero war aufgewacht, weil er offensichtlich den Ernst der

Situation für Volkan spürte, und sah mich nun ebenfalls mit flehenden Augen an.

»Ich muss los«, sagte Peppa. »Ich lasse euch mal allein damit. Was mich betrifft, kommt er noch viel zu billig damit weg.«

»Ich habe nur Hauptschule«, sagte Volkan. »Damit kann man keine großen Sprünge machen. Da hast du Scheißfotze natürlich gut lachen.«

## 16

Guido war aus dem Urlaub zurück. »Das könnt ihr euch nicht vorstellen, was da unten los ist«, sagte er. »Das ist nicht mehr das Mallorca, das ich kenne. Das ist ein Drecksloch, völlig heruntergekommen. Überall Schwarze, die dir etwas andrehen wollen. Die latschen nicht nur über den Strand, sondern die stehen auch Spalier vor der Turnhalle, wo wir trainiert haben. Du kommst von einer harten Einheit Ballonabwehr und Beinarbeit, und wer hält dir eine Palette mit Fake-Armbanduhren hin? Mit Fake-Sonnenbrillen? Die Afrikaner. Goldene Armbanduhren in der Mittagshitze, hör mir auf. Breitling, IWC, Patek Philippe, die haben alles da, das sind teilweise riesige Fabrikate, damit siehst du aus wie ein Bundesligatrainer. Das kann ich echt nicht haben. Aber die Afrikaner kommen mit der Masche durch. Unsere Frauen haben von denen Handtaschen gekauft, Sylvie von Gucci, Burberry, Miu Miu, die Biker Bag von Jimmy Choo, die Speedy 25. Den Frauen lief der Sabber aus den Mundwinkeln, die konnten nicht anders, die mussten sie haben. Dabei habe selbst *ich* gesehen, dass die Taschen aus China kamen. Das macht doch echt keinen Spaß mehr.«

»Hier war es auch viel zu heiß«, sagte ich.

»Die Hitze war mir egal, da unten war es nicht annähernd so heiß wie hier«, sagte er. »Das liegt am Meer, du hast praktisch immer eine kühle Brise, selbst wenn du im Bierkönig sitzt. Da sind wir nach dem Training hin, da sitzen alle. Beim Pissen singen sie da Wehrmachtslieder.«

»Die Afrikaner?«

»Die Deutschen«, sagte er. »Burschenschaftler aus Remscheid. Das Semester ist noch lange nicht vorbei, aber die Studenten trinken da rund um die Uhr, Jura, Maschinenbau, Materialwissenschaft. ›Es braust unser Panzer im Sturmwind dahin.‹ Das konnten die Jungs auswendig.«

»Hat das Training denn wenigstens was gebracht?«, fragte ich. »Kommst du jetzt mit dem Schupfen klar?«

»Das kann man wohl sagen«, sagte Guido. »Seit 5 Uhr 45 wird zurückgeschupft. Ab jetzt wird Unterschnitt mit Unterschnitt vergolten. Da kenne ich überhaupt nichts mehr. Und wenn das Stunden dauert, ich lasse mich nicht mehr verarschen. Dann wird halt geschupft, bis wir schwarz werden.«

Wir hatten sechstausend offene Kommentare, aber Guido hatte viel auf dem Herzen. Ich ließ ihn reden, auch wenn ich lieber Ausschau nach Griebsch gehalten hätte. Die Security-Männer standen diskutierend im Eingangsbereich, zwei oder drei machten eine lustlose Runde um das Gebäude herum. »Bei der Hitze gehen auch Terroristen nicht gern vor die Tür«, hatte gestern einer gesagt. Die Kontrollgänge mussten sie trotzdem machen. Griebsch war nicht dabei. Seit dem Tod meines Sohnes hatte ich ihn überhaupt erst ein oder zwei Mal gesehen, er hatte vor drei Monaten diesen Spruch gebracht: *Kopf hoch, das wird schon wieder.*

Russland hatte vierzig amerikanische Diplomaten ausgewiesen, auch vier deutsche Botschaftsangestellte. Unsere Leser warnten wieder einmal vor dem Ausbruch des Dritten Weltkriegs und hatten auch schon die Schuldigen gefunden. *Niemals hätten wir zulassen dürfen, dass Millionen Moslems ins Land kommen. Das wird der Untergang unserer Kultur und Lebensweise. – Merkel hat das Ganze eingefädelt, jetzt soll sie es auch ganz allein auslöffeln.*

In der Pause stand ich mit Doppelschichten-Danny in der Raucherecke, er rauchte zügig drei Zigaretten hintereinander weg und erzählte von den Reitstunden, die seine Tochter draußen in Beelitz bekam.

»Das ist auch nicht viel billiger da in Brandenburg«, sagte er. »Aber in Berlin kannst du es vergessen mit Reitstunden. Das kann ich nicht stemmen. Also fahren wir raus nach Beelitz.«

»Und du musst das alles zahlen«, sagte ich. »Da kommt einiges zusammen, kann ich mir vorstellen.«

»Ich will einfach nicht, dass Celina unter der Trennung leidet«, sagte Danny und knetete seine Mütze. »Deshalb halte ich die Füße still.«

Plötzlich stand der Security-Mann mit dem breiten Kinn neben uns und scrollte auf seinem Smartphone, die Mundwinkel heruntergezogen. Seine Stirn war nass von Schweiß.

»Lange nicht gesehen«, sagte ich.

Er legte zwei Finger an die Schläfe, um einen Gruß anzudeuten.

»Viel zu tun«, sagte er.

»Und sonst so?«, fragte ich.

»Keine Ahnung«, sagte er und schaute weiter auf sein Telefon. Offensichtlich hatte er kein Interesse an einer Unterhaltung.

»Die Privatschule ist auch nicht billig«, sagte Danny. »Aber Celina hat da jetzt Freundinnen gefunden.«

»Irgendwas ist immer«, sagte ich.

»Nein, ernsthaft«, sagte er. »In Kreuzberg kannst du ein Kind nicht auf eine normale Schule geben. Die haben in den meisten Klassen neunzig Prozent Türken und Araber. Ist ja auch in Ordnung so, ich habe nichts gegen die, aber die reden untereinander nur Türkisch und Arabisch, und Celina versteht kein Wort.«

Der Mann mit dem breiten Kinn lachte auf. »So ist das eben«, sagte er. »Wir werden Stück für Stück verdrängt. Aus dem Job, aus der Wohnung, aus dem Kiez. Die wollen da jetzt Türken und Syrer haben. Die setzen dir Zigeunerfamilien ins Haus, die alles vollmüllen, damit die Deutschen abhauen. Weil wir nichts mehr wert sind. Das ist so gewollt, von oben gesteuert.«

»Ich habe meinen Aluhut vergessen«, sagte ich. »Wer soll das denn steuern, Angela Merkel persönlich?«

»Die hat auf jeden Fall die Strippen in der Hand. Auf EU-Ebene dieser Juncker, der Säufer. Und Soros, der Finanzjude. Die stecken alle unter einer Decke. Mann, seid doch nicht so blöd! Ihr schlaft mit offenen Augen. Naive Traumtänzer. Ihr werdet es noch sehen, wenn es hier zum Knall kommt.«

Er hatte sich in Rage geredet, die Sonne brannte ihm auf den Schädel, er wischte sich ständig über die Stirn.

»Kann ja sein«, sagte Doppelschichten-Danny. »Aber Noack hier ist sicher kein Traumtänzer, der ist Prepper.«

»Sehr vernünftig«, sagte der Mann mit dem breiten Kinn. »Hab ich gleich an deinen Klamotten gesehen, dass du nicht so eine Schwuchtel bist wie die anderen in diesem Turnschuhträgerverein.«

»Staatliche Stellen raten selbst zur Vorsorge«, sagte ich. »Wenn jeder an sich selbst denkt, dann ist für alle gesorgt.«

»Kann man so sehen«, sagte er. »Aber man kann auch das ganze Volk im Auge haben. Wenn es zum Knall kommt, dann wird hier aufgeräumt. Es muss jemand kommen, der dieses Land mit eiserner Hand führt. Damit wir aus dieser Tyrannei herauskommen, aus diesem Chaos. Die Aufstände in Frankreich, das sind ja erst die Anfänge. Warte mal, bis es hier wirtschaftlich bergab geht, was dann passiert. Wenn die ersten Entlassungen kommen und das Volk zu murren beginnt. Das geht nicht mehr lange gut. Ich sag dir: Uns haben sie schon rausgesetzt.«

»Ihr werdet entlassen?«, fragte ich.

»BerlinSecur hat hier verkackt«, sagte er. »Wegen der beiden Vorfälle mit euch, Anfang des Jahres. Angeblich auch wegen falscher Abrechnungen der Einsatzzeiten, keine Ahnung. Jedenfalls haben sie sich jetzt für eine andere Firma entschieden, ProtectionX. Darf ich euch eigentlich nicht sagen, aber scheiß der Hund drauf. Ich reiße hier meine letzten Tage runter.«

»Tut mir leid, das zu hören«, sagte ich. »Das heißt, ihr alle geht raus? Auch Griebsch?«

»Alle müssen raus, außer Griebsch natürlich, der bleibt«, sagte der Mann mit dem breiten Kinn. »Der hat nie was getan, aber jetzt fällt er die Treppe hoch. Der ist zum anderen Verein gewechselt, angeblich steckt er sich noch selbst eine Ablöse in die Tasche. Der hat uns verraten und verkauft.«

»Bitter für euch«, sagte ich.

»Ist so«, sagte er.

»Wo ist der überhaupt, euer Bereichsleiter?«, fragte ich. »Den habe ich seit Wochen nicht gesehen.«

»Griebsch? Der verkehrt nicht mehr mit Krethi und Plethi, der dreht jetzt am ganz großen Rad. Beim Fußvolk lässt der sich nicht mehr blicken.«

»Hört sich so an«, sagte ich, »als ob du einen ordentlichen Hals auf ihn schiebst.«

»Ich kann dir sagen«, sagte er. »Wenn ich den mal nachts in einer stillen Seitenstraße treffe, dann kann er seine Schneidezähne mit gebrochenen Fingern aufsammeln gehen.«

»Wie lange bist du noch hier?«, fragte ich.

»Fünf, sechs Tage«, sagte er.

»Wie heißt du eigentlich?«

»Mike«, sagte er. »Meine Freunde nennen mich Hulk.«

Wir gaben uns die Hand. »Lass uns mal einen Kaffee trinken in der Pause«, sagte ich.

»Aber immer«, sagte Mike.

»Echt heiß heute«, sagte Danny. »Wir müssen wohl wieder rein.«

Wir gingen zurück in den Newsroom, die große Tür fiel satt hinter uns ins Schloss. Im Auge waren die Kollegen wie elektrisiert. In einer spanischen Exklave an der nordafrikanischen Küste hatten Flüchtlinge versucht, den Zaun zu stürmen. Die Politikredakteure bastelten an einer zündenden Überschrift: »Migranten attackieren Beamte mit selbst gebauten Flammenwerfern«. Nach zwei Stunden hatten wir achthundert Kommentare, von denen die meisten auf einen robusten Einsatz mit Schusswaffengebrauch an der Grenze plädierten, egal, ob an der afrikanischen Küste oder an der deutschen Grenze oder in der Sonnenallee. Wann denn, wenn nicht jetzt? *Willkommen im Kalifat des Wahnsinns. Deutschland ist das einzige Land, das sich freiwillig ein Grab schaufelt und sich auch noch freut, wenn es begraben wird. – Wenn der Tag kommt und wir vor den Trümmern stehen, dann ist aber Schluss mit lustig.*

Peppa kam, um uns zu helfen. Kottwitz hatte gute Laune, weil die Leserzahlen in die Höhe schnellten. Er spielte mit seinem Schlüsselbund, während er sich mit dem Chefredakteur unterhielt. Der Goldpreis stieg. Die Rebellen in Syrien hatten ein russisches Militärflugzeug abgeschossen. Chinesische Eltern gaben siebzig Milliarden Euro für die Nachhilfestunden ihrer Kinder aus. Aus Schleswig-Holstein wurde eine Messerattacke in einem Regionalzug gemeldet. »Udet« hatte keine Zweifel mehr: *Die Invasion hat begonnen. Sie werden uns alle anfallen.*

## 17

»Weißt du, wer sich gemeldet hat?«, fragte Peppa zwei Tage später in der Raucherecke. »Willy Sommerfeld.«

»Was will er denn?«, sagte ich.

»Der hat was für uns, sagt er«, sagte sie. »Ich dachte, du wärest auch interessiert.«

»Bin ich«, sagte ich.

»Er will uns in Bernau treffen. Wir sollen Geld mitbringen.«

Wir fuhren am Sonntagmorgen nach Bernau hinaus, es war sehr früh, wir waren die einzigen im Abteil. Die Bahnsteige in Ostkreuz und am Bahnhof Lichtenberg waren noch leer, draußen glitt eine von der seit Wochen andauernden Hitze völlig ausgedörrte Landschaft an uns vorbei. Brachfelder, kleine Birkenwäldchen entlang der Bahnstrecke, ausgetrocknete Stichkanäle, Siedlungen von maroden Plattenbauten, die zu Flüchtlingsheimen oder Storage-Discounts umgewandelt worden waren. Alte Züge der Reichsbahn rosteten in zerfallenden Schuppen. Dann Marzahn, aufragende Hochhäuser, die Balkone rosa, gelb, orange und blassgrün angemalt, damit das Quartier fröhlicher wirkte, die Farbe war stellenweise schon wieder abgeblättert. Die Plattenbauten standen Kasten an Kasten, vereinzelt waren Autos unterwegs auf der Allee der Kosmonauten, eine Ladenzeile mit Nagel-Studios, Fußmassagen, Fressnapf-Filialen, Supermärkten. Die S-Bahnhöfe lagen noch still und verlassen: Wartenberg. Springpfuhl. Die S-Bahn fuhr jetzt schneller, an schmalen Streifen von Schutt und Sträuchern vorbei. Matratzenlager und Möbelhäuser mit großen leeren Parkplätzen. Dann löste sich der Stadtrand auf, wir fuhren über ödes Land.

Wenn ich zur Flucht aus der Stadt gezwungen wäre, müsste ich in Gegenden wie dieser überleben können. Lebe in der Lage. Besorge dir, was du brauchst. In den Baumärkten wäre das nötige Werkzeug zu finden. In den Siedlungen von Marzahn, den Hochhäusern der Massenmenschhaltung könnte ich notfalls Lebensmittel und Kleidung bekommen. Wenn man zu Fuß unterwegs war, konnte man sich an den Gleisen orientieren. Keine Spuren hinterlassen. Mit der Landschaft verschmelzen. Ich beschloss, hier draußen ebenfalls Notfalllager anzulegen, Lebensmittel und Entkeimungstabletten, Zahlungsmittel, kopierte Ausweise, Medikamente. Hier wäre ich allein. Niemand könnte einen hier in die Enge treiben, man müsste nur ständig in Bewegung bleiben.

»Was ist eigentlich mit deinem Kübelwagen?«, fragte Peppa. »Wolltest du den nicht auf Vordermann bringen? Nick hat mal erzählt, du willst damit nach Sibirien, Kamtschatka.«

»Nicht in diesem Sommer«, sagte ich. »Die Karosse ist

ziemlich hinüber. Die Versteifungen der Kotflügel sind total durch, der Tank rostet am Bodenblech. Von den Bremsen ganz zu schweigen. E-Anlage und Motor sind auch noch gewaltige Baustellen. Ich komme einfach nicht dazu.«

»Ist der überhaupt schon jemals gefahren?«, fragte sie.

»Früher mal«, sagte ich. »Den kriege ich auch wieder hin, ich habe bloß keine Zeit.«

Der Bahnsteig in Bernau war leer. Willy stand auf dem Platz vor dem Bahnhof, die Hände hinter dem Rücken verschränkt. Er trug eine Camouflage-Jacke, dazu ein militärisches Käppi. Wir folgten ihm zu einem schwarzen Van, auf dessen Rückseite ein Aufkleber prangte: Oldschool Criminals. Am Steuer saß ein fiebriger Junge, der heftig an seinem Kaugummi kaute.

Wir fuhren aus Bernau hinaus, an Autohäusern, Baumärkten und Pflanzencentern vorbei, kamen auf eine Landstraße, bogen an der zweiten Kreuzung scharf rechts ab. Ein Todeskreuz mit verwelkten Blumen hing an einem Baum, darunter in schwarz der Name: Michael. Dann die Ortseinfahrt Birkenwerder, eine Durchgangsstraße mit geduckten Einfamilienhäusern. Am Ortsausgang der Parkplatz einer Kleingartenkolonie. Willy sprang raus, um die Schranke zu öffnen. Der Van rollte auf den Parkplatz.

Die Kleingärten hatten sichtlich unter der Sommerhitze gelitten, auch wenn die Bewohner hier ihre eigenen Pumpen hatten und die Gärten bewässerten, so gut es ging. Die Beete waren akkurat abgetrennt, die Rasenflächen braun und verkommen oder giftig grün. Ein paar Rasensprenger verrichteten ihren Dienst, vermutlich auf Zeituhr, warfen Wasserschleier auf Johannisbeersträucher, Stachelbeeren, die Beete mit Salat, die Bohnen am Zaun zum Nachbarn. Alle

Hecken waren auf Einheitsmaß gestutzt. Willy stieß eine Gartentür auf, hinter zwei Apfelbäumen und vier Nadelsträuchern stand eine niedrige Datsche, am Sichtschutz der Terrasse kroch Weinlaub hoch.

»Wir sind gleich zurück«, sagte er. »Ihr wartet hier.«

Irgendwo krähte ein Hahn. Peppa drehte sich eine Zigarette. Willy und der Kaugummi-Junge kamen mit zwei Taschen zurück. Wir folgten ihnen auf einen Trampelpfad, der in den Wald führte. Kühle, klare Luft empfing uns, ich atmete zum ersten Mal seit Wochen auf. Die Vögel waren schon wach. Nachdem wir eine halbe Stunde gegangen waren, wurde der Wald lichter und öffnete sich: freie Felder, auf denen Weizen stand, ein Großteil der Halme war vor Entkräftung abgeknickt.

Willy legte die Tasche auf den Boden und holte zwei Pistolen heraus.

»Mal als Anfang«, sagte er und reichte sie Peppa. »Glock 17 Gen 4 FS, bisschen rechtslastig, aber du gewöhnst dich dran.«

Der Junge baute in zehn Meter Entfernung zwei Bierflaschen auf einem Baumstumpf auf.

»Kimme und Korn, einatmen, dann ausatmen und abdrücken.«

Peppa sah tollpatschig aus mit der Pistole.

»Wir stehen beim Schießen nicht wie an der Kasse im Supermarkt«, sagte Willy. »Nimm mal Spannung an, Mädel. Füße auseinander, fester Stand.«

Peppa zielte und gab einen Schuss ab. Der Knall schreckte einen Schwarm Krähen auf, sie flatterten krächzend in die Höhe.

Peppa schoss noch einmal. Eine Krähe stürzte unter federstiebenden Flügelschlägen aufs Feld vor uns.

»Treffer, versenkt«, sagte der Junge. »Aber eigentlich meinten wir die Bierflaschen.«

Willy stand neben mir, die Unterlippe vorgeschoben, er schüttelte den Kopf.

»Hört das hier niemand?«, fragte ich.

»Der Förster ist einer von uns«, sagte er. »Polizist im Ort auch. Die Leute, die hier leben, sowieso. Hier pfuscht dir keiner ins Handwerk. Die sind froh, dass es uns gibt.«

»Das war auch mal anders«, sagte ich. »Da wurde man scheel angesehen, wenn man sich bewaffnen wollte. Da wurde man gleich mal in die rechte Ecke gesteckt.«

»Quatsch rechte Ecke, wir sind das Volk«, sagte er. »Die meisten haben aufgerüstet, um der Invasion was entgegensetzen zu können. Wir kommen gern hierher. Haben schon so einiges ausprobiert, neulich eine Barrett M82.«

»Im Stehen?«

»Dafür ist die zu schwer. Da bricht dir der Arm ab. Nein, da legst du dich schön hin, und dann kannst du auf zwei, drei Kilometer alles weghauen.«

»Ich wische nicht hinter dir auf«, sagte ich. »Die Sauerei machst du dann selber weg.«

Willy lachte. »Die M82 ist der Hammer, aber eher für den grobflächigen Einsatz.«

»Was hast du für mich?«, fragte ich.

»SIG 553 SB, eine schöne, kraftvolle Waffe. Druckpunktabzug, eines der präzisesten Gewehre weltweit. Die Schweizer wissen, was sie wollen. An der Waffe stimmt einfach alles. Gasdrucklader. Der Feuerstoß lässt sich gut kontrollieren, geringer Hochschlag, aber damit kommst du klar. Du kannst das Gerät in weniger als einer Minute in seine Bestandteile zerlegen.«

»Das ist was für den Häuserkampf«, sagte ich. »Ich brauche eine kleine, wendige Waffe, nicht mehr als eine Pistole.«

»Ich meine es nur gut mit dir« sagte Willy. »Wenn die Kacke am Dampfen ist, musst du robust antworten können. Eine Short Barrel ist immer noch vergleichsweise handlich.«

Peppa stand unschlüssig mit der Glock da, der Junge zeigte ihr, wie sie vernünftig zielen konnte. Hinter den Feldern krähte wieder ein Hahn.

»Hab von Guido gehört, was mit deinem Sohn passiert ist«, sagte Willy. »Mein Beileid. Da dachte ich gleich: Den lässt du nicht im Regen stehen, der braucht jetzt Ausrüstung.«

»Danke«, sagte ich. »Das weiß ich zu schätzen.«

»Man kann sich nicht alles gefallen lassen«, sagte er. »Sich zu wehren ist ein Menschenrecht. Ich fühle mich überhaupt erst mit einer Waffe vollständig. Ohne Waffe bist du ein Sklave, weiter nichts. Nimm eine Waffe zur Hand und du verwandelst dich von einem Sklaven in einen Mann. Und dann weißt du auch, was zu tun ist. Du kannst die Neger und Kanaken nicht damit durchkommen lassen.«

Er legte eine Hand auf meinen Arm.

»Jetzt mal abgesehen von deinem persönlichen Verlust. Die Zeiten ändern sich gerade. Wir brauchen verlässliche Männer in unseren Reihen. Wir bereiten uns auf Entscheidungen vor, und zwar ernsthaft. Artikel 20 Absatz 4 Grundgesetz: ›Alle Deutschen haben das Recht zum Widerstand, wenn andere Abhilfe nicht möglich ist.‹ Steht da so, schwarz auf weiß.«

»Das gilt gegen jeden, der es unternimmt, die Ordnung zu beseitigen, wenn ich mich recht erinnere«, sagte ich.

»Sag ich doch«, sagte Willy. »Was macht Merkel denn

sonst? Die schafft unser Land ab, dagegen haben wir uns zu wehren, da wird Widerstand zur Pflicht. Das wird nicht ohne bittere Tränen abgehen, das wird Blut und Schweiß kosten. Ich sag dir was: Die Jungs da oben in Mecklenburg, die sind schon weiter. Die sind untereinander vernetzt bis in Polizei, Bundeswehr, Verfassungsschutz hinein, da sitzen ja auch noch vernünftige Leute. Dadurch haben sie Zugriff auf Daten und auf Waffen, von denen unsereins nur träumen kann. Die haben Einsatzpläne bis ins Detail ausgearbeitet, da geht dir einer ab. Die haben sich schon die Schuppen ausgeguckt, wo sie die linken Bazillen, die Volksverräter unterbringen können, wenn dieses verbrecherische Regime gestürzt ist. Die Laster stehen bereit, mit denen man die Zecken aufsammeln, wegkarren und entsorgen kann. Bei der Truppe sind die Listen mit den betreffenden Personen und Adressen schon in Umlauf. Wenn die Stunde X kommt, dann wissen die Jungs, was zu tun ist. Die labern nicht. Die handeln. Rasch und effizient.«

»Hab davon gehört«, sagte ich. »Aber auf mich wartet erst mal eine andere Aufgabe. Dann sehen wir weiter.«

»Gute Leute sind schwer zu finden heutzutage«, sagte Willy. »Als Einzelkämpfer kommst du nicht lange durch. Aber ich verstehe schon, du hast noch was zu erledigen. Ich habe auch einen Sohn.«

Er reichte mir die Glock, sie lag schwer und still in meiner Hand. Es war lange her, dass ich eine Waffe in der Hand hatte. Peppa stand mit dem Kaugummi-Jungen an der Seite, sie rauchten. Sie zeigte auf die Bierflaschen: »Probier du mal!«

Ich hob die Waffe.

»Wie gesagt, bisschen rechtslastig«, sagte Willy leise.

»Sind wir doch alle«, sagte ich und zog ab.

Der Knall peitschte über das freie Land, die linke Bierflasche spritzte auseinander.

»Wunderbar«, sagte Willy. »So muss das.«

Ich nahm mir die nächste Flasche vor, dann die dritte.

Peppa klatschte. »Ich möchte den Kuschelpanda da oben links«, sagte sie. »Und dann gehen wir zum Autoscooter.«

»Die haben den Ernst der Lage einfach nicht begriffen«, sagte Willy. »Keiner von den jungen Leuten. Die wissen nicht, was auf sie zukommt. Was für eine verhätschelte Generation.«

»Die würde ich dir gern abnehmen«, sagte ich. »Was willst du dafür?«

»Siebenhundert Euro«, sagte Willy. »Zwei Magazine mit 17 Patronen gebe ich dir dazu, dann noch zwei Beavertail-Griffschalen, außerdem Putzstecken und Nylonbürste. Siebenhundert.«

»Da kann man echt nicht meckern«, sagte ich.

»Hat sich noch nie jemand bei mir beschwert«, sagte er. »Und das würde ich auch keinem raten. Das mit der Erwerbsberechtigung können wir uns sparen, du bist ja ein zuverlässiger Typ. Rechnung gibt's auch nicht. Ware gegen Geld, und fertig ist der Lack.«

Ich zählte sieben Hundert-Euro-Scheine ab und reichte sie ihm. Willy zählte nicht nach, sondern steckte sie in die Innentasche seiner Kampfjacke. Wir gaben uns die Hand.

»Und für die Frau müssen wir mal sehen«, sagte er. »Vielleicht sollte sie erst mal Trockentraining machen, mit Laserpatronen. Ist gut für die Fingerfertigkeit. Wenn sie etwas sicherer ist, passt für sie eine kleine Walther, würde ich sagen, aber da habe ich zurzeit nichts da. Ich sehe auch, ehrlich gesagt, die Frauen nicht so gern mit einer Waffe. Die sind doch eher für den Erhalt des Lebens zuständig. Für die schönen Sachen, verstehst du.«

»Schon klar«, sagte ich.

Er sah mich mit einem spitzen Lächeln an. »Und: Tu mir einen Gefallen.«

»Was immer du willst, Willy«, sagte ich.

»Wenn du dem Arschhochbeter, der deinen Jungen auf dem Gewissen hat, eine Kugel verpassen willst, dann tauchst du sie vorher in Schweineblut. Wir machen das auch so. Die Kugeln können das ab. Dann kann man sicher sein, dass der Musel in der Hölle schmoren wird.«

»Danke für den Tipp«, sagte ich.

»Wir bringen euch noch zurück nach Bernau.«

Peppa fand es überhaupt nicht in Ordnung, dass sie ohne Pistole nach Hause geschickt wurde. Den ganzen Heimweg lag sie mir in den Ohren, dass das so nicht abgesprochen gewesen war.

»Ich gehe hier leer aus«, sagte sie. »Dabei war ich es, die ewig und drei Tage mit Guido redet, damit er den Kontakt mit Willy herstellt. Und Willy hat *mich* angerufen, nicht dich. Und ich fahre jetzt mit leeren Händen nach Berlin zurück.«

»Wir haben doch gesehen, wie du in der Gegend herumgeballert hast«, sagte ich. »Dir darf man keine Waffe in die Hand geben, das wäre unverantwortlich.«

»Du legst das Stück doch eh in dein Regal, neben die Raviolidosen«, sagte sie.

Wir kamen nach Berlin zurück und trennten uns wortlos. In den Straßen stand schon wieder die Hitze. Die Sirenen der Notarztwagen waren fast stündlich zu hören, die alten Leute kamen mit den extremen Temperaturen nicht zurecht. Sie brachen mit Kreislaufkollaps zusammen, viele starben an Dehydrierung. Aber nicht nur sie, alle in Berlin litten. In meinem Haus ballerten die Balkanbeats den ganzen Sonntag hindurch durch Treppenhaus und Hinterhof. Ich hämmerte bei Begalovics an die Tür, es öffnete niemand. Abends putzte ich meine Wohnung, setzte mich an den Küchentisch, nahm die Glock auseinander und baute sie wieder zusammen. Lud sie, nahm die Munition wieder heraus, lud sie erneut. Ich dachte an Nick. Nahm die Munition heraus, zielte zur Wand, zum Fensterrahmen und drückte ab, spürte den harten Rückschlag, meine Hand zitterte nicht.

Als es nachts ein wenig abkühlte, lief ich durch den Görlitzer Park, an der Arena vorbei zur Spree und weiter zum Plänterwald. Das Training der letzten drei Monate zahlte sich aus, Kraft und Kondition waren wieder da. Am Fähranleger zog ich mich um, tauchte in den Fluss und begann Richtung Oberbaumbrücke zu kraulen.

## 18

»Was für eine Scheißhitze«, sagte Mike in der Woche darauf, als wir uns in der Mittagspause zum Kaffee trafen. Es war sein letzter Arbeitstag im Konzern, ab Anfang Juli übernahm ProtectionX den Wachschutz. »Unser Kleiner heult die ganze Nacht, der kann in der Hitze nicht schlafen. Und ich muss morgens um sechs raus.«

»Vielleicht kriegt er Zähne«, sagte ich. »Da konnte meiner auch nie schlafen.«

»Sagt meine Frau auch, dass er zahnt«, sagte Mike. »Aber ich glaube, es ist die Hitze. Ich hab mit dem Finger nachgeguckt, ob da Huckel auf der Zahnleiste sind, da ist noch nichts. Hab ich ihr auch gesagt. Aber sie behauptet steif und fest, dass da neue Zähne kommen. Die Kleine von ihrer Freundin hat schon fast alle Zähne, und die sind in der gleichen Woche geboren. Das geht mir so auf die Nerven.«

»Dass er nicht schläft in der Nacht?«

»Das auch«, sagte er. »Aber ich meinte, dass die Frauen ihre Kinder ständig vergleichen. Macht er ein Bäuerchen nach dem Essen? Kann er schon stehen? Seit Monaten gibt es kein anderes Thema. Stell dir vor: Kimberley hat schon Mama gesagt. Django nicht. Bei Jungen dauert das, habe ich ihr gesagt. Sie hat ihm stundenlang in den Ohren gelegen: ›Sag mal Mama, sag mal Mama, sag mal Mama.‹ Nur damit sie mit ihrer Scheißfreundin, die sie selbst blöd findet, gleichziehen kann. ›Sag mal Mama, sag mal Mama.‹ Hat er aber nicht. Da war ich stolz auf ihn. Lass dich bloß nicht rumschubsen von den Weibern, hab ich ihm gesagt.«

»Das dauert bei Jungen«, sagte ich. »War bei Nick auch so.«

»Vielleicht ist es ja der Klimawandel«, sagte Mike und trank seinen Kaffee aus. »Mich kotzen diese Klimahysteriker an, aber diese Affenhitze ist eklig, das war früher nicht so. Wir halten tagsüber die Fenster zu, hängen da noch Bettlaken vor. Das ist doch kein Leben. Erst abends machen wir mal auf, die Luft ist dann immer noch eine heiße Suppe. Und Django kann nicht einschlafen.«

»Jetzt kannst du ja ausschlafen«, sagte ich. »Oder hast du schon was Neues gefunden? Ist doch grade ganz günstig.«

»Ausschlafen, vergiss es«, sagte Mike. »Morgen muss ich beim Jobcenter antanzen. Allein dafür könnte ich Griebsch stundenlang in die Fresse schlagen. Bewerbungen schreiben. Qualifizierungen beantragen. Das ist genau mein Ding.«

»Die Sicherheitsfirmen suchen doch, dachte ich«, sagte ich.

»Dachte ich auch«, sagte er. »Stimmt vielleicht auch. Da wird sich schon was finden. Aber Tamy mag das nicht, wenn ich mal ein paar Tage zu Hause auf der Couch liege. Da flippt sie regelrecht aus. Der Mann ihrer Freundin ist so ein Hollisterhemd-Typ, der baut Webseiten und bringt richtig Geld nach Hause, und Tamy weiß genau, was die sich alles anschaffen. Das ging schon mit dem Kinderwagen los, allein die Wohnung von denen, ach hör mir auf. Lass uns noch eine rauchen gehen.«

Wir standen mit anderen Rauchern aufgereiht im schmalen Schatteneck. Die Luft war so heiß, dass man nicht mehr richtig einatmen wollte. Die Security-Leute ließen zur Feier des Tages ein paar kalte Bierdosen herumgehen.

»Meister Griebsch lässt sich natürlich nicht blicken«, sagte Mike.

»Der sollte sich bei mir noch einen Tritt in die Eier abholen«, sagte sein Kollege. »Hatte ich ihm doch versprochen. Ich bleib anderen nicht gern was schuldig.«

»Wo findet man den eigentlich?«, fragte ich. »Ich meine, wenn er Feierabend hat.«

»Geht dich einen Scheißdreck an«, sagte einer. »Warum? Willst du ihm nach Dienstschluss die Stiefel lecken?«

»Der sitzt öfter in der ›Quelle‹, Hellersdorfer Promenade«, sagte ein anderer. »Bestell ihm mal schöne Grüße von meinem Arsch.«

»Wir haben immer versucht, den Laden hier sauber zu halten«, sagte Mike. »Das gehört sich nicht, uns so abzuservieren. Geht gar nicht. Dem müsste man wirklich mal Bescheid stoßen.«

Ich verabschiedete mich von Mike und wünschte ihm alles Gute, nickte den anderen zu und ging wieder rein in den Newsroom. Der Chor der Kommentarschreiber wartete auf mich. *Kein Mitleid mit Jewrnalisten, alle an die Wand. – Metzelt die Beamten nieder, die System-Schweine. – Muselmänner Abschaum. – Wenn ich die Fresse der Roth sehe, kotze ich im Strahl. – Metallbeschaffungsfachkraft Hirnwichser Affenstaat.* Ringsum telefonierten die Redakteure mit ihren scharfen Scheiteln, mit ihren bellenden Dominanzstimmen. Ein älterer Kollege hackte beim Artikelschreiben auf der Tastatur herum, als sei sie eine mechanische Schreibmaschine. Die anderen sollten mitbekommen, wie angestrengt er arbeitete. Im Sport lief ein Live-Spiel mit heruntergedimmtem Ton. An den Plätzen des Feuilletons packte ein hessischer Jungredakteur den gesamten Inhalt seines Rucksacks auf den Schreibtisch und machte davon ein Foto, das er gleich darauf ins Netz stellte.

Peppa ignorierte mich. Kottwitz und Harry waren nicht da. Guido sah nur flüchtig auf. »Fast zweitausend Kommentare im Rückstand. Halt dich ran. Gleich wird noch eine Messerstecherei in einem Duisburger Flüchtlingsheim online gestellt. Und einer von der AfD findet, dass Stauffenberg ein Verräter und Feigling war. Und im Lifestyle gibt's was zu übertriebener Analhygiene.«

Ich machte mich an die Arbeit. User »Plantagenbimbo« war bereits in voller Fahrt: *Das Schandregime der Volksverbrecher versorgt die Mord, Raub, Totschlag, Vergewaltigung und Terror ins Land der Deutschen bringenden Invasionshorden mit Kleidung, mit Verpflegung, mit kostenlosen Bordellbesuchen, mit frei Haus gelieferten Prostituierten – und alles bezahlt vom Geld des deutschen Volkes. – Wacht auf! Wacht auf! Ihr Deutschen! – Der Vorbürgerkrieg ist vorbei. Auf nach Berlin!*

Was war mit Griebsch? Ich wollte sein Gesicht sehen, wollte herausfinden, was er mit Nicks Tod zu tun hatte. Nach Feierabend fuhr ich nicht mit dem 29er nach Hause, sondern mit der U-Bahn ab Alexanderplatz hinaus nach Hellersdorf. Früher Nachmittag, die U-Bahn war gestoßen voll, Hausfrauen, Schüler, Arbeiter, Touristen, die sich verirrt hatten, es roch nach Schweiß, Eile, Hunger, Urin, unterdrücktem Ärger. Einmal sah ich hinten im Abteil einen Haarschopf, der dem von Nick ähnelte, es gab mir einen plötzlichen Stich der Freude, der Erleichterung, dann drehte sich der Mann um, ein völlig fremdes Gesicht blickte mich an. In meinem Kopf hallten noch die Kommentare der Leser nach. *Soll Scheiße regnen auf dieses Pack Kinderfickerpartei sollte mit eisernem Besen aus dem Reichstag mit der Schnellfeuerwaffe ungezielt in die Horden zu schießen, bis sich nichts mehr regt.* Dann wieder Erinnerungsfetzen von Nicks Turnschuhen, unserem Spaziergang, als wir Peppa aus dem Krankenhaus abholten.

In Hellersdorf war für mich Endstation, die Promenade schnell gefunden, halbhohe Plattenbauten mit einer Ladenzeile: Ein-Euro-Shops, Anglerbedarf, Outdoor & Waffen, ein vietnamesischer Imbiss, unter dessen Sonnenschirm zwei Mütter mit ihrem Kinderwagen in Plastikstühlen saßen. Sie trugen Hoodies mit Frakturschriftzügen, dunkelrot gefärbte Haare, schlürften Nudelsuppe. Nebenan eine Änderungsschneiderei, die auch Schuhreparaturen machte, gegenüber Mai Linh Nails American Style. Ein Blumenladen bot Hochzeitssträuße und Grabgestecke an. Ich hatte Nicks Grab seit einer Woche nicht mehr besucht. Zu Asche sollst du werden, zu Staub. Ich war danach nicht mehr zu gebrauchen, hätte nur noch heulen können. Aber rumheulen hilft auch keinem.

Dann die ›Quelle‹. Vor der Gardine klebte der Spruch: *Zuhause ist da, wo man den Bauch nicht einziehen muss.* Die Tür stand offen, ein warmer Höhlengeruch wehte mir entgegen. An der Wand blinkten mehrere Geldspielautomaten. Der Tresen begann gleich neben der Tür, der Wirt stand mit aufgestützten Händen dort, als wartete er bereits seit geraumer Zeit auf mich. Zwei Männer saßen auf Hockern vor der Bar. Im Schankraum waren einige Tische besetzt, sechs oder sieben Männer und Frauen. Griebsch war nicht darunter. Ich bestellte mir einen Kaffee und eine Cola.

»Mach ich Ihnen«, sagte der Wirt.

»Mir haben die Flüchtlinge vor einem Jahr fast das Genick gebrochen«, sagte eine Frau an der Theke. »Ich habe nichts gegen die, aber wie es uns kleinen Geschäftsleuten geht, das interessiert ja niemanden mehr.«

»Dir geht's doch gut mit deinem Laden«, sagte der Wirt. »Was hast du denn mit den Flüchtlingen zu tun, du verkaufst deine Pokale, und gut ist.«

»Schön wär's«, sagte sie. »Die Pokale kauft doch keiner mehr, ich mache jetzt montags schon gar nicht mehr auf. Kommt doch eh keiner.«

»Was erzählst du da für einen Quatsch«, sagte ihr Nachbar. »Dein Laden lief immer gut, die Sportvereine brauchen jedes Jahr Pokale für ihre Meisterschaften, die haben immer bei dir gekauft, palettenweise, hast du selbst gesagt. Und jetzt nicht mehr? Wegen den Flüchtlingen?«

»Wegen den Flüchtlingen«, sagte sie. »Ist so. Weil die nämlich in den Turnhallen sitzen. Weil sie nicht mehr in Afrika sein möchten oder in Aleppo oder was weiß ich, haben sie sich jetzt in unseren Turnhallen ausgebreitet.«

»Irgendwo müssen die ja hin«, sagte der Wirt. »Die Heime waren voll, das nahm einfach kein Ende mehr. Das totale Chaos. Die standen ja Tag und Nacht im Schlamm vor dem Lageso, da gab es ständig Prügeleien mit den Ordnern.«

»Natürlich müssen die da weg«, sagte sie. »Dagegen sage ich ja gar nichts. Aber wieso steckt man die dann in die Turnhallen, wo unsere Kinder Sport machen sollen?«

»Meine Tochter hatte seit Monaten keinen Sportunterricht mehr«, sagte eine Frau aus dem Schankraum. »Dabei ist Bewegung wichtig für die Kinder, die sitzen doch nur noch am Handy und stopfen sich Süßigkeiten rein. Aber den Sportunterricht streichen sie den deutschen Kindern, weil jetzt die Flüchtilanti in den Turnhallen sitzen.«

»Nicht nur den Sportunterricht«, sagte die erste Frau. »Auch die Vereine kommen abends nicht mehr in die Halle rein. Wohnen ja jetzt Menschengeschenke drin. Deshalb gibt's kein Tischtennistraining mehr, kein Kinderturnen, kein Handball, kein Volleyball, kein Karate. Das ist in allen Bezirken so. Und weil es kein Training mehr gibt, machen sie natürlich auch keine Vereinsmeisterschaften mehr. Wo denn auch. Die Turnhallen sind ja bis zum Anschlag geflutet mit Schutzsuchenden. Die hat Mutter Blamage alle zu uns hereingewinkt. Und ich kriege meine Pokale nicht los. Soll ich dir mal meine Abrechnungen vom letzten Jahr zeigen? Die Miete läuft natürlich weiter, Nebenkosten, Gewerbesteuer, das wollen sie ja alles von unsereins haben, egal ob ich meine Pokale und Medaillen loswerde oder nicht. Mir steht das mit den Flüchtlingen bis hier, kann ich dir sagen.«

»Ist gut, Hilde«, sagte der Wirt. »Ist gut. Bei dem Wetter regst du dich nicht so auf, das bekommt dir nicht.«

»Mir bekommt das alles nicht«, sagte Hilde.

»Außerdem holen sie die Flüchtlinge jetzt aus den Turnhallen raus, die kommen jetzt in Containerdörfer«, sagte ihre Nachbarin. »Dann kommen die Vereine wieder rein, und du verkaufst auch wieder deine Pokale.«

»Träum weiter«, sagte Hilde. »Wenn sie die Flüchtlinge aus den Turnhallen holen, was geschieht dann? Ich sag dir, was dann passiert: Die reißen die Turnhallen ab. Die müssen abgerissen werden, weil sie total verkeimt und versifft sind. Die sind nicht dafür ausgelegt, dass da Menschenhorden ständig drin wohnen. Was die aus ihren Kulturkreisen da eingeschleppt haben, will ich gar nicht wissen. Auf jeden Fall müssen sie die Hallen erst mal abreißen und dann neue bauen, ehe sie da die Schulkinder und Vereinssportler wieder reinlassen. Und das kann dauern. Kennt man ja. Ich sage jetzt nicht BER.«

»Der Fisch stinkt vom Kopf her«, sagte ein Mann am Tresen. »Merkel muss weg.«

»Nach Paraguay auf ihre Finca«, sagte eine Frau. »Die hat ja schon vorgesorgt. Kinder hat sie ja nicht, von dem her kann es ihr schnuppe sein, dass dieses Land den Bach runtergeht.«

»Moment mal«, sagte der am Tresen. »Was hat die in Paraguay zu suchen? Die gehört von Rechts wegen vor ein deutsches Gericht. Hochverrat. Die hat einen Eid geschworen, Schaden vom deutschen Volk abzuwenden. Stattdessen wird jetzt das Land geflutet, die Bevölkerung ausgetauscht. Die Frau gehört vor Gericht, meine Meinung.«

Ich rührte in meinem Kaffee, hielt mich aus dem Gespräch heraus. Der Wirt schaute mich an. »Warten Sie auf jemanden?«

»Kann man so sagen«, sagte ich.

»Geht das auch ein bisschen genauer?«

»Auf jemanden, der hier gelegentlich sein Bierchen trinkt«, sagte ich.

»Vielleicht habe ich einen Hörfehler«, sagte der Wirt. »Oder ich bin schwer von Begriff. Oder wir fangen noch mal von vorne an.«

»Im Radio haben sie gesagt, das Bier wird knapp wegen der Hitze«, sagte ein Gast am Tresen. »Weil das Grundwasser sinkt und die Leute immer mehr trinken.«

»Wenn es kein Bier mehr gibt, dann geh ich auf die Barrikaden«, sagte sein Nachbar. »Dann fahre ich nach Dresden und reihe mich ein.«

Sein Nachbar, in einem Deutschlandtrikot von der WM 2006: »Dresden, war ich schon. Steckst den Finger in den Arsch und dresden.« Er lachte. »In Cottbus war ich neulich auch schon, da war richtig Stimmung. Haben wir den Hottentotten mal ordentlich Beine gemacht.«

»Ich warte auf Griebsch«, sagte ich dem Wirt. »Der kommt doch öfter hier vorbei. Ich komme von seiner neuen Firma.«

»Griebsch, kenn ich nicht«, sagte er. »Ruf ihn doch an oder hast du kein Handy.«

»Hab seine Nummer nicht«, sagte ich.

»Ich auch nicht«, sagte er. »Ich kenne den überhaupt nicht.«

»Natürlich kennst du Griebe«, sagte die Frau am Tisch im Schankraum. »Der kreuzt hier doch ständig auf. Der wollte nachher noch kommen, hat Werner gesagt.«

»Dann nehme ich ein kleines Bierchen und warte noch ein bisschen«, sagte ich.

»Tut mir leid«, sagte der Wirt. »Ich mach gleich zu. Gibt kein Bier mehr.«

»Was soll das denn jetzt?«, fragte der Mann am Tresen. »Willst du uns loswerden?«

Griebsch kam herein. Er trug eine glänzende Stoffhose, die von Hosenträgern gehalten wurde. Ein Camp-David-Poloshirt, im Haar eine Sonnenbrille. Er hatte gute Laune, rieb sich die Hände, klopfte auf den Tresen. Ich hatte ihn seit drei Monaten nicht gesehen, der Überbiss war noch da, auch der Bürstenhaarschnitt, die kleinen grauen Augen, die alles sahen.

»Morgen«, sagte er in die Runde. Zum Wirt: »Mach mir mal ein Kleines.«

Die anderen hoben die Hände zum Gruß.

Der Wirt zapfte ihm ein Bier und stellte es ihm hin.

»Du hast Besuch«, sagte er mit einem seitlichen Nicken in meine Richtung.

»Wenn ich in die Hölle komme, dann steigt der Teufel vom Thron und sagt: ›Willkommen daheim, Meister‹«, sagte Griebsch.

»Willkommen daheim«, sagte Hilde.

»Mach dem Mann hier auch ein kleines Pils, geht auf mich«, sagte Griebsch.

»Mach ich«, sagte der Wirt und hielt ein Glas unter den Zapfhahn.

»Lange nicht gesehen«, sagte ich zu Griebsch.

»Irgendwie erinnere ich mich an Sie«, sagte er zu mir. »Aber irgendwie auch nicht. Helfen Sie mir mal. Der Gerichtsvollzieher sind Sie jedenfalls nicht.«

»Hier ist euer Bier«, sagte der Wirt und stellte uns zwei Gläser hin. »Wohlsein.«

»Ich arbeite im Newsroom«, sagte ich. »Ich war heute mit Mike einen Kaffee trinken.«

»Wer ist Mike?«, fragte er.

»Mike, der mit dem breiten Kinn«, sagte ich.

»Ach, Hulk«, sagte er. »Was macht Hulkie?«

»Sein Junge kriegt Zähne«, sagte ich. »Deshalb schläft der Kleine schlecht. Und deshalb schläft auch Mike schlecht. Kann auch am Klimawandel liegen, an der Hitze. Außerdem hat er seinen Job verloren.«

»Mike war nie die hellste Birne im Kronleuchter«, sagte Griebsch.

»Das ist sicher richtig«, sagte ich. »Genau deswegen mache ich mir ja Sorgen. Er ist überhaupt nicht gut auf Sie zu sprechen. Offenbar hat er da was in den falschen Hals gekriegt. Nicht nur Mike. Ich war mit ihm draußen in der Raucherecke. Die Jungs von der Security haben heute ihren letzten Tag gehabt. Die waren alle nicht so gut drauf.«

»Die müssen sich bloß mal kümmern, dann haben sie im Handumdrehen einen neuen Job. Alle rüsten jetzt mit Security auf.«

»Die wollen sich eher um Sie kümmern, war mein Eindruck«, sagte ich. »Erinnerte mich an ein Bündel mit Polenböllern. Irgendwie ist da ein Funke an die Lunte gekommen, jetzt glimmt die Lunte. Man weiß nicht, ob sich die Glut durchfrisst bis zu den Böllern oder unterwegs verreckt. Weißt du nie bei den Polenböllern.«

»Das stimmt«, sagte ein Trinker am Tresen neben uns. »Ich hole mir die immer aus Guben, die Hälfte von denen geht nicht los. Polenpfusch. Aber die andere Hälfte, mein lieber Mann. Wenn die hochgehen, dann reißt es dir die Hand ab.«

»Ich kenne auch jemanden, den es eine Hand gekostet hat, weil er mal einen ärgern sollte«, sagte ich.

»Was du nicht sagst. Mit Polenböllern?«, fragte Griebsch.

»Nein«, sagte ich. »Er sollte jemandem auf den Kopf hauen, ein paar ordentliche Maulschellen verteilen, damit eine andere Firma in Verruf kommt.«

»Totaler Bullshit«, sagte Griebsch. »So was muss ich mir nicht anhören. Das ist überhaupt nicht wahr. Das ist erstunken und erlogen.«

»Das reden die Jungs aber, wenn sie schlechte Laune haben«, sagte ich. »Kann ich doch nichts für. Die sind alle nicht die hellsten Kerzen auf dem Kuchen, da gebe ich dir völlig recht. Aber wenn sie am letzten Arbeitstag in der Raucherecke stehen und ein Bierchen weiterreichen, dann gibt ein Wort das andere. Der Türke hat die Hand verloren. Sie haben ihren Job verloren. Der einzige, der von der ganzen Sache profitiert hat, ist Griebsch. Da zählen die eins und eins zusammen, und wenn sie noch so blöd sind, kommen sie auf zwei. Und dann sagt einer: ›Der trinkt doch immer in der Quelle, da müsste man mal vorbeigehen.‹ Und deshalb bin ich hier.«

»Nett von dir«, sagte Griebsch. »Wäre aber nicht nötig gewesen. Ich komme auch allein klar.«

»Ich dachte nur«, sagte ich.

»Versteh schon«, sagte er.

»Ich habe da nämlich noch was auf dem Herzen«, sagte ich.

»Das nimmt ja gar kein Ende«, sagte Griebsch. »Ich habe heute frei. Ich habe morgen wieder Sprechstunde. Mach mir noch ein kleines Pils, mein Glas ist schon wieder leer. Und ihm auch.«

»Der Türke von dem Containerdorf hat seine Hand verloren«, sagte ich. »Mike hat seinen Job verloren. Aber er hat seinen Sohn, was schön für ihn ist. Ich habe meinen Sohn verloren.«

»O nein«, sagte Griebsch. »Jetzt kommt die Nummer auch noch. Heute ist mein Glückstag.« Er warf dem Wirt einen Blick zu. »Mach dem Mann hier einen Schnaps. Der braucht jetzt einen. Geht auf mich.«

»Danke«, sagte ich. »Tut mir leid, dass ich damit noch ankomme. Der Junge geht mir einfach nicht aus dem Kopf. Als ich eben mit der U-Bahn hergekommen bin, habe ich seinen Haarschopf gesehen, ich war mir völlig sicher.«

»Kann nicht sein«, sagte Griebsch.

»Dachte ich auch«, sagte ich. »War er natürlich nicht. Weißt du, wie oft mir das passiert? Ständig. Ich sehe ihn auf der Straße, in einem Späti, in der U-Bahn. Er geistert überall herum. In meinem Kopf. Und eigentlich liegt er auf dem Friedhof, und da traue ich mich nicht hin. Und der Typ, der ihn auf dem Gewissen hat, läuft frei herum. Den sehe ich eben nicht.«

»Da müsste die Polizei vielleicht mal ermitteln«, sagte Griebsch. »Kann doch nicht so schwer sein.«

»Offenbar doch. Niemand weiß was. Da dachte ich, vielleicht weißt du was. Weil Kottwitz sagte, der Junge habe dich ziemlich gelöchert im Januar und als das mit der Kollegin passierte. Das hat dir gestunken, sagte Kottwitz.«

Griebsch seufzte. »Na toll. Wenn ich das richtig verstehe, dann bin ich nicht nur dafür verantwortlich, dass Mike seinen Job verloren hat und die anderen auch, und der Türke seine Hand. War's das? Nein, warte, jetzt hab auch noch deinen Sohn auf dem Gewissen. Oder sehe ich das falsch. Und vielleicht habe ich auch noch Schuld an der Flüchtlingskrise und am Holocaust.«

»Ich kann's nicht mehr hören«, sagte der Trinker am Tresen. »Ständig kommen die mit dem Holocaust, das muss doch auch mal gut sein. Ich war damals noch gar nicht geboren!«

Griebsch legte mir eine Hand auf den Arm und schob das Schnapsglas in meine Richtung.

»Vorschlag zur Güte: Trink deinen Pfeffi, dann geht es dir besser, und dann erzähle ich dir, wie es wirklich war. Echt. Ich erzähle dir alles, was ich weiß. Versprochen. Großes Indianerehrenwort.«

Ich leerte das Glas mit einem Zug, der Nachgeschmack war scharf und unangenehm. Der Wirt sah mir zu, wie ich das kleine Glas wieder absetzte.

»Mach ihm noch ein Bierchen, das tut gut bei der Hitze«, sagte Griebsch. »Ich kann gar nicht genug davon kriegen nach Feierabend. Das verdunstet geradezu.«

Einer am Tresen sagte: »Die haben den Christopher Street Day abgesagt. War zu warm.«

»Ich muss mal kurz pissen gehen«, sagte ich.

»Nur zu.«

Er wies mir den Weg quer durch den Schankraum zum Hinterzimmer. Ich ging an den Dart-Automaten vorbei, an einer Reihe von schimmernden Pokalen. Stieß die Tür zur Toilette auf, es roch nach Urinstein. Mir war schlecht. Mein Gesichtsfeld hatte jetzt einen schwarzen Rahmen, der zu pulsieren begann. Widerwärtige Kopfschmerzen setzten ein, grelle Krämpfe hinter der Stirn, ich wollte meinen Schädel gegen die Wand schlagen, damit die Schmerzen aufhörten, doch mit jedem Atemzug wurden sie nur noch schlimmer. Der schmale Gang vor mir schien zu atmen, öffnete sich, saugte mich auf, ich taumelte vorwärts, suchte das Männerklo, aber ich konnte die Aufschrift an der nächsten Tür nicht mehr lesen, meine Beine gaben nach.

## 19

Mein Kopf zersprang in Zeitlupe. Bilder fluteten auf, manche körnig, andere überscharf. Ein Raum, der sich dehnte und öffnete, ein Schankraum, vorn die Theke, auf drei Barhockern die Trinker, die gebeugt in ihre Gläser schauten, der Raum verengte sich zu einem Schlauch, rund und rötlich wie eine Speiseröhre, an den Tischen grölten sie. Gesichter beugten sich über mich und lachten, ich sah ihre Zahnlücken, verfaulten Stümpfe, dunklen Füllungen, Stahlstifte, Brücken, ein Gaumensegel. Ihr Speichel tropfte auf mich. Abwenden konnte ich mich nicht.

Die Stimme von Griebsch war verzerrt. »Ich mag ihn nicht. Irgendwie mag ich ihn nicht. Hab ihn nie gemocht.«

»Was will der eigentlich hier?«, sagte der Wirt. »Was hat die Zecke hier zu suchen?«

»Steckst ihm den Finger in den Arsch und dresden«, sagte ein Mann.

»Du rührst ihn nicht an«, sagte Griebsch. »Wir schaffen ihn weg.«

Er beugte sich zu mir und flüsterte in mein Ohr: »Wir schaffen dich weg wie deinen Sohn, du blöder Wichser. Du nervst nämlich genauso wie dein Scheißsohn.«

»Ich mach ihm noch ein Schnäpschen klar«, sagte der Wirt. »Dann kriegt er nichts mehr mit. Tut ihm nichts mehr weh.«

»Der ist eh hinüber«, sagte Griebsch.

Meine Pupillen bewegten sich nicht.

Sie schleiften mich an den Füßen durch den Flur in den Innenhof, mein Kopf schlug auf jeder Stufe auf.

Das waren Erinnerungen. Der Motor lief im Leerlauf. Jetzt spürte ich kühle Luft, hielt die Augen geschlossen, atmete flach. Meine Arme waren an meinen Körper gepresst, meine Hände taub. Eine Wagentür wurde aufgerissen.

»Wir hätten Kabelbinder nehmen sollen«, sagte Griebsch. Seine Stimme hörte sich klarer an. »Wieso hast du keine Kabelbinder in deinem Scheißladen.«

»Der kriegt nichts mehr mit, verlass dich drauf«, sagte eine andere Stimme. »Fass an, das Schwein ist schwer wie Sau.«

Sie zogen mich aus dem Auto, hievten mich über ein Geländer, ich fiel. Erst jetzt riss ich die Augen auf.

Im gleichen Moment klatschte ich auf die Wasseroberfläche und ging sofort unter. Ein Sack Mensch. Tauchte im Wasser unter, begann mit den Beinen zu zappeln, wollte schwimmen, die Arme ausbreiten, mich wieder an die Oberfläche bringen, Luft schnappen.

Die Beine bekam ich zuerst frei, strampelte mich los, was immer sie genommen hatten, um sie festzubinden, rutschte ab, während ich Wasser schluckte und verzweifelt versuchte, nach oben zu kommen, an die Luft. Der Körper weiß, was er braucht. Ich sah nichts, doch endlich durchbrach ich das Wasser und reckte meinen Kopf in die Nachtluft.

Atmete.

Schaute mich um. Die Szenerie kannte ich: die Elsenbrücke, dahinter die roten Lichter der Oberbaumbrücke, weiter hinten ragte die kleine helle Nadel des Fernsehturms auf. Sie hatten mich fast vor meiner Haustür abgesetzt.

Meine Beine hatten gut zu tun, mich oben zu halten, während ich daran arbeitete, meine Arme frei zu bekommen. Ich konnte mich über Wasser halten, kam aber nicht vorwärts, und ich wusste nicht, wie lange ich es schaffte, dem Sog nach unten zu widerstehen. Sie hatten keine Kabelbinder benutzt, um meine Hände zu fesseln. Die Mühe hätten sie sich vielleicht doch machen sollen, denn ich bekam meine Arme frei und begann in Richtung Ufer zu schwimmen. Das waren Bewegungsabläufe, die nach dem jahrelangen Training wie von selbst abgerufen wurden. Ich musste nichts tun, nur schwimmen, den Kopf über Wasser halten.

Meine nächste Versorgungsstation war im Plänterwald, das war mir zu weit entfernt. Ich stieg am Kai der Ausflugsdampfer an Land. Wie spät war es? Vielleicht Mitternacht, die Luft war immer noch schwül. An der Uferpromenade saßen junge Leute in Gruppen zusammen, auch hinten auf den Rasenflächen des Parks. Hörten Musik, rauchten ihre Joints, waren mit ihren immer gleichen Paarungsspielen beschäftigt, es war Sommer, ein Jahrhundertsommer, ein Scheißsommer.

Ich stieg aus dem Wasser und zog mich aus. Die Jugendlichen in meiner Nähe verstummten und sahen mir zu. Meine nassen Klamotten klatschten auf den Steg. Die Unterhose behielt ich an. Als ich mich aufrichten wollte, wurden mir die Knie weich, ich stützte mich ab, atmete schwer. Eine Welle von Übelkeit brandete in mir auf, ich spie einen wässrigen Strahl auf den Betonsteg vor mir.

»Was ist das denn für ein Spinner«, sagte eine Frau.

»Brauchst du Hilfe, Meister?«, fragte ein Mann.

»Alles gut«, sagte ich. »Bloß eine Einsatzübung der Marine. Bleibt ruhig sitzen, dann passiert euch nichts.«

»Sehr witzig«, sagte der Mann.

Ich lief barfuß nach Hause, meine Füße kannten den

Weg. Auch im Görlitzer Park saßen die Jugendlichen in Horden, hörten Musik und ließen kleine Feuer brennen, die Dealer machten in diesen Sommernächten das Geschäft des Jahres. Früher hatte auch Nick unter den Partyleuten gesessen, und ich hatte ihn in vielen Nächten gesucht, um ihn da rauszupauken, ihm die Joints aus der Hand zu schlagen, sein ständiges Kiffen hatte mich auf die Palme gebracht. Seine trägen Blicke, wenn ich ihm Vorhaltungen machte. Jetzt hätte ich was darum gegeben, wenn er einer von ihnen gewesen wäre, einer von denen, die mit runden Rücken auf dem Boden hockten, Händchen hielten mit den Mädchen, den Joint weiterreichten und keinen Gedanken an ihren Dispokredit verschwendeten, an den kommenden Blackout.

Um fünf Uhr war ich wieder wach, hatte von Griebsch geträumt, seinem grinsenden Gesicht, als er sagte: *Du nervst genauso wie dein Scheißsohn*. Ich zog mich an, steckte die Glock ein und ging aus dem Haus.

»Du siehst nicht gut aus, Langer«, sagte Ahmad, als ich in seine Bäckerei kam. »Ich sage es nicht gern, aber du siehst echt nicht gut aus. Du solltest dich hinlegen und mal ausschlafen. Geh heute nicht arbeiten, kümmere dich mal um dich.«

»Zwei Brötchen und einen Kaffee«, sagte ich.

»Kein Apfel heute?«

»Ich gehe heute nicht arbeiten«, sagte ich und setzte mich auf einen seiner Aluminiumstühle, auf denen tagsüber seine türkischen Freunde saßen. »Ich habe heute frei. Kaffee und Käsebrötchen.«

»Sehr vernünftig«, sagte Ahmad. »Endlich hört mal jemand auf mich.«

Draußen fuhr der 29er vorbei, ich ließ ihn fahren.

»Ahmad«, sagte ich, als er mir die beiden Brötchen hinstellte, dazu den Kaffee, Zucker und ein Plastikstäbchen zum Umrühren. »Ahmad, ich hab mal eine Frage. Vielleicht kannst du mir helfen.«

»Nein«, sagte er. »Vergiss es. Neulich war Volkan hier. Und Volkan war sauer, das kann ich dir sagen. Richtig sauer. Das mit dem Job hat offenbar nicht so geklappt, wie er sich das vorgestellt hatte.«

»Nein, das hat nicht geklappt«, sagte ich. »Volkan hat mich nicht überzeugt.«

»Das kann ich durchaus nachvollziehen, Langer«, sagte Ahmad. »Ohne Scheiß, das verstehe ich. Aber jetzt bleibt das an mir hängen. Jetzt ist Volkan auf mich sauer, weil ich dir den Kontakt zu ihm vermittelt habe, verstehst du. Jetzt hänge ich da mit drin und er macht mich schlecht vor meinen Leuten und seinen Leuten, und wenn ich auf die nächste türkische Hochzeit gehe, dann kann es sein, dass ich mal an die frische Luft gebeten werde, wenn ich grade mit Funda was besprechen will. Alter, ich stehe auf Funda. Und dann stehen da Volkans Freunde, die was mit mir besprechen wollen. Und die nehmen einen Quarzer, damit ich auch verstehe, was sie mir sagen wollen. Das möchte ich nicht. Ich muss auch mal an mich denken. Ich möchte deine Frage nicht hören. Du gibst mir vier Euro für die Brötchen und den Kaffee, dann sind wir quitt und bleiben Freunde.«

»Ich brauche einen Baseballschläger«, sagte ich.

»Ich habe keinen Baseballschläger«, sagte er.

»Natürlich hast du einen Baseballschläger.«

»Du meinst, jeder Türke hat einen Baseballschläger in der Ecke zu stehen?«, sagte Ahmad. »Du tust mir echt leid. Geh nach Hause.«

»Nur geliehen«, sagte ich. »Ich gebe dir fünfzig Euro, kannst du behalten, ich bringe ihn nachher zurück.«

»Willst du mich verarschen?«, fragte er. »Du willst ihn doch nicht ausleihen, um Frieden zu schaffen. Du bist auf Blut aus. Und dafür willst du fünfzig Euro ausgeben? Was für ein trauriger Geizhals bist du?«

»Okay«, sagte ich. »Kein Problem. Ich gebe dir hundert Euro. Du hast ihn in zwei Stunden zurück, und es klebt kein Tropfen Blut daran, versprochen.«

Ahmad seufzte. »Ich muss noch mal in die Backstube. Ich lass dich hier nicht gern allein. Wenn du mit dem Kaffee fertig bist, stell die Tasse drüben ab, schau nicht in die Ecke, nimm nichts weg, leg mir keinen grünen Schein hin, verschwinde einfach.«

Ich trank meinen Kaffee aus, legte ihm den Hundert-Euro-Schein unter die Kasse und nahm den Schläger mit. Handschuhe wären auch gut gewesen, aber Handschuhe waren nicht dabei.

Es war längst wieder hell, als ich in Hellersdorf vor der ›Quelle‹ stand. Die Geschäfte der Ladenzeile hatten noch nicht geöffnet, die Kneipe lag dunkel da. Rollläden hatten sie nicht. Ich nahm den Baseballschläger in beide Hände und holte aus. *Zuhause ist da, wo man den Bauch nicht einziehen muss*. Ich zog meinen Bauch nicht mehr ein, setzte unten links an, dachte an Griebsch und legte alle Kraft in den ersten Schlag.

Als Student hatte ich mehrere Sommer lang als Bauhelfer gearbeitet und Tag für Tag mit einem Vorschlaghammer Wände niedergelegt. Man beginnt unten in der Ecke, setzt eine Reihe von Schlägen, die die unteren Steine wegsprengen, dann kommt die Wand ganz von selbst herunter, sie folgt dem Ruf der Schwerkraft. Der Baseballschläger war mein Vorschlaghammer. Die Scheibe zersplitterte schon beim dritten Schlag, die Scherben rauschten wie ein Regenguss auf den Gehweg. Es machte weniger Lärm, als ich befürchtet hatte. Jetzt konnte ich durch die Öffnung des Fensterrahmens klettern, riss die Gardine beiseite, stieß zwei Hocker zu Boden und war drin.

Ich roch die abgestandene Bierluft, den kalten Zigarettenrauch dieser Höhle und nahm mir zuerst die Bar mit der Spiegelwand vor. Dort standen sorgfältig aufgereiht die Flaschen mit Whisky, Tequila, Rum, Gin, Korn und Cognac. Am Abend zuvor waren sie durch eine glimmende Lichterkette noch eigens angestrahlt gewesen. Ich nahm die Keule in beide Hände und führte sie wie ein japanischer Krieger sein Schwert hoch über den Kopf, ehe ich sie niederfahren ließ. Das Rundholz schnitt von oben nach unten durch die gläsernen Regalplatten. Die Flaschen sprangen mir entgegen, stürzten zu Boden und zersplitterten mit überraschender Wucht. Ein scharfer Geruch breitete sich aus. Die winzige Flamme eines Streichholzes hätte genügt, den ganzen Laden in Flammen zu setzen. Zwei Hiebe auf den Zapfhahn ließen den Bierschaum herausspritzen.

Ich mähte mit dem Schläger durch die Biergläser auf der Ablage neben der Spüle, verpasste der Kaffeemaschine einen Schwinger. Aus dem Handgelenk gab ich dem kleinen Globus, der am Rand der Theke stand und von innen beleuchtet war, eine Schelle mit dem Schläger. Das Licht erlosch, Afrika wurde in den hohlen Innenraum der Erde gedrückt, Europa zerschmettert.

Dann war das Hinterzimmer dran. Mit einem Vorschlaghammer wären die zwei großen Dart-Maschinen einfacher zu knacken gewesen, dafür eigneten sich die Pokale für den Baseballschläger. Ich nahm jeden einzeln auf, warf ihn in die Luft und schlug ihn durch den Schankraum. Die Pokale klatschten mit einem blechernen Seufzer gegen die Toilettentür.

Als ich fertig war, stand eine kleine Frau in der Tür, asiatisches Gesicht. Vietnamesin vielleicht. Sie hatte ihre Hände, in denen sie noch den Schlüssel hielt, vor dem Bauch gefaltet und betrachtete den verwüsteten Raum.

»Guten Morgen«, sagte sie. »Ich komme putzen.«

Ich nickte. »Morgen.«

Sie kam mit einem Zögern einen Schritt näher. Die Glasscherben knirschten unter ihren Sohlen.

»Sie müssen heute nicht putzen«, sagte ich. »Das bringt nichts. Der Chef muss hier erst mal aufräumen. Wie wollen Sie hier putzen? Sieht ja aus wie bei Hempels unterm Sofa. Ich denke, das will er lieber allein machen.«

»Vielleicht Polizei rufen? Alles kaputt hier.«

»Keine schlechte Idee«, sagte ich. »Wenn Sie das möchten, können Sie das gern tun. Ich habe nicht die Zeit. Wissen Sie, wie lange das heutzutage dauert, bis die Beamte schicken? Schon bei Notrufen? Die sind total überlastet. Und das hier ist noch nicht mal ein Notfall. Mir geht's gut. Ihnen geht's gut. Dem Chef geht's auch gut, wenn er hier Ordnung schafft, war eh mal wieder nötig. Aber meinetwegen können Sie gern die Bullen holen, ich habe mein Handy leider nicht dabei.«

»Mein Handy ist leer«, sagte sie.

»Dann ist natürlich schlecht«, sagte ich.

»Ich kann auch in Mai Linhs Nagelstudio putzen gehen«, sagte sie und zeigte zur Erklärung ihre Fingernägel vor. »Kann ich auch machen, kein Problem. Komme ich morgen wieder. Heute Mai Linh, morgen hier.«

»Einverstanden«, sagte ich. »Dann eben so.«

Wir standen auf der Hellersdorfer Promenade und verabschiedeten uns. Außer uns beiden war noch niemand unterwegs.

## 20

Griebsch war nirgends zu finden. Offenbar ging er davon aus, dass ich nachhaltig entsorgt war. Auch der Wirt der ›Quelle‹ schickte niemanden von der Polizei vorbei, obwohl ich ganz normal im Newsroom weiterarbeitete. Wenn man bei den Temperaturen noch von normal reden konnte. Mittags war es jetzt an die vierzig Grad auf dem Vorplatz, die Klimaanlage im Newsroom gab den Geist auf. Die Fahrstühle streikten, nur der Paternoster fuhr unermüdlich seinen Umlauf.

Hitzefrei gab es drüben in der Senatsverwaltung, aber nicht im Newsroom. Kottwitz reagierte barsch, als der Betriebsrat ihn nach Hitzefrei fragte. »In Afghanistan waren es fünfzig Grad, wenn wir auf Streife gefahren sind, da hat niemand gemurrt.« Immerhin gab er mittags eine Runde Eis für alle aus.

Die Stimmung war angespannt. Bei den Redakteuren, bei den Lesern. *Alle ins Massengrab Dreckskanaken niemand der sich dieser Flut entgegenstemmt*. Die Polizisten an der ungarischen Grenze hetzten ihre Hunde auf die Flüchtlinge. In den Transitzonen zwischen Ungarn und Serbien ließ man sie wochenlang auf die Abschiebung warten und reduzierte ihre Mahlzeiten drastisch. Die Kommentarschreiber reagierten begeistert darauf. *Das brauchen wir auch bei uns, dann müssen wir nicht jede Woche zusammengetretene und abgestochene Menschen in die Notaufnahme fahren.* Dreißigtausend Postings täglich. Approve, delete, delete, delete. *Der Tag der Abrechnung wird kommen. Eines Tages werden die Menschen nicht mehr in ihren Häusern bleiben, sondern zur Jagd ausschwärmen und sich zur Wehr setzen.*

»Mir reicht's«, sagte Guido, als er zum Frühdienst kam und seine Sporttasche auspackte. »Ich muss mir diesen Scheiß nicht länger antun. Weißt du was? Jetzt haben sie auch unsere Turnhalle zugemacht. Nein, das darf man ja nicht sagen. Wir öffnen uns ja. Wir haben ja eine Willkommenskultur. Immer hereinspaziert, liebe Syrer, liebe Marokkaner und sonstige Wüstenfüchse. Wir haben uns monatelang gegen eine Schließung gewehrt, unser Schatzmeister kannte einen der Bearbeiter im Bezirksamt, der konnte die Akte immer verschieben. Jetzt haben sie ihn umgesetzt, und unsere Turnhalle wird zugemacht, unser Verein steht im Regen.«

»Schöner Scheiß«, sagte ich. »Was wird jetzt aus deiner Vorhand? Könnt ihr woanders trainieren?«

»Sicher können wir das«, sagte Guido. »Wir können abwandern zu den Betonplatten in den Parks, wo die Hipster spielen. Bei vierzig Grad im Schatten. Bei Windböen und Kötern, die einem zwischen den Beinen herumrennen. Weißt du was? Ich tu mir das nicht länger an. Ich will mich nicht in einen Park vertreiben lassen. Ich habe diese Turnhallen mit meinen Steuergeldern bezahlt, die Tischtennistische mit meinen Vereinsbeiträgen finanziert, und wir haben uns erstklassiges Material geleistet, das kann ich dir sagen, wir haben uns nicht lumpen lassen. Damit spielen jetzt die lieben Flüchtlingskinder. Ich mache das nicht länger mit. Es muss auch mal Schluss sein.«

»Ach komm«, sagte ich. »Das wird nicht ewig so gehen. Wir schaffen das.«

»Ich nicht, ich bin raus«, sagte Guido. »Schafft ihr das doch. Ich wandere aus. Kottwitz hat mir eine Abfindung angeboten, die nicht schlecht ist. Ich hau ab.«

»Kanada?«, fragte ich. Die meisten unserer Leser wollten dorthin auswandern, neuerdings interessierten sich einige auch für Ungarn und Polen.

»Nein«, sagte Guido. »Japan. Da musst du nicht lange überlegen. Es geht nichts über Japan. Die haben eine vernünftige Tischtenniskultur, die lassen keine fremden Völker in ihr Land, die U-Bahn bei denen ist sauber und pünktlich, und die Schulmädchen haben diese Uniformen, diese Röcke und Kniestrümpfe.«

»Guido«, sagte ich.

»Ich will jetzt nichts hören«, sagte er. »Kann mir schon denken, was jetzt kommt. Kannst du dir sparen. Ich finde das hübsch. Wir hängen schon wieder um zweitausend Kommentare nach.«

User »Plantagenbimbo« wurde persönlich: *Leck mich, System-Arschloch. Und zwar vor dem Duschen. Und jetzt schnell wieder in IM Erikas Mumu zurückkriechen. – Wenn eure Redaktion vom Volk abgebrannt wird, mach ich eine Flasche Sekt auf! Wenn ihr Presstituierten noch drin seid, auch gern zwei!*

Später sagte Guido: »Übrigens habe ich Willy getroffen, er lässt grüßen. Anscheinend hast du ihm gefallen. Er hätte da was für dich, sagt er. Warst du mal bei ihm zu Hause? Seine Wohnung ist der Hammer. Dagegen ist deine Raviolidosensammlung noch harmlos. Du hortest Ravioli, er bunkert Waffen.«

»Kann ich mir vorstellen«, sagte ich. »Willy steht auf Waffen.«

»Das kann man wohl sagen. Er hat zwei Zimmer, die sind beide total vollgestellt mit Waffen und Munitionskisten. Armbrust an der Wand, Hellebarde, alter Vorderlader. Ein asiatischer Krummsäbel, ein nachgemachtes Samurai-Schwert. Das ganze Gelumpe hängt da an der Wand. Und das ist erst der Anfang, buchstäblich das ganze Zimmer ist vollgestopft mit Zwillen, Revolvern, Luftgewehren. Speere und Äxte. Maschinenpistolen aus sowjetischen Armeebeständen. Der hat sogar ein schrottiges Maschinengewehr. Eierhandgranaten liegen da rum. Ich wollte da so schnell wie möglich wieder raus. Willy sagt, er braucht das für die kommenden Aufstände. Aber ohne mich, ich bin Tischtennisspieler, weiter nichts.«

»Wieso gehst du eigentlich nicht nach China?«, fragte ich. »Von wegen Tischtennis, meine ich.«

»Wegen der Luftverschmutzung«, sagte er. »Informierst du dich überhaupt nicht? Da bist du innerhalb von zwei Jahren hinüber. Nein, ich gehe nach Japan. Die Schulmädchen da stehen auf alte weiße Männer. Jedenfalls, was Willy angeht, er sagt, sie treffen sich am 15. Juli am Reichstag, falls du Lust hast hinzukommen.«

»Wüsste ich jetzt nicht, was ich da soll«, sagte ich.

»Ich sag ja nur«, sagte Guido.

»Na klar gehen wir da hin«, sagte Peppa, die hereingekommen war und den letzten Teil unseres Gesprächs mitgehört hatte. »Willy hat was für mich, da warte ich schon lange drauf. Ich werde am 15. Juli da sein.«

»Dann ist ja gut«, sagte Guido.

»Was war das mit den Schulmädchen?«, fragte Peppa. »Habe ich da was verpasst?«

»Guido will uns verlassen«, sagte ich. »Er geht nach Japan.«

»Wenn ich die Abfindung kriege«, sagte er.

Kottwitz schaute zu uns herüber, er mochte es nicht, wenn die Mitarbeiter lange miteinander redeten, statt zu arbeiten. Im Newsroom herrschte jetzt konzentriertes Schweigen, alle Redakteure waren mit ihren Stücken beschäftigt, nur hinten telefonierten sie flüsternd. Über dem Atlantik hatte sich ein riesiges Tiefdruckgebiet gebildet, das sich innerhalb weniger Stunden zu einem tropischen Hurrikan auswuchs und mit Windgeschwindigkeiten von über zweihundert Stundenkilometern Kurs auf die Karibik und Florida nahm. Es war eigentlich noch viel zu früh für Tropenstürme, die Amerikaner rüsteten sich panisch vor dem Angriff, vernagelten ihre Supermärkte und Häuser, standen in kilometerlangen Staus auf dem Weg ins Hinterland. In Europa hingegen blieb die Hitze unverändert hoch, der halbe Kontinent lag wie unter einem glühenden Waffeleisen, das sich nicht hob. Peppa und Guido setzten sich Kopfhörer auf, um Musik zu hören. Der Chor der Leserstimmen breitete sich in meinem Kopf aus. *Deutschland ist inzwischen zur Resterampe und Müllkippe unterentwickelter und barbarischer Kulturen und Kreaturen verkommen. – Wir haben die Schnauze endgültig voll!*

Peppa holte mich am Sonntag darauf ab. »Zuletzt habe ich hier mit Nick gestanden«, sagte sie. »Du hast uns nicht reingelassen.«

»Ich lasse dich heute auch nicht in die Wohnung«, sagte ich. »Wir gehen zum Reichstag und treffen Willy.«

»Ist ja gut«, sagte sie. »Mach dir bloß keine Sorgen, dass dir jemand die Ravioli wegessen könnte.«

Wir waren um halb neun am Reichstag, die ersten Touristen standen in der Warteschlange zur Besichtigung der Kuppel. Polizisten in Kampfmontur sicherten die Eingänge. Fliegende Händler boten den Wartenden Kaffee, Laugenbrezeln, Deutschland-Hüte und Wassereis an. Von Willy keine Spur.

»Der hat uns reingelegt«, sagte Peppa. »Habe ich mir schon gedacht, dass man sich nicht am Sonntagmorgen vor dem Reichstag trifft, um eine Waffe zu verkaufen. Dabei brauche ich eine. Erinnerst du dich an Volkan? Dem bin ich neulich in der Reichenberger über den Weg gelaufen, ihm und seinem Hund. Er nimmt mir das offenbar immer noch übel mit der Hand, hat irgendwas gebrüllt, er würde mir das noch heimzahlen. ›Komm doch rüber‹, hab ich gesagt. ›Komm doch rüber, dann reden wir.‹ Hat er sich nicht getraut. Und ehrlich, ich war froh. Der hat nur noch eine Hand, aber der hat diesen Hund. Guck mal, da kommt Willy.«

Tatsächlich betrat um kurz vor neun Uhr eine kleine Gruppe von zehn Leuten den Rasen vor dem Reichstag und formierte sich um einen Mann in Jeans und Blazer, der ein Schriftstück mit goldener Kordel hielt. Rechts hinter ihn stellte sich ein dicker Mann und entrollte eine selbstgefertigte schwarz-weiße Fahne, in deren Mitte ein Adler mit weit gespreizten Krallen abgebildet war.

»Was soll das denn werden«, sagte Peppa.

»Die sehen aus wie Reichsbürger«, sagte ich. »Wahrscheinlich haben sie Ärger mit ihren Gerichtsvollziehern, weil sie seit Jahren keine Steuern oder Rundfunkgebühren gezahlt haben. Die Zeit des Redens ist vorbei. Die machen jetzt Nägel mit Köpfen. Pass auf, das wird ein historischer Moment.«

»Hätte ich nicht von Willy gedacht«, sagte Peppa. »Mich

lässt er mit der Waffe warten, bis ich schwarz werde, aber hier einen neuen Staat ausrufen, dafür hat er Zeit.«

Willy stand zehn Meter vor der Gruppe und arrangierte sie mit knappen Anweisungen zu einem Gruppenbild. Er trug eine selbst gefertigte Uniform, um die Hüften spannte sich ein Gürtel mit Waffenholster, Trinkflasche und Offiziersdolch. Mit seiner Handykamera hielt Willy die Zeremonie fest. Der Mann in der Mitte entrollte nun sein Schriftstück und begann mit stockender Stimme die Verlesung.

»Heute erfolgt hiermit die Ausrufung und die Einsetzung der verfassunggebenden Versammlung für das Völkerrechtssubjekt Freistaat Preußen in den rechtswirksamen Stand. Das entstandene Völkerrechtssubjekt im aktuellen Rechtsstand der verfassunggebenden Versammlung besteht aus dem Gebiet in den Grenzen vom 8. April 2018 nach ISO 3166 Schrägstrich 2 Doppelpunkt DE für Deutschland. Dieses Gebiet ist der Geltungsbereich der verfassunggebenden Versammlung und gleichermaßen des Völkerrechtssubjekts Freistaat Preußen.«

Während er las, stand die Gruppe nahezu reglos. Vier Frauen waren darunter, sie alle hatten ein wissendes Lächeln im Gesicht. Eine trug ein etwa zweijähriges Kind auf dem Arm; es starrte wie in Trance ins Leere. Die fünf Männer hingegen hatten Haltung angenommen, Hände an der Hosennaht, die Mienen entschlossen. Im Hintergrund liefen Hunde hin und her. Ihre Herrchen standen im Gespräch und ließen die losen Leinen in der Luft kreisen. Eine Gruppe spanische Touristen kam aus einem Stadtrundfahrtenbus und betrachtete die kleine Gruppe auf dem Rasen. Die Stimme des Vorlesers trug nicht weit, sie wurde weitgehend übertönt vom Krächzen der Krähen, die sich in den Baumwipfeln des Tiergartens niedergelassen hatten. Der Träger des preußischen Banners hatte einen schwarzen Hund dabei, der unruhig, aber gehorsam an der Seite seines Herrchens stand.

Der Vorleser hob noch einmal seine Stimme. »Wir sind hier und heute zusammengetreten mit dem beschränkten Auftrag, den gemeinsamen Rechtsrahmen, die völkerrechtliche Unantastbarkeit, die Binnenwirtschaft sowie die Außenbeziehungen in Form von aktiver Friedensdiplomatie zum Wohle aller souveränen Menschen im preußischen Gebiet zu errichten. Im Angesicht des Reichstags zu Berlin, am achten Tag des siebten Monats des Jahres 2018.«

Hierauf spendeten die anwesenden zehn Leute, die dem Verkünder der Urkunde zur Seite gestanden hatten, starken Applaus, einige riefen »Jawohl!« und »Super!« Jemand hob eine Faust. Der Fahnenträger tätschelte in einer Aufwallung seiner Gefühle seinen Hund. Sein Nachbar hielt so lange die Fahne Preußens hoch. Die Frauen wischten sich Tränen aus den Augen. Das Kind wollte runter und lief einem herrenlosen Luftballon nach, der über den Rasen trieb.

Eine der Frauen rief in Richtung Reichstag: »Leute, unser Albtraum ist vorbei. Wir sind frei! Seid alle frei von Angst. Seid ruhig und besonnen. Ich habe offiziell die Bundesrepublik Deutschland – Finanzagentur GmbH mit HRB 51411 samt Frau Angela Merkel angezeigt wegen unterlassener Hilfeleistung. Mit diesem Tag hört die alte Welt auf und die Verfassung des Freistaats Preußen tritt hiermit in Kraft. Jede Zahlung von Zinsen, Steuern und Hypotheken ist ab diesem Tag eine offizielle Schenkung an die Regierungen der Welt. Die BRD ist nichts als eine GmbH, unzählige Menschen sind zu Unrecht zu Geld- und Gefängnisstrafen verurteilt worden, aber das ist nun vorbei. Eure GEZ-Schulden sind hinfällig.«

Nun klatschten auch Peppa und ich. Wir standen hinter Willy, der immer noch filmte.

»Ich stelle das nachher ins Netz«, sagte er. »Dann sollt ihr mal sehen, das wird millionenfach geklickt.«

»Ich dachte, du hast was für mich«, sagte Peppa. »Wir waren doch so verblieben. Ich übe ein bisschen zu Hause, du kümmerst dich um eine passende Waffe für mich. Ich habe da auf dich vertraut, Willy. Ich habe auch fleißig geübt.«

»Du verstehst das nicht«, sagte er. »Ich hatte viel um die Ohren mit der Staatsgründung. Wir haben die Proklamation formuliert und mit unseren Freunden in Mecklenburg abgestimmt. Ein Schattenkabinett zusammengestellt. Entsprechende Briefe an Putin und Trump verschickt, um unsere Souveränität wiederzuerlangen. Da müssen alle Rädchen ineinandergreifen und rein egoistische Motive auch mal zurückstehen.«

»Ich höre wohl nicht richtig«, sagte Peppa. »Nur weil ich nicht ständig von entwicklungsverzögerten Intensivtätern angemacht werden will, bin ich plötzlich egoistisch? Ich will meinen Körper schützen, um dem deutschen Volk reinrassigen Nachwuchs gebären zu können.«

»Eines nach dem anderen«, sagte Willy. »Das sind doch nun wirklich Einzelinteressen. Im Freistaat Preußen kann man darauf zunächst keine Rücksicht nehmen.«

»Das fängt ja gut an«, sagte Peppa. »Ich weiß nicht, ob ich eurem Verein überhaupt beitreten möchte, wenn das so ist.«

»Du musst nicht beitreten, du gehörst ab jetzt dazu«, sagte er. »Und du auch, Noack. Reiht euch ein! Feiert mit uns. Wir gehen gleich zum Kanzleramt, um die Amtsgeschäfte von Merkel zu übernehmen.«

»Heute ist schlecht«, sagte ich.

»Das enttäuscht mich jetzt«, sagte er. »Mir war, als wären wir so verblieben, dass du die Sache mit deinem Sohn regelst und dann zu uns kommst. Bist du mit der Glock zurechtgekommen?«

»Das kannst du vergessen«, sagte Peppa. »Seine Glock liegt neben seinen Raviolidosen. Hätte ich dir gleich sagen können.«

»Ich bin dran«, sagte ich. »Noch nicht durch damit, aber dran.«

»Das sagen sie alle«, sagte Willy. »Mit Leuten wie dir kann man keinen neuen Staat aufbauen. Ihr seid einfach degeneriert. Vollkaskoschwächlinge. Ihr tut mir leid.«

Die Gruppe bewegte sich langsam auf uns zu, der Mann im Blazer rollte sein Schriftstück zusammen und wischte sich mit einem Taschentuch die Stirn ab. Die Fahne mit dem Adler wehte hoch erhoben in der trockenen Luft.

»Wir wären dann so weit«, sagte der Fahnenträger. »Wir gehen jetzt zu Merkel.«

»Letzte Chance«, sagte Willy zu uns. »Wer nicht für uns ist, der ist gegen uns und wird standrechtlich hingerichtet.«

»Und mit Merkel fangen wir an«, sagte die Frau, die eben das Ende der GEZ-Gebühren verkündet hatte. »Sie hat unser Land ruiniert. Sie ist ein Blutegel am Hals des deutschen Volkes, der heute endlich entfernt wird.«

»Macht ihr mal«, sagte Peppa.

Die Gruppe zog in Richtung Bundeskanzleramt los, die Fahne wehte, Willy filmte mit seinem Handy. Zwei Polizisten schlenderten auf sie zu, die Hände hinter dem Rücken verschränkt. Willy steckte das Handy in die Brusttasche, knöpfte sein Holster auf, holte seine Waffe heraus und gab einen Warnschuss in die Luft ab. Die Beamten blieben stehen und redeten hektisch in ihre Sprechfunkgeräte, während die Gruppe um Willy weiter vorrückte.

»Lass uns verschwinden«, sagte Peppa. »Ich fürchte, der Freistaat Preußen geht gleich wieder vor die Hunde. Ohne mich.«

## 21

»Hier draußen ist es doch nicht anders«, sagte ein Mann mit rasiertem Schädel, Cargo-Hosen und einem Bundeswehr-T-Shirt. »Die Wölfe werden mit Steuergeldern gehätschelt, obwohl sie Schaden ohne Ende anrichten.«

»Da sind sie nicht die einzigen«, sagte sein Gesprächspartner. »Da kenne ich noch ganz andere, denen die Steuergelder nur so in den Hintern gestopft werden, und trotzdem ist es nie genug. Da platzt einem doch echt der Arsch.«

»Deshalb muss man was tun, man kann nicht nur zusehen«, sagte der im Armeeshirt. Er hielt ein kaltes Bier in der Hand und schaute hinüber zum Waldrand. Freitagabend, 20. Juli. Ich war Kottwitzens Einladung gefolgt. Er wohnte etwas abgelegen von Bernau, am Rand eines Dorfes, hinter dem Feld begann bereits der Kiefernwald. Sein Haus war ein sachliches Einfamilienhaus, der Garten solide. Kottwitz stand in einer kurzen Hose am Grill und wendete die Fleischstücke über den glühenden Kohlen.

»Wir können nichts machen«, sagte der zweite Mann. »Uns sind doch die Hände gebunden.«

Der andere trank langsam einen Schluck Bier. »Kommt drauf an«, sagte er. »Eine Weile wird man wohl zusehen.

Bleiben wir mal bei den Wölfen. Als die ersten aus Polen rüberkamen, habe ich gedacht: Sieh einer an. Hätte ich jetzt nicht gedacht, dass die wiederkommen. In gewisser Weise kann man das ja auch als Kompliment verstehen, denen gefällt es in unseren Wäldern, die finden hier alles, was sie brauchen.«

»Die gehen auch auf die Weide, wenn ihnen im Wald langweilig wird«, sagte der andere. »Die reißen mittlerweile Schafe, Lämmer und Muttertiere.«

»Genau«, sagte der Biertrinker. »Das haben wir dann auch gesehen. Die reißen Schafe. Und zwar nicht nur ein krankes Schaf, um ihren Hunger zu stillen, sondern gleich die halbe Herde. Hast du das mal gesehen, wie das aussieht? Das sieht nicht schön aus, das ist ein Massaker, ein Blutbad. Da kann einem richtig schlecht werden. Und die Schafe werden ja auch nicht ersetzt. Das bezahlt dir keine Versicherung. Die sagen dir: Schaff dir halt einen ordentlichen Hund an. Besser noch: einen Esel. Esel kicken die Wölfe weg, davor haben sie Respekt.«

»Die kennen so etwas wie Respekt nicht, meine Meinung«, sagte der andere. »Ich will mir auch keine Esel anschaffen. Ich will in Ruhe schlafen können. Ich habe Kinder. Das ist doch nur noch eine Frage der Zeit, bis der Wolf in die Siedlung kommt und das erste Kind reißt.«

Der mit der Bierflasche nickte. »Richtig. Deshalb muss man was tun. Eigensicherung geht vor. Und jetzt kommt die gute Nachricht: In unseren Wäldern gibt es keine Wölfe mehr. Weiß auch nicht, vielleicht hat es ihnen doch nicht so gut gefallen bei uns. Vielleicht ist es ihnen doch zu heiß. Mit einer Barrett M82 triffst du auf zwei Kilometer Entfernung. Streukreis mit einem Durchmesser von einem Zwei-Euro-

Stück. Wunderbare Waffe. Der Wolf reißt dir keine Schafe mehr. Der weiß gar nicht mehr, wo ihm der Kopf steht.«

»Klingt gut«, sagte der andere. »Sollte man vielleicht mal drüber nachdenken.

»Nachdenken ist immer gut«, sagte der erste. »Machen ist auch gut. Nicht immer nur jammern, sondern handeln. Bei euch in Grunewald ist das doch im Grunde nicht anders.«

»Falls du die Wildschweine meinst, das kannst du nicht damit vergleichen. Die sind schon seit Jahren da, die kriegst du auch nicht mehr weg. Die reißen die Zäune um, wühlen unsere Gärten um, die laufen dir auf offener Straße entgegen, eine ganze Rotte, und der Eber rammt dir die Beine weg. Da sind schon Rentner gestorben, und das interessiert niemanden. Das wird unter den Teppich gekehrt, kennst unsere Presse ja.«

»Ich höre genau, was ihr da redet«, sagte Kottwitz.

»Ihr müsst eure Grenzen robust schützen«, sagte der mit dem Armeeshirt. »Wer nicht hören will, muss fühlen.«

»Du kannst die Wildschweine doch nicht einfach abknallen.«

»Sagt jetzt wer?«

Kottwitz rief mit einem Waldhorn zum Essen. Wir waren zehn Männer, die meisten kannte ich nicht, nur zwei Redakteure vom Sehen. Keiner von ihnen trug Turnschuhe. Man wurde einander nicht vorgestellt, und doch wussten die beiden Redakteure, mit denen ich kurz darauf auf dem Rasen stand, dass ich ein Prepper war.

»Finde ich gut«, sagte der Wirtschaftsredakteur. »Vorsorge ist immer wichtig. Wenn alles ins Rutschen kommt, dann will man nicht mit leeren Händen dastehen.«

»Der Crash wird kommen, da gibt's kein Vertun, und dann gehen hier die Lichter aus«, sagte sein Kollege. »Vor zwei Tagen haben wir die Meldung über den Ausverkauf der deutschen Staatsanleihen gebracht. Neunhundert Milliarden Euro Verluste binnen weniger Tage. Man denkt immer: Muss das System aushalten, wird sich schon wieder fangen. Ist doch immer gut gegangen. Aber wenn nicht?«

»Man greift nicht in ein fallendes Messer«, sagte der erste.

Zwei Brandenburger gesellten sich zu uns. »Bei diesem Wetter schon gar nicht.«

»Unsere Neubürger sollen sich eben heimisch fühlen«, sagte sein Begleiter. »Bald lassen die ihre Kamele nachkommen. Hier ist doch eh bald alles versteppt. Die Talsperren im Harz sind fast leer. Aber daran denken die Gänseblümchen und Traumtänzer natürlich nicht.«

»Die Schlafschafe empfinden Prepping als Bedrohung, weil es sie an ihre eigenen Defizite erinnert«, sagte der andere. »Und das wollen sie nicht. Die wollen in ihrer Traumwelt bleiben, einfach weiterschlafen. Lieber verdrängen und weglachen, was einem nicht in den Kram passt. Aber wir sehen es bei jedem Stromausfall hier draußen: mehr Vergewaltigungen, mehr Raubüberfälle, mehr Tote und jede Menge Verletzte mit bleibenden Schäden. Und die Stromversorgung ist anfällig, da muss ich euch nichts erzählen.«

»Wenn ein Landstrich abgeschnitten ist, dann kommen die Ratten aus ihren Gullys«, sagte der erste. »Die warten nur darauf. Die übernehmen nach zwei, drei Tagen das Kommando, und dann kannst du als friedlicher Bürger und Nicht-Prepper dir nur noch die Decke über den Kopf ziehen.«

»Vielleicht hast du ja besondere Skills als Nicht-Prepper. Du kannst lange anstehen vor einer Rettungsstelle, und mit lange meine ich Stunden, vielleicht Tage. Vielleicht hast du auch eine Frustrationstoleranz bis in den Tod. Oder die Fähigkeit zu plündern und zu rauben. Und wenn es hart auf hart kommt, dann wirst du als Nicht-Prepper auch essen müssen, was eben noch da ist.«

»Wenn es an Dosenfutter und Tiernahrung fehlt, an einem wird es nicht mangeln: an toten Menschen.«

Die beiden Wirtschaftsredakteure lächelten betreten. »Das sind Schauermärchen. In Berlin wird das nicht passieren.«

Die Brandenburger ließen nicht locker. »Ja, da lacht ihr. Aber vor euch haben andere auch schon gelacht. In Berlin kann das nicht passieren? Warte mal ab. Als im Balkankrieg die Städte eingekesselt waren, was glaubt ihr, wovon die Menschen monatelang überlebt haben? In Leningrad während der Blockade? In der Ukraine während des Holodomor?«

»Die Bonobos werden als Erste draufgehen«, sagte Kottwitz. »Die rufen nach ihrer Mama, wenn in den Straßen gekämpft wird. Die scrollen auf ihrem Handy nach einer Reinigung, wenn sie mit den Turnschuhen in eine Blutlache treten. Ich sage dir: Die gehen als Erste vor die Hunde. ›Gib dein Handy, Bruda‹, heißt es dann. ›Gib mir dein Geld und zieh deine Turnschuhe aus, Bruda.‹ Und das werden sie machen. Bonobos sind auf Unterwerfung geeicht, von Kindesbeinen an. Erst haben sie sich den Frauen unterworfen, um Sex zu kriegen und bloß keinen Ärger. Dann den Migranten, die hier reinströmen. Aber das macht ja nichts! Die Bonobos sehen das alles positiv! Tolle neue Musik. Interessante Sprache, die man jetzt im Bus hinter sich hört. Alles super! Bis sie eins auf die Mütze kriegen. Und eins in die Fresse. Und ein Messer zwischen die Rippen.«

»Wie schnell das kippen kann, habe ich selbst erlebt«, sagte ein Mann mit prall vorstehendem Bauch, um die sechzig, soldatischer Auftritt. »November 89, keine dreißig Jahre her. Man hatte mich zum Grenzkommando Mitte in Berlin versetzt, meine Kompanie war in Sichtweite des Reichstages eingesetzt. Was wir dort ertragen mussten, das stellt sich niemand vor. Ständige Beschimpfungen, widerliche Provokationen, die Westberliner haben uns ihre nackten Ärsche gezeigt. Wir wurden teilweise sogar unter Feuer genommen. Wurde alles vertuscht, alles verschwiegen. Was wäre passiert, wenn wir die Schüsse erwidert hätten? Die Welt hätte innerhalb kürzester Zeit in Flammen stehen können. Wir sind zähneknirschend in Deckung gegangen. Man hält den Mund und macht weiter, auch wenn man nicht mehr weiß, wofür.«

»Das frage ich mich heute auch«, sagte ein Zuhörer.

»November 89 also«, sagte der ehemalige Kompaniechef. »Nach Schabowskis Auftritt bei der Pressekonferenz wusste ich: Hier brennt gleich die Luft. Dreißig Minuten nach der Nachrichtensendung bekamen wir von der Grenzübergangsstelle Sonnenallee die Meldung, bei ihnen sei die Hölle los. Dann Oberbaumbrücke, Bernauer Straße. In der Nacht gab es keine Führung, keine funktionierende Befehlskette. Uns sollte eine Alarmkompanie in den Grenzabschnitt geschickt werden. Wir wussten: Wenn die kommen, dann gibt es einen Bürgerkrieg. Wir haben alles auf Befehlsebene der Regimenter geregelt. Die Leute strömten, wir wurden regelrecht zur Seite gedrückt von denen, es war nichts mehr beherrschbar.

Erhöhte Gefechtsbereitschaft war ausgelöst, die Berufssoldaten alarmiert. Niemand kam. Die gingen alle selbst rüber. Die liefen ohne Dienstmützen herum. Es war würdelos.«

»Dabei waren das Deutsche«, sagte einer der Zuhörer. »Die kamen ja alle wieder brav nach Hause, die wollten nur mal gucken, wie es da drüben aussah. Aber heute, das sind keine Deutschen. Völlig anderer Kulturkreis. Und die gehen nicht wieder nach Hause. Die bleiben.«

»Und erhöhte Gefechtsbereitschaft, davon kannst du heute nur träumen. Womit sollen die schießen, mit ihren lackierten Besenstielen, die Flinten-Uschi uns ins Nest gelegt hat, gleich neben den Wickeltischen? Hör mir auf.«

An diesem Abend sprach man sich aus. Ich hörte zu, erzählte ein wenig vom Preppen, hielt auf Abstand, trank mein Bier.

Kottwitz kam auf die Idee, den Abend mit einem Feuerwerk ausklingen zu lassen. Er schleppte Bündel von Raketen auf den Rasen.

»Hab ich noch aus Polen«, sagte er. »Einfach mal Flagge zeigen.«

Wir sagten nichts, sondern schauten gemeinsam in den Nachthimmel, als die ersten Raketen aufstiegen und weit oben zu einem Funkenregen aufplatzen. Zwanzig, dreißig, fünfzig Raketen schossen hinauf in den Himmel über Birkenhöhe, wo sie in aufglühenden Kugeln und Bögen explodierten. Auch Kottwitz wirkte ergriffen, als die letzte Rakete über dem Waldrand heruntergegangen war.

Später kam ein leichter Nachtwind auf.

## 22

Als ich am Morgen aufwachte, lag ein feiner Brandgeruch über Berlin. Ich hatte nicht lange geschlafen, aber der Geruch hing bereits in der ganzen Straße, im Treppenhaus, in der Wohnung, und in der zunehmenden Hitze des Tages verstärkte er sich noch. Der Wind aus Nordost brachte bald auch Rauchschwaden und winzige weiße Ascheflocken mit. Die Brandenburger Feuerwehren waren mit allen verfügbaren Kräften im Einsatz, auch die Berliner Kollegen kamen ihnen zu Hilfe. Die Landstraßen und die Autobahn nach Stettin waren gesperrt.

Innerhalb weniger Stunden gingen die riesigen Waldgebiete zwischen Oranienburg und Bernau in Flammen auf, der wechselnde Wind trug die Funken weiter in die östlichen Wälder wie Blumenthal. Seit Wochen galt durch die überlange Dürreperiode und die außerordentliche Hitze überall die höchste Gefahrenstufe. Jetzt lohten die ausgedorrten Kiefern und Fichten auf. Das Feuer fraß seinen Weg über Schneisen, Bahngleise und asphaltierte Straßen. Handgranaten und Munition aus dem Weltkrieg explodierten, wenn der Waldboden durch die Flammenwalze aufglühte. Die Einwohner mussten aus allen Dörfern in der Nähe der Wälder evakuiert werden.

Die Krähen am Landwehrkanal stiegen auf, eine nervöse schwarze Wolke. In den Wohnungen jaulten die Hunde. Bei Begalovic knallten die Balkanbeats heftiger denn je, seit dem Vormittag kamen Gäste die Treppe hoch und drängten in ihre Wohnung, Familien mit Kühltaschen, Salatschüsseln und Körben voller Flaschen, alle husteten aufgeregt und fächelten sich Luft zu. Die beiden Mädchen klopften mehrmals an meine Tür und fragten, ob ich nicht mitfeiern wollte. Ihre Großmutter stand gegenüber in der Wohnungstür, eine Zigarre in einer Hand und lockte mit der anderen Hand.

»Danke für die Einladung«, sagte ich. »Aber das wird heute nichts mit mir. Fragt bei Jankowski und der Nachbarin im dritten Stock, die freuen sich bestimmt.«

Die Mädchen liefen nach oben.

»Musst du hereinkommen auf einen Slibowitz«, sagte die alte Begalovic. »Ich lese deine Hand.«

»Sie haben meine Hand schon gelesen«, sagte ich.

»Gibt immer etwas Neues zu entdecken«, sagte sie und saugte an ihrer Zigarre. »Liebesleben beispielsweise. Gibt immer neu.«

»Ich komme nachher auf einen Slibowitz«, sagte ich. »Nachher. Ich will noch rausgehen auf die Straße.«

»Das solltest du nicht tun«, sagte sie. »Ist gefährlich. Komm rein zu uns, feiern, solche Tage du musst feiern.«

Ich holte meine Atemmaske und ging auf die Straße. Wer sich nicht in den Wohnungen verkrochen und die Fenster verschlossen hatte, stand auf dem Gehweg und diskutierte mit den Nachbarn. Über dem Landwehrkanal stand eine riesige Wolke schwarzen Qualms.

»Das Neuköllner Reifenlager«, sagte Jankowski. »Reifen-Döhlert. Kennen Sie den? Hinterm Hotel ›Estrel‹. Seit Jahren sammelt der alte Fahrzeugreifen, das sind Berge inzwischen, hunderttausend Reifen. Die brennen natürlich wie Zunder.«

Er hatte recht. Die Flammen schossen an die hundert Meter hoch. Wir gingen zum Landwehrkanal und sahen das grellrot auflodernde Feuer, überwölbt von einem mächtigen Pilz aus schwarzem Qualm, der sich ständig vergrößerte. Der

Rauch wälzte sich über die Sonnenallee bis hinüber nach Kreuzberg.

»Haben die Begalovic-Mädchen Sie gefunden?«, fragte ich. »Sie wollten Sie einladen auf ihre Feier.«

»Da können sie aber lange warten«, sagte er. »Keinen Fuß setze ich in deren Wohnung. Ich will nicht wissen, was der Mann in unserem Keller gelagert hat. Was der an Müll und Mott reingeschleppt hat in den letzten Wochen, das geht auf keine Kuhhaut. Unter anderem Benzinkanister für seine drei Schrottautos. Ich will mir gar nicht ausmalen, was passiert, wenn der Funkenflug irgendwie in den Keller kommt. Dann fliegt uns das ganze Haus um die Ohren. Und da soll ich mit den Zigeunern feiern? So weit kommt das noch. Bringen die Atemmasken etwas?«

Ich nickte. Es war zwar unerträglich heiß darunter, und der Gummigeruch widerte mich an, aber das konnte auch vom Reifenlager kommen.

»Da ist Benzin eingelagert?«, sagte ich. »Lassen Sie uns mal den Keller ansehen. Nur mal gucken, was da drin ist. Sicher ist sicher.«

Wir liefen zurück zu unserem Haus und stiegen die Treppe hinunter. Die Verschläge der Mieter waren zu einem großen Teil geöffnet und vollgestellt worden.

»Nun sehen Sie sich das an«, sagte Jankowski. »Der hat alle unsere Keller belegt, ohne ein Wort zu sagen. So wird man stillschweigend rausgedrängt. Hab ich doch gleich gesagt: Der handelt mit Schrott. Altmetall. Autoteile. Die handeln doch alle mit Schrott. Wochenlang hat er sein Zeug hier reingeschleppt.«

Begalovic hatte Kotflügel, Auspuffsysteme, Werkzeugkästen, Autositze, Lenkräder, Waschmaschinen und Kühlschränke in den verschiedenen Kellern untergestellt. Mikrowellenherde, Fernseher, Schreibtischlampen, Autoreifen, Benzinkanister.

»Sehen Sie mal, die Kanister«, sagte Jankowski. »Hab ich recht oder hab ich recht? Der bunkert hier Benzin.«

Ich klopfte an die Kanister, sie waren voll.

»Die müssen raus hier«, sagte ich, »ehe ein Unglück geschieht.«

»Das ist längst schon passiert«, sagte Jankowski. »Die hätte man überhaupt gar nicht erst reinlassen dürfen.«

Wir liefen die Treppen hoch, klingelten bei Begalovic, klopften gegen die Tür, um uns bemerkbar zu machen. Draußen fuhren Polizei und Feuerwehr mit Sirenen vorbei, hinter der Wohnungstür bullerten die serbischen Schlager. Endlich öffnete eines der Mädchen, ihr Gesicht leuchtete auf, als sie uns sah.

»Sie sind gekommen«, rief sie und zog mich in die Wohnung hinein. Im Wohnzimmer tanzten etwa dreißig Leute, kleine Kinder miteinander, die Erwachsenen zu zweit oder allein. Die Großmutter klatschte den Takt mit, die Zigarre im Mund, auf ihrem Hemd schimmerten die goldenen Münzen.

»Ich wusste, du kommst«, sagte sie. »Ich wusste.«

»Wir müssen in den Keller«, sagte ich. »Dein Sohn muss das Benzin wegbringen.«

»Muss das Benzin nicht wegbringen, muss nicht, das ist gefährlich, viel zu gefährlich«, sagte sie.

Begalovic selbst war betrunken, er lachte uns aus, als wir uns zu ihm durchgedrängt hatten und ihn aufforderten, mit in den Keller zu kommen. Er erzählte es seinen Freunden weiter, was wir von ihm wollten, sie alle begannen zu lachen. Jemand drückte uns ein Glas Slibowitz in die Hand. »Trink! Trink!«

Jankowski legte den Kopf in den Nacken und trank. Er bekam ein zweites Glas nachgereicht: »Auf einem Bein kannst du nicht stehen.« Er trank auch das zweite Glas und bekam von der Großmutter das nächste Glas. »Erstes Bein, zweites Bein«, zählte sie und klopfte auf seine Schenkel. »Drittes Bein!« Sie wies auf seinen Schritt und hob ihre Hand leicht in die Höhe.

Jankowski trank.

Mein Handy klingelte, es war Peppa. »Du musst vorbeikommen, wenn möglich gleich, jetzt sofort, unverzüglich.«

»Wo bist du denn?«

»Wir sind im Newsroom, beeil dich. Wir sind eingeschlossen.«

»Ich kann hier nicht weg«, sagte ich. »Weißt du, was hier los ist?«

»Doch, du kannst«, sagte Peppa. »Ich sehe Griebsch hier herumlaufen.«

»Alles klar«, sagte ich. »Ich komm vorbei.«

Ich holte meinen Hausausweis, steckte die Glock ein und machte mich auf den Weg. Die Bäckerei war geschlossen, der 29er fuhr nicht, also ging ich zu Fuß. Ein sanfter Wind aus Südost schob schwarzen Qualm in die Stadt hinein. Längst war der Himmel verfinstert.

Die Leute, die mir entgegenkamen, wichen aus, vielleicht auch wegen meiner Atemmaske. An der nächsten Ecke waren sechs Jugendliche dabei, einen Späti auszuräumen, sie hatten einen Einkaufswagen vom nächsten Supermarkt geholt und füllten ihn mit Flaschen und Zigarettenstangen. »Was guckst du?«, fragte einer. »Willst du aufs Maul, du Spast? Geh weiter.«

Die Skalitzer Straße war gesperrt, Hunderte Autos stauten sich vor drei Polizeiwagen und hupten unablässig, um ein Weiterkommen zu erzwingen. Ein Notarztwagen mit Blaulicht und Sirene kam nicht durch.

Ich lief zur U-Bahn hoch, als gerade ein Zug vom Schlesischen Tor einfuhr, schon auf dem Bahnsteig standen die Leute dicht an dicht, als der Zug hielt und die Türen sich öffneten, drängten sie wie eine Woge nach vorn. Die U-Bahn war bereits überfüllt, die Menge schob sich dennoch in die Abteile. Mütter mit Kinderwagen schrien auf, die Kinder brüllten. Jemand quetschte sich durch die Fahrgäste hindurch und bettelte um Kleingeld. »Ich lebe seit vier Wochen auf der Straße und habe keine Familie mehr, auch über eine Kleinigkeit zu essen würde ich mich freuen, ansonsten noch einen schönen Tag und gute Weiterfahrt.«

Niemand hörte ihm zu. Die meisten hielten sich Tücher vor Mund und Nase, der rußige Wind schwärzte die schweißnassen Gesichter, Hände und Arme. Die U-Bahn fuhr nur bis zum Kottbusser Tor, dort hieß es: »Verehrte Fahrgäste, der Zug endet hier, bitte alle aussteigen. Eine Weiterfahrt ist zurzeit nicht möglich. Bitte alle aussteigen.« Die Leute murrten, es blieb ihnen aber nichts anderes übrig, als hinunter auf die Straße zu gehen, die auch hier von wartenden, hupenden Autos verstopft war.

»Das sieht nicht gut aus«, sagte ein Mann neben mir, der die Nachrichten im Smartphone verfolgte. »Hier sagen sie, die Waldbrände haben die Stadt in einem Halbkreis bis in den Südosten umschlossen. Die Autobahn nach Frankfurt an der Oder ist ebenfalls gesperrt, auch die Bundesstraßen. Jetzt brennen nicht nur die Kiefernwälder, sondern auch die Felder mit Weizen, Roggen und Gerste, die Böschungen und Haine. Wenn das nach Berlin übergreift, dann gute Nacht.«

Ich lief die Oranienstraße hoch, dann eben zu Fuß, mir stand das Gesicht von Griebsch vor Augen, das längliche Gesicht mit dem Überbiss, sein Grinsen, der Bürstenhaarschnitt, ich musste ihn finden. *Wir schaffen dich weg wie deinen Sohn, du blöder Wichser. Du nervst nämlich genauso wie dein Scheißsohn.* Ein leichter Ascheregen fiel, doch der beißende Geruch nach verbrannten Reifen hatte sich verflüchtigt. In einigen Kneipen standen die Trinker mit ihren Biergläsern und Zigaretten am Fenster und schauten auf die panischen Passanten auf der Straße. Die Autofahrer kamen auf der zugestellten Straße nicht voran und versuchten, auf die Radwege auszuweichen, zwei Radfahrer hatten die Tür eines SUV aufgerissen und brüllten die Fahrerin an, sie gab verzweifelt Standgas, um die beiden zu erschrecken. Die Radfahrer zerrten sie vom Fahrersitz, sie schrie. Andere Autofahrer kamen ihr zu Hilfe und umringten die Radfahrer, verteilten Maulschellen.

Die Straße vor dem Verlagsgebäude war mit rot-weißen Gittern abgesperrt, ich musste zwei Polizisten meinen Hausausweis vorzeigen, um zum Eingang durchgelassen zu werden.

»Was ist denn hier los?«, fragte ich.

»Reine Vorsichtsmaßnahme«, sagte einer. »In der Friedrichstraße ist eine unangemeldete Demo, die Lage unübersichtlich. Vor dem Containerdorf Alte Jakobstraße ist auch schwere Randale, da haben Hooligans versucht, die Häuser zu stürmen. Zwei Flüchtlinge sind erschlagen worden, einen Deutschen hat es auch erwischt, wurde abgestochen.«

Dann sah ich sie selbst durch die Zimmerstraße kommen.

Ein großer Pulk kam vom Checkpoint Charlie her, eine andere Abteilung von der Leipziger Straße, Schützenstraße, Krausenstraße. Sie trugen Deutschlandfahnen, Flaggen des Deutschen Reichs. Große Banner wehten in der Mittagshitze:

ALLE AUSLÄNDER RAUS
GRENZEN ZIEHEN
WIR DEUTSCHE WOLLEN LEBEN

»Komm bloß rein«, sagte Peppa. Sie war vor die Tür gekommen, um schnell noch eine Zigarette zu rauchen.

»Wir können vor denen doch nicht weglaufen«, sagte ich. »Das sind unsere Leser. Die kommen uns besuchen.«

»Das ist schön, da freuen wir uns«, sagte sie. »Aber nicht heute. Heute ist ganz schlecht. Die Klimaanlage ist ausgefallen, die bläst nur den Rauch und die Abgase von draußen rein. Die Luft im Newsroom bringt einen schier um.«

Die Menge der Demonstranten zog am Zeitungsgebäude vorbei, schweigend. Die Gesichter der Leute waren krebsrot. Männer mit Rundum-Sonnenbrillen, kahl geschorenen Schädeln, andere mit karierten Hemden und Funktionswesten, Anglerhütchen. Frauen trugen Bettlaken mit handgefertigten Schriftzügen »Wir haben Angst vor Merkels Männern!«, »Hört auf zu lügen«. Hunderte, Tausende rückten vor, von der Friedrichstraße drängten weitere nach.

»Die wollen zum Containerdorf«, sagte Peppa. »Es gibt direkte Aufrufe, sich zu bewaffnen und hierher zu kommen. Zuerst waren es wohl zehn oder zwanzig, dann Hunderte. Die kommen nicht nur aus Berlin, sondern aus dem ganzen Osten.«

Man hörte aufgellende Sirenen hinter der Bundesdruckerei, Lautsprecherdurchsagen, eine johlende Menge, Pfiffe, dann mehrere Schüsse und spitze Schreie. Ein Hubschrauber kreiste über dem Geschehen.

»Was ist mit der Security hier?«, fragte ich. »Wo sind die alle?«

»Frag mal Griebsch«, sagte sie.

»Wo ist er denn?«

»›Lagebesprechung‹, sagt er.«

Der Eingangsbereich war leer, auch in der Box mit den Überwachungsbildschirmen war niemand. Wir gingen in den Newsroom, an Arbeit war nicht zu denken, alle Redakteure standen um das Auge geschart und hörten Kottwitz zu.

»Das lassen wir uns nicht entgehen, das sind Breaking News«, sagte er. »Wir machen einen Live-Ticker. Einen Live-Stream vom Vorplatz, ehrlich und authentisch. Das ist eine developing Story, wir wissen nicht, wie sie sich entwickelt, und das ist hochspannend, emotional, das wollen die Leser.«

»Was soll ich denn schreiben?«, sagte die Redakteurin der Modebeilage. »Das ist überhaupt nicht mein Ressort. Ich müsste eigentlich nach Hause zu meiner Tochter, ich habe keine Ahnung von Politik.«

»Du gehst raus und redest mit den Frauen, was sie bewegt, was sie tragen«, sagte Kottwitz. »Stell dich doch nicht so an.«

»Ich halte das für keine gute Idee«, sagte der hessische Jungredakteur vom Feuilleton. »Wir sind hier ungeschützt, wir wissen nicht, was die Leute wollen, die Stimmung ist total aufgeheizt. Außerdem finde ich das unerträglich, dass die Klimaanlage nicht funktioniert, ich kann so nicht arbeiten.«

Kottwitz wurde im selben Moment weiß im Gesicht, er nahm seinen Schlüsselbund und warf ihn mit voller Wucht dem Kulturredakteur an den Kopf. Der schrie auf, hielt sich die blutende Stirn.

»Oops«, sagte Kottwitz. Er war völlig ruhig, seine Gesichtsfarbe wieder normal. »Ich hab wohl meinen Schlüssel fallen lassen. Heb ihn mir mal bitte auf.«

Der Kulturredakteur gehorchte, er bückte sich nach dem Bund und brachte ihn Kottwitz.

»Soll ich pusten? Dann tut's gleich nicht mehr weh«, sagte er.

Von draußen flogen zwei Bierflaschen gegen die Scheiben des Newsrooms. Die Menge schien sich vor dem Zeitungsgebäude zu stauen, man hörte Sprechchöre, doch was sie skandierten, war nicht genau zu verstehen, irgendwas mit »Fresse«.

»Leute, raus jetzt, an die Arbeit«, sagte Kottwitz. »Ich will Interviews, Stellungnahmen, Bilder. Was wissen wir, was wissen wir nicht?«

Die große Tür des Newsrooms schwang auf, Griebsch marschierte mit drei Security-Mitarbeitern auf. »Sie kommen rein«, sagte er.

Im Vorraum splitterten Glasscheiben. Leute johlten, pfiffen.

»Spinne ich?«, fragte Kottwitz. »Wer kommt rein? Kann mir mal jemand erklären, was hier eigentlich los ist?«

»Die Demonstranten kommen zurück von den Flüchtlingen, das Containerdorf brennt«, sagte Griebsch. »Offenbar wurden sie dort abgedrängt, es gab wohl mehrere schwere Zwischenfälle, viel Blut. Jetzt laufen sie über unseren Vorplatz, einige sind schon in der Eingangshalle. Sie sind einfach aufgebracht und enttäuscht. Brüllen was von Merkel, von Lügenpresse.«

»Ich geh da nicht raus«, sagte der Mann vom Feuilleton. »Ich guck nach, was Polizei und Feuerwehr twittern. Das kann man auch im Live-Ticker bringen. Obwohl das eigentlich der Job von Social Media wäre.«

»Wir haben die Lage nicht mehr unter Kontrolle«, sagte Griebsch. »Würde empfehlen, durchs Parkhaus zu entkommen.«

»Niemand verpisst sich ins Parkhaus«, sagte Kottwitz. »Wir reden mit den Leuten. Das ist unser Job.«

»Ich glaube, die wollen nicht mehr reden«, sagte ein Leitartikler. »Die sind auf Blut aus, das ist der Mob.«

»Wir sind das Volk«, tönte es in der Eingangshalle. Weitere Scheiben gingen zu Bruch, das wurde ausgiebig bejubelt. Dann formierten sich die Stimmen zu einem Chor: »Wir wollen euch hängen sehn, wir wollen euch hängen, wir wollen euch hängen, hängen sehn!«

Mehrere starke Stöße erschütterten die Tür des Newsrooms, eine Alarmanlage schrillte, ein schwerer Gegenstand stürzte zu Boden, offenbar die Büste des Zeitungsgründers. Auch das wurde beklatscht und bejubelt, als hätte Hertha einen Ausgleich erzielt.

Die Tür des Newsrooms brach auf, ein Schwall von Demonstranten stolperte in den Raum, wohl selbst erstaunt, wie rasch die massiven Türen nachgegeben hatten. Nun standen sie im hohen Raum und schwiegen. Sie wussten nicht weiter, trauten sich auch nicht vor, sie wirkten wie eine Gruppe von Touristen, die nicht abgeholt worden war. Hinter ihnen in der Vorhalle lärmte die nachrückende Menge: »Judenzeitung! Lügenpresse, halt die Fresse! Verräterpack! Volkszertreter!«

Weitere Demonstranten sickerten durch die aufgebrochene Tür, auch sie wurden still, einige wanderten an den Arbeitstischen entlang, sahen auf die Bildschirme, die Straßenszenen zeigten, eine Überschwemmung in Italien, den Abgang einer Mure in der Schweiz, die Schlammmassen hatten ein halbes Dorf mitgerissen. Reporter standen mit Mikrofon an der Unglücksstelle, Blaulicht flackerte durch die nächtliche Szene.

»Willkommen im modernsten Newsroom Europas«, sagte Kottwitz, in seiner Hand wippte der schwere Schlüsselbund. »Wie können wir euch helfen?«

»Wir wollten nur mal gucken«, sagte einer der Eindringlinge. »Die Bullen haben uns mit Tränengas eingeweicht, dabei haben wir nichts verbrochen.«

»Außerdem wollen wir zu Merkel!«, sagte ein Mann mit schweißnassem Gesicht. »Die hat uns das alles eingebrockt.«

»Die wohnt hier nicht«, sagte Kottwitz. »Ich kann euch die Adresse geben.«

Griebsch hatte mich entdeckt, für einen Moment stand er starr, dann stieß er seine Nebenleute an, und sie verließen den Newsroom durch den Ausgang, der zu den Fahrstühlen und zum Paternoster führte.

»Da hat es jemand aber sehr eilig«, sagte Peppa.

Ich rannte hinter den Security-Leuten her, die Griebsch abschirmten, und holte sie vor dem Paternoster ein.

»So sieht man sich wieder«, sagte ich. Die Glock hatte ich noch im Rucksack, ich nahm ihn herunter.

»Keine Zeit jetzt«, sagte Griebsch. »Dass du noch angeschissen kommst, macht meinen Tag so richtig rund.«

»So viel Zeit muss schon sein«, sagte ich. »In der ›Quelle‹ konnte ich nicht zum Punkt kommen.«

»Du warst plötzlich verschwunden«, sagte Griebsch, seine grauen Augen glitzerten. »Hab noch auf dich gewartet, aber du bist nicht wiedergekommen vom Klo. War das Bier schlecht?«

»Sollen wir die Muschi vor die Tür setzen?«, fragte einer seiner Leute.

Hinter uns rannten Leute von der Demonstration durch die Flure, die Stimmung schlug um, sie waren jetzt ausgelassen wie auf einem Ausflug.

»Jungs, könnt ihr mal gucken«, sagte Peppa. Die drei Security-Leute drehten sich zu ihr um, ich auch. Peppa schoss ihnen einen langen Strahl Pfefferspray ins Gesicht, ich bekam ebenfalls einen Spritzer zwischen die Augen und war im gleichen Moment so gut wie blind.

Griebsch lachte heiser auf, sodass ich erriet, wo er stand, mit zwei Schritten rammte ich ihn in eine Kabine des Paternosters. Er lachte weiter. Wir fuhren nach oben.

»Sorry«, sagte Peppa unten. »War anders geplant.«

Meine Augen waren aufgequollen zu einem dicken Brei aus Schmerz, wahnsinnigem Juckreiz und Wut. Ich hielt Griebsch umklammert, wollte ihn nie wieder loslassen. Es gab keinen Weg, an die Glock zu kommen. Griebsch wand sich unter meinem Griff.

»Nimm deine Wichsgriffel weg«, sagte er. »Du bist blind, du Schwuchtel, du hast keine Chance. Ich reiß dir die Eier ab, eins nach dem anderen. Du bist tot, mein Freund. So tot wie dein Scheißsohn.«

Sein erster Schlag traf mich gegen die Schläfe, ich konnte mich nicht wegducken, sah die Faust einfach nicht kommen.

»Erzähl mir mehr von meinem Sohn«, sagte ich. Er schlug

mir einen Haken in den Unterbauch, ich spürte die Bewegung vorher, drehte mich zur Seite, hielt ihn an den Aufschlägen seiner Jacke fest.

»Ich hab nichts mit deinem Sohn gemacht«, sagte Griebsch und stieß seinen Kopf gegen meine Stirn. »Aber deine ganze Familie nervt, du und Sohn. Euch könnte ich stundenlang die Fresse polieren.«

Ich taumelte zurück, knallte gegen die Wand der Kabine, aber ich hielt ihn fest. Versuchte, ein Knie hochzureißen, um seine Eier zu rammen, doch ich stieß nur in die Luft.

»Hier bin ich«, sagte Griebsch. »Bitte konzentriere dich mal, du Pisser, sonst macht das keinen Spaß. Hier bin ich.«

Er riss mich zur rechten, zur linken Seite, schlug mit den Armen um sich, um frei zu kommen, ich hielt ihn fest.

»Halt doch mal still«, sagte ich. »Was war am Heinrichplatz? Was war da los? Sag es mir.«

»Da war nichts«, sagte Griebsch und lachte. »Ich hab ihm ein Mal, ein einziges Mal ein bisschen die Fresse poliert, und das hat er sich wirklich verdient. Dein Junge nervt, ist dir das nie aufgefallen? Wie der ständig nachfragt, als sei er Scheißsonderermittlerfotze Mueller persönlich. Weißt du, dass das nervt? Dass einem das echt auf den Sack gehen kann? Ich habe ihm ein paar aufs Maul gegeben, weiter nichts.«

»Weiter nichts«, sagte ich. Meine Augen waren immer noch verschlossen, ich bekam sie nicht auf. Der Juckreiz brachte mich schier um. »Bist du ganz sicher?«

»Er ist hingefallen, deine Schneeflocke«, sagte er und wollte sich wieder losreißen. »Blöd gestolpert, nehme ich an, er hat wohl einen Zahn verloren, als ich ihm eine gelangt habe. Eure Zähne taugen einfach nichts, liegt in der Familie, du läufst ja auch mit einer Akropolis im Maul herum. Er ist hingefallen, dann war er still. Da hat er dann wirklich mal die Klappe gehalten. Wie sagt man so schön: auf den Kopf gefallen. War eher ein Unfall.«

Ich sah Nick vor mir und begann, Griebsch wie einen Sandsack zu bearbeiten, hatte ihn jetzt in einer Ecke, keilte auf ihn los, rechts links, Bauch, Rippen, Brustkorb, rechts links rechts links, er kam aus der Ecke nicht heraus. Ich riss noch einmal auf gut Glück das Knie hoch, diesmal erwischte ich ihn zwischen den Beinen.

»Aua«, sagte er und sackte vornüber. Ich trat nach ihm und spürte, dass eine Rippe brach. Griebsch wehrte sich nicht mehr, sondern krümmte sich wimmernd am Boden.

»Erzähl mir mehr«, sagte ich. »Erzähl mir was von meinem Sohn, ich habe ihn lange nicht gesehen. Wie geht's ihm? Wo ist er jetzt? Geht's ihm gut?«

»Lass mich in Ruhe«, sagte Griebsch und wand sich unter meinen Tritten. »Lass mich doch einfach in Ruhe, davon wird er auch nicht mehr heil. Hör auf jetzt.«

»Wieso denn«, sagte ich. »Fängt doch grad erst an, Spaß zu machen. Stell dir vor, wir fahren gleich noch zusammen runter, dann macht es noch mehr Spaß.«

Der Paternoster hatte tatsächlich den Wendepunkt erreicht und setzte über in den anderen Aufzugschacht. Ich tastete nach meinem Rucksack, fand die Glock, entsicherte sie.

»Hör mal«, sagte Griebsch. »Bist du noch ganz dicht? Willst du mich abknallen, weil dein Scheißsohn blöd hingefallen ist? Wie krank bist du denn?«

Ich schlug mit der Waffe nach der Stimme und traf Griebschs harten Schädel. Er begann um Hilfe zu schreien, um sich zu schlagen. In seiner Panik entleerte er sich, und der Geruch nach Bierscheiße stieg in der Kabine hoch.

»Musste das jetzt sein?«, sagte ich. »Das ist echt eklig. In deiner letzten Minute kackst du dich ein.«

»Bitte«, sagte Griebsch. »Bitte mach das nicht, es tut mir leid mit deinem Sohn. Wir gehen zur Polizei, ich sage alles. Es tut mir leid, es tut mir echt total leid, ich hätte es nicht tun sollen.«

»Das ist schön«, sagte ich. »Irgendwie tröstet mich das ein bisschen. Und weißt du was? Es tut nicht weh. Und wenn, dann nur ganz kurz. Du merkst es gar nicht richtig. Es ist nur die Angst davor, die alles so schlimm macht.«

Er hörte mir nicht zu.

Endlich konnte ich zumindest schemenhaft wieder etwas sehen, meine Augen öffneten sich zu winzigen Schlitzen, graues Licht sickerte ein. Ich sah Griebsch vor mir liegen, zielte auf seine Brust und drückte ab. Der Schuss peitschte durch den leeren Redaktionsflur, den wir eben durchfuhren.

Ich schoss noch ein zweites und drittes Mal auf seinen Brustkorb, nur um sicherzugehen, dann tastete ich nach Griebschs Gesicht und drückte ihm die Augen zu.

**23** Ich ging wieder nachts laufen. Lebe in der Lage. Die ersten Schritte hoch zum Görlitzer Park, wo die Dealer standen, jeden Abend waren es andere, ihr Spruch war stets der gleiche: »Hallo, Meister.«

Hinüber zur Spree, an der Arena vorbei, den löchrigen Gestalten des Molecule Man, unter der Elsenbrücke hindurch, wo ich die Glock am Tag danach versenkt hatte. Unten an den Stegen saßen zwei oder drei Angler und hoben kurz den Kopf, wenn sie meine Schritte hörten. Ich lief am

Kai mit den Ausflugsdampfern entlang, weiter zur Insel der Jugend, am alten Spreepark, immer noch ragte das Riesenrad auf, manchmal ächzten die Gondeln im Wind. Ich lief durch die Nacht und war frei.

Eine Woche nach den Vorfällen im Newsroom hatte Kottwitz mir gekündigt.

»Nimm es nicht persönlich«, sagte er. »Wir müssen umstrukturieren, du weißt ja, wie es ist. Wo gehobelt wird, fallen Späne. Bedaure das sehr.«

Sein Blick war auf den Monitor gerichtet, sein Handy surrte, Kottwitz rief die Nachricht ab, er war nicht der Mann für große Abschiedsszenen. Ich ging zurück zu meinem Platz und war einverstanden. Im Newsroom stank es immer noch nach kaltem Rauch, verbranntem Gummi, sie bekamen die Klimaanlage einfach nicht in den Griff. Doppelschichten-Danny grüßte unter seiner Mütze hervor, auf seinem Tisch türmten sich die leeren Joghurtbecher.

Nach zwei Jahren stand ich wieder draußen, ein letztes Mal mit Peppa in der Raucherecke. Den Hausausweis hatte ich schon abgegeben.

»Was machst du jetzt?«, fragte sie, die Zigarette zwischen Daumen und Zeigefinger. »Stell dir vor, Kottwitz hat mir einen festen Vertrag angeboten. Guido geht nach Japan, du gehst weg. Harry braucht jemanden, der ihm die Dienstpläne schreibt. Ich muss mal drüber schlafen, hab ich ihm gesagt. Soll ich? Soll ich nicht? Was machst du jetzt?«

»Keine Ahnung«, sagte ich. »Ich bin raus. Als ich hier anfing, brauchte ich Geld für den Kübelwagen. Der stand zwei Jahre herum, ich hab so gut wie nichts daran gemacht.«

»Dann mach doch jetzt«, sagte sie. »Hast doch Zeit jetzt, machst ihn dir hübsch und fährst nach Sibirien raus, wolltest du doch. Oder die Ruta 40 durch Argentinien, soll sehr schön sein. Aber nimm dir Proviant mit, Raviolidosen, Hartsalami, Zwieback.«

»Lach nur«, sagte ich. »Beim nächsten Stromausfall denkst du an mich.«

»Auf jeden«, sagte Peppa. »Ich denke auf jeden Fall an dich. An dich und Nick.«

Und dann ging ich über den Vorplatz zur Haltestelle des 29er Busses, fuhr nach Hause, prüfte meine Bestände. Die Stunde würde kommen, und ich war vorbereitet.

Noch liefen die Ermittlungen der Polizei zum Sturm auf den Newsroom, in dessen Verlauf es mehrere Verletzte und einen Todesfall gegeben hatte. Die Kommissare Romeike und Schmieder hatten mich lange dazu befragt, aber meine Erinnerung an jenen Nachmittag war nicht sehr deutlich. Nicht nur im Newsroom war es zu einem Handgemenge gekommen, ich war vom eingesetzten Pfefferspray stark beeinträchtigt. Die beiden Beamten waren ratlos, sie kamen nicht weiter, zumal einige der Demonstranten schworen, dass sie Merkel im Newsroom und im Paternoster gesehen hätten, mit Blut an den Händen und außer sich vor Angst.

»Wir hätten gern mal eine einzige glaubhafte Aussage dazu«, sagte Romeike, und ich nickte verständnisvoll. Die Sommersprossen auf ihrer Nase standen ihr gut, aber ich konnte ihr wirklich nicht weiterhelfen.

»Wir melden uns noch bei Ihnen«, sagte sie zum Abschied.

In jeder Nacht lief ich seitdem bis zum Fähranleger, zog mich um und sprang in die Spree, das kühle Wasser tat mir gut. Manchmal sah ich minutenlang das Gesicht von Nick vor mir, wenn ich zur Oberbaumbrücke kraulte, auf dem Rückweg verblasste es allmählich.

Die alte Begalovic saß morgens vor dem Haus auf der Türschwelle und wischte sich mit einem Handtuch den Schweiß aus dem Gesicht. Immer noch Sommerhitze, immer noch kein Regen. Sie hatte ein Bier neben sich, rauchte eine Zigarette und rückte nicht zur Seite, als ich aus dem Haus trat. Ihr Sohn rangierte mit Dieselautos in der zweiten Reihe, er verlegte sich zunehmend auf den Handel mit Gebrauchtwagen.

»Morgen«, sagte ich. Sie antwortete etwas in ihrer Sprache, es klang übellaunig und abweisend.

»Langer, ich hab auf dich gewartet«, sagte Ahmad, als ich in die Bäckerei kam. »Wo warst du? Kannst du nicht Bescheid sagen? Alles okay bei dir? Es ist halb sechs morgens, der 29er kommt, hält an, fährt weiter. Du bist nicht da. Holst dir deine Käsebrötchen nicht, deinen Apfel nicht. Ich denke, was ist los mit dem Langen, der kommt doch sonst immer. Ist ihm was passiert? Ist sein Haus abgebrannt? Ich mache mir Sorgen. Zuletzt hat er sich einen Baseballschläger geholt, und ich sag noch: Lass das lieber, hier gibt's keine Baseballschläger, aber du hörst ja nicht auf mich.«

»Alles gut«, sagte ich. »Den Baseballschläger habe ich doch zurückgegeben, du warst nicht da, ich habe ihn wieder in die Ecke gestellt. Hatte viel zu tun in den letzten Tagen.«

»Mach dir keinen Stress wegen dem Schläger, wir hatten alle viel zu tun«, sagte er. »Dem Schläger geht's gut.«

»Wie geht's dir?«, fragte ich.

»Mir geht's auch gut, alles bestens«, sagte er. »Weißt du noch, Funda und ich? Ich sage dir, das wird was. Ich habe ein gutes Gefühl, ein richtig gutes Gefühl. Muss noch mit ihrem Vater sprechen natürlich. Du kommst zu meiner Hochzeit, Langer.«

»Was soll ich auf einer türkischen Hochzeit?«

Ahmad lachte. »Essen, Langer. Trinken. Tanzen. Abdul kennenlernen, Akif, Naif, Namik, Nasim, Bilal und alle.«

»Und Volkan«, sagte ich.

»Volkan war hier«, sagte Ahmad. »Es gibt ein Problem. Er war vor zwei Tagen hier, seitdem ist das Problem da. Du musst mir helfen. Ich habe dir geholfen, jetzt musst du mir helfen.«

Er zeigte in die Ecke. Dort saß der schwarze Kampfhund, den Volkan beim Friseur dabeigehabt hatte. Nero schaute mich an.

»Hallo, Nero«, sagte ich.

»Ihr kennt euch«, sagte Ahmad. »Das wusste ich nicht. Aber umso besser. Langer, du musst ihn mir abnehmen. Volkan hat ihn hiergelassen. Seine Freundin macht Stress wegen dem Hund, er ist zu teuer, außerdem kriegt Volkan keinen Job, weil er ständig mit dem Tier am Machen ist. Er hat ihn mir einfach dagelassen. Ich kann den Piti nicht in diesem Laden haben. Die Kunden erschrecken sich. Die kommen nicht wieder, wenn er sie anknurrt. Ist schlecht fürs Geschäft. Und Funda, Langer, Funda steht nicht auf Hunde. Sie steht auf mich, aber nicht auf Nero. Sie kann ihn nicht leiden. Sie hat ihn noch kein einziges Mal angefasst. Du musst ihn mir abnehmen.«

»Was soll ich mit einem Hund?«, fragte ich.

»Was soll *ich* mit einem Hund?«, fragte Ahmad. »Langer, du hast mir das eingebrockt, du löffelst diese Scheiße jetzt aus. Ich kann den Piti nicht verkaufen, ich habe alle gefragt, niemand will ihn. Also nimmst du ihn. Er gehört dir.«

»Er gehört Volkan«, sagte ich. »Volkan ist dein Freund.«

»Seit wann ist Volkan mein Freund?«, fragte er. »Du wolltest ihn kennenlernen. Du hast nach ihm gefragt. Ich kenne Volkan überhaupt nicht, nur über fünf Ecken, er ist von dem Bruder meines Vaters dem Cousin sein Sohn. Du nimmst seinen Hund, Langer. Punkt.«

Nero schaute mich an, die Zunge hing ihm weit aus dem Maul, er atmete schwer.

»Kannst du ihm vielleicht mal Wasser geben?«, fragte ich.

»Ich gebe ihm ständig Wasser, er besteht mittlerweile praktisch aus Wasser mit Fell drum rum«, sagte Ahmad. »Aber dann muss er dauernd raus zum Pinkeln, und ich kann nicht aus dem Laden raus, verstehst du, ich bin hier allein. Und wenn er mir noch ein einziges Mal in den Laden pisst, ich sag dir, dann drehe ich durch. Ich habe hier schon dreimal aufgewischt, das reicht mir.«

»Okay«, sagte ich. »Ich geh mit ihm raus.«

»Du gehst mit ihm raus«, sagte Ahmad. »Das wollte ich hören. Wir verstehen uns, Langer. Ich staune manchmal selbst, wir gut wir uns verstehen. Geh jetzt mit ihm raus.«

»Sag du mir nicht, was ich zu tun habe«, sagte ich.

Aber nach einer Weile nahm ich die Leine und ging mit Nero raus auf die Reichenberger Straße. Er lief neben mir im Schatten, ich hörte die festen Pfoten auf dem Gehweg, sein Hecheln.

»Mach langsam, Nero«, sagte ich, »mach langsam, wir haben Zeit.«